漱石の〈夢とトラウマ〉

母に愛された家なき子

原田広美

新曜社

「弱者」としての自分を、自分に内在するトラウマを「夢の生成」と「冒険心」をもって癒そうとするすべての人々に本書を捧げます。
――また、そうした姿勢を最期まで貫こうとした作家・漱石へ。

あるいは「精神（神経衰弱）」および「肉体（胃潰瘍）」と、人生そのものを含めたクリエイションとの狭間で彷徨し、苦悩し続けた作家・夏目漱石とその愛読者に。

漱石の〈夢とトラウマ〉——母に愛された家なき子＊目次

装幀・新曜社装幀室

はじめに

私は「フロイトが患者の夢を聞くようにして」漱石を読んだ。テクスト論の時代を経たと言えども、やはり作品は、作者の深層を映している。だから私は、作品から漱石の深層を読み解くようにして漱石を読んだ。その理由として、十代の頃に初めて私が漱石に触れて強い感銘を受けた作品は『こころ』であったが、その後、心理療法家としての私が、評論の対象として、初めに関心を寄せた漱石の作品は『夢十夜』であったということもある。漱石の深層心理に触れてみたくなったのだ。

振り返れば、『夢十夜』についてのこのような発想を最初に私に与えたのは、十代の頃に読んだ江藤淳の「『夢十夜』で露呈された漱石の低音部」などという記述であったと思う。また、私は精神分析医ではないが、心理療法家として、「夢」について関心を寄せてきた。しかし、私は漱石に会っていないので、漱石の深層に近づこうとする過程で、漱石の「成育歴」や「神経衰弱」の経緯について、また「心身一如」の視点をも取り入れたいがために、漱石の身体症状であった「胃潰瘍」や「痔」の病歴について、そして漱石の「人生」と「創作物」全般について、できるだけ把握したいと考えた。この時点で、私の評論の対象としての関心も、漱石の作品全般へ拡大した。

漱石については、従来から諸先輩方の研究が多くあり、他の作家に比較して、格段に恵まれた資料が整っている。こうした条件の整った漱石についてであればこそ、私の方法が可能であったと思っている。また、漱石や漱石文学についての研究や評論が絶えずにきたのは、漱石を愛読する者が、現代に至るまで絶えることなく存続し、さらにそれを考察することが、明治以降の近代化を経験し、旧来から持続する日本文化との狭間のなかで、「個」を生きなければならなくなった私たちに、広く長く必要であり続けてきたからなのだと思う。

漱石を作品以外から知る上では、本人による日記や書簡や覚書きなどがあるが、親族や周囲の方々が残した記録とともに、特に荒正人《あらまさひと》による『増補改定／漱石研究年表』には大いに助けられた。この本によって、漱石の「創作」と、身近な出来事および精神・肉体の病歴（不調）との関係を総合的に捉えることができた。

また初めは、江藤の著作によって漱石の青春期の恋愛についての関心を得た私に、大塚楠緒子《くすおこ》についての視点を大きく開いてくれたのは、前述の荒の書物とともに、小坂晋の『漱石の愛と文学』であった。

漱石の「創作」に影を落としているのは、当然のことながら漱石という「個」による幼年期からのすべての体験の総和である。そして、そのなかで形成された感情の「抑圧」や「トラウマ」（これらは誰の中にも各々に存在する）が、作品全体についての発想や、登場人物たちの思考・行動パターンを少なからず左右することにもなる。恋愛体験それ自体についても、そのような要因が自ずから反映されているというのが私の立場だが、大塚楠緒子に象徴される、結ばれることなく、いわば「幻想のマドンナ」と化した恋愛対象との漱石の心象的な体験は、漱石文学を読み解く上で、興味深い軸の一つであることは確かであろう。そして最近の著作で、大塚楠緒子関連の資料を補い、私論への推測をより明確化することができたのは、河内一郎の『漱石のマドンナ』によってであった。

さらに、柄谷行人の「とくに『門』『彼岸過迄』『行人』『こころ』などを読むと、なにか小説の主題が二重に分裂しており、はなはだしいばあいには、それらが別個に無関係に展開されている、といった感を禁じえない。（中略）漱石がいかに技巧的に習熟し練達した書き手であったとしても避けえなかったにちがいない内在的な条件があると考えるべきである」（「意識と自然」）という指摘は、「漱石が生育歴の中で培ったトラウマによる深層の抑圧と、創作姿勢および創作物との関係」を考察しようとする私の基本的な考え方に、一致すると言えよう。つまり、そこで指摘された「避けえなかったにちがいない内在的な条件」とは、私の方法論では「漱石が生育歴の中で培ったトラウマによる深層の抑圧」ということになる。

また特に、T・S・エリオットが『ハムレット』論に書いた「われわれはシェークスピアが、彼の手にあまる問題を扱おうとしたと結論するしかない」からインスパイヤーされた形で、柄谷が「やはり漱石も『彼の手にあまる問題を扱おうとしたと結論する』ことができると私は思う」（「意識と自然」）と書いたことについては、さらに下記のことと関連して興味深い点であると考えている。

それはダミアン・フラナガンが指摘した、題名そのものを漱石の弟子の小宮豊隆と森田草平が、ニーチェの『ツァラトゥストラ』（ドイツ語原典）から無造作にとったという『門』の作中で、漱石が用いた『ツァラトゥストラ』の英語版（トマス・コモン訳）に見られる「冒険者《アドヴェンチュアラー》」（ルビ＝漱石）という語から、漱石をとらえようとする試みである。私は、本書の原稿をあらかた書き上げてからフラナガンの著作を読んだ。しかし、私も『門』を考察して以降、この「冒険者《アドヴェンチュアラー》」という語が気にかかり、それを手がかりにして、漱石のその後の作品を追ったと言っても過言ではない。

ただし、私が『門』以降に意識した「冒険」の意味は、フラナガンが『日本人が知らない夏目漱石』で指摘した――『ツァラトゥストラ』のなかで、「門」（永劫回帰への門）という語が登場する第三部冒頭の、二段落目に見られる――Sucher（探究者、捜索者）およびVersucher（試みる者、挑戦する者）もさることながら、ニーチェの次著『善悪の彼岸』冒頭の、Wagnisse（冒険、リスク）の方が、より近いかもしれない。ちなみにニーチェは、advencherに対応するドイツ語であるAbenteuerを用いたわけではなかった。そして、漱石が英語版の『ツァラトゥストラ』（トマス・コンモン訳）は所蔵していたが、英語版・独語版とも『善悪の彼岸』は所蔵していなかったことも付け加えておきたい。

いずれにせよ、『門』に現われた「冒険者《アドヴェンチュアラー》」という語が、ニーチェ由来であったことをフラナガンの著作によって気づかされた私だが、ニーチェこそが、『行人』の一郎が言う「死ぬか、気が違うか、宗教に入《い》るか」の間に抵触する領域を模索した人であったと言えるだろう。そして、その三つの選択肢を筆者の私見により順に置き換えれば、「生の衝動から発する創造性」をいわば「死の方向」へと去勢する類《たぐ》いの虚無的なニヒリズムへの警告と、実際的な精神の病の発症と、もはやキリスト教の教義だけでは「生」の基盤を担い切れなくなった当時の自ら（人々）の苦悩、ということになる。

誰のなかにも数えきれないほどの「トラウマ」による「抑圧」があるというのが私の見地ではあ

るが、とりわけ精神の病と隣接していたニーチェや、たびたび「神経衰弱」に悩まされた漱石は、特に重たい「抑圧」を深層に抱えて追い詰められがちであったために、人生の多くの時間を費やしてその深層を模索し、病から逃れるための努力をするべき必然を持った者たちではなかったか。

漱石は、『門』で「冒険者《アドヴェンチュアラー》」という語を用いた。そして、『門』脱稿後の「修善寺の大患（胃潰瘍の悪化による三十分の仮死）」以降、自らの身体状況としての「死」との隣接と、『門』では子供が育たないというストーリー展開になったことに象徴される、クリエイション上の「死の影」からの脱出を試みようとした結果、次の小説『彼岸過迄』以降、作品中に「冒険」の要素をより意識的に取り込むことになったのではないかと思われる。『こころ』では、「冒険」の要素が少ないために、Kと先生の「死」が、子供が授からない「死の影」とともに現れたように思われるが、その作中にあった小さな「冒険」は、主人公が初めて結婚の申し込みを妻になる人の親にしたことではないだろうか。またKが、養家を飛び出して学問に精進したのも「冒険」であっただろう。

それらは、柄谷が指摘した「やはり漱石も『彼の手にあまる問題を扱おうとした』……」という「冒険」である。そして、私たち各々の「個」の生存につきまとう「手にあまる問題」に、大きくとらえれば初期から作品を追うごとに、順を追うようにして、「冒険的」に肉迫して行こうとした漱石の作風、またそうした執筆態度を携えて積み重ねた創作経緯そのものに、「類いまれ」な性質を感じることこそが、漱石が読み継がれてきた最大の理由ではないかと思われる。

ともあれ行き詰まった状況から脱出しようとする時に、言い換えれば創造的に自己を乗り越えていかなければならないような時に、「（リスクを取った）冒険」が必要になることがある。ただし、これは「個」の側からの欲求である。そして、これを「個」を取り囲む社会の側からいえば、「冒険」を抑圧しがちな「社会機構」は、あらかじめそのなかの被抑圧者をなお「抑圧」する方向へ作動するし、安全を第一義としながらも、疲弊・硬直して活力を失い、「死の方向」へ傾きがちになるのではないか。

また、行き詰まりを打破しようとして「冒険」を試みた「個」は、その「冒険」をやり遂げて豊かに実を結んだ分だけ「抑圧」を解放し、「トラウマ」を癒すことも期待できるが、逆に、深層の「トラウマ」を癒して「抑圧」を解放することが、「冒険」を支え、成功に導くことにもつながるというように、その両者は密接な関係にあるだろう。

そして心理的な「抑圧」を多く抱えた者たちが、自らの「全体性」（「自然」よりも、おそらく未知なる総合的な可能性への夢想を含む）を回復しようとして、その「抑圧」を解放する過程を経ようとすることは必然であるが、他者に対して懲罰的あるいは反逆的な姿勢に留まるのでは、「抑圧」を生み出した「トラウマ」を癒すことができず、ニーチェの用語で言えば「ルサンチマンを晴らす」状態なのであり、自らの資源を開花させる方向には導かれ得ない。そこでニーチェの用語を用いいれば、「超人」的な発想――一瞬一瞬（今、ここで）を懸命に生きることによる「生の全《まっと》うへの努力」――が、必要となる。

とはいえ人間である以上、すべてが癒され統合された状態――言い換えれば「全能の神のような状態」あるいは「悟りの境地」――に導かれることは、不可能である。またニーチェの時代には、「精神・肉体・人生」とクリエイションの関係を「考察・調節」する方法は、現代よりもなお未発達であったために、より形而上学的で観念的な「永劫回帰」という発想へ、帰結する必要があったようにも見える。

だがニーチェが、それまで「教会」に束縛されてきた「肉体」――たとえば教会では伝統的に歌唱は許されたが、舞踊は許されず、マリアの処女懐胎によるイエスの出現が説かれたように、「肉体」は封じ込められてきた――にこそ、キリスト教の教えを超越する各々の「個」の可能性が秘められているだろうことを想定し、「私は踊ることを知る神だけが信じられるだろう」（『ツァラトゥストラ』）と書いたことは、重要だった。

その後の二十世紀初頭に誕生した精神分析は、「肉体」に関わるリビドーを重視した。だが、そこでさらに取り残された「身体」と「無意識」に股がる広範な領域を扱ったのは、心理（および心身にまたがる）療法だった。具体的には、身体に注目する度合いの差異からフロイトと袂《たもと》を分かち、大戦前後には、ユダヤ系であったために欧州から米国へ逃れたヴィルヘルム・ライヒ（オーストリア出身）やフリッツ・パールズ（ドイツ出身）などが、それらの筆頭である。

しかし付け加えておきたいのは、これまで私が、古今東西の「宗教的な心意」にも、自然な形で親しんできたことだ。漱石もそうだが、これは、近代以降の人間が、なかなか一つの宗教、あるいは一つの累積的な思考の集合体である各「社会機構」には回収仕切れない「個」を感じ、苦悩しつつも、たとえば「敬虔さ・尊厳」などという、ある種の「宗教的領域に関わる心意」を保持しようとする「願い」を持ち続けてきたことと、無関係ではないだろう。

我国においては一九八〇年代以降、各々の足下に広がる「社会機構」に対するアンチテーゼとして、「アウトサイダー」という発想や、「脱構築」といった思考法の理解は、ある程度定着した感がある。だが、大宗教あるいは社会的な大機構へのカウンター・カルチャーとして、それらを内部から支える最少単位である「個」の「脱構築」と相互の関係性に関与すべき、エンカウンター・グループを始めとする、心理・精神・身体療法などにまたがる分野の輸入的な紹介や消化、および社会的な認知は、一九九〇年代の半ばに一たび停止状態に陥った。

それは、エンロールを伴う自己啓発セミナーや、精神世界と呼ばれた領域から輩出されたグルイズム（ヨーガや密教において、指導者を絶対視する信仰・修業実践）、特にオウム真理教の凶悪な一連の大事件などのイメージと混同されたためである。そして「臨床心理士」制度などの中へ、全体から見れば矮小化されて回収されてしまったようにも見える。

漱石と「冒険」の視点に戻ると、本書のテーマの一つは、深層に内在する「抑圧」と「トラウマ」と、それらにより制限され得る「人生そのもの」というクリエイション、漱石によるクリエイションの全体（特に小説など）に、「冒険」がどのように関与したかについての探究でもある。「抑圧」を解放し、「トラウマ」を癒すために、漱石は、まず「（自らの創作としての）文学への夢」を発掘して生成《せいせい》し、その後、「創作」に「冒険」を取り入れることにより、さらなる自己の深層解明と、内包する「夢」を基盤にした創造性の開花を試みたのではなかったか。

長兄に「（創作としての）文学は職業にならない」と言われて（「処女作追懐談」〈談話〉『文章世界』明治四十一年九月）以来、一度は「文学への夢」を放棄した漱石だが、正岡子規との交流をきっかけに「抑圧」されていた「夢」を発掘し、その生成を始める。その「冒険」は、すでに『吾輩は猫である』を書いた時から始まっていた。その後、『朝日新聞』の小説記者になり、職業作家としての第一作目は、『虞美人草』だった。だが、それは魅力的な作品ではあるものの、漱石は心理的抑圧を多く抱えた者として、その中で、一度はルサンチマンを晴らさざるを得なかったようにも見える。つまり、それは勧善懲悪的な作品として現れた。

　その後、あたかも主人公が無意識下へ降下するように坑道を降下する『坑夫』の方向性を引き継ぎながら、クリエイションのための新たなエネルギーを補充するべき時期を直感的に察知した漱石は、「夢」を題材に、あるいは「夢」という形式で作品を描くことにより、深層の「トラウマ」を浮上させ、作品を書き進める過程で、無意識のうちにそれらを癒そうとしたように見える。それが、『夢十夜』である。そして『三四郎』では、「無意識」という語を意識的に用いて、「美禰子の無意識の偽善」を描こうとした。また、その後の『それから』に至り、ようやく、主人公・代助がかつて友人に譲渡した恋人を取り戻そうとする「冒険」が意識される。

　しかし、次の『門』では、主人公の宗助は、友人の恋人であった御米《およね》と結ばれた結果、親や親戚や友人から見放される。そのような状況下で、夫婦の人生自体が「冒険」の要素を含みつつも静かな生活を送る中に、かつての御米の恋人であった友人が、大陸（中国）で活躍する「冒険者《アドヴエンチユアラー》」の姿で、家主の弟とともに、家主宅を訪れる。それにより、主人公の精神は脅かされる。要するに、この作品では「冒険」の要素は、主人公と友人の双方に分裂している。

　そして、この『門』を脱稿後、漱石は「修善寺の大患（三十分の仮死）」を体験しなければならなかった。病床から回復後の『彼岸過迄』では、敬太郎による「冒険」小説を試みるが、その「冒険」は、小説の前半で前座のような形で頓挫し、とうとう『行人』では意識的に、「死ぬか、気が違うか、宗教に入るか」の間を彷徨する一郎を書かざるを得なくなる。

つまり漱石としては、おそらく小説の登場人物たちと同様に、その「冒険」を支え切れない自らの「性質や状況」を打破する道を模索するべく、「創作」に「冒険」を取り入れたものの、「抑圧」を解放し、「トラウマ」を癒すための道筋をあらかじめ確保していたわけではないので、「創作」に「冒険」的な要素を取り入れて以降、それがうまく扱い得なかった分だけ、「死」や「神経衰弱」や「病」が、創作上に、また漱石の実人生に、現れ出たようにも見える。

このような「冒険」を支えるために、内包された「夢」を創造的に開花させようとする「生の方向への動向」と、それを「抑圧」する「トラウマ」に基づく「死の方向への動向」を軸にすえた、漱石と漱石の作品の関係性の詳細については、本論に譲る。だが、ここで特記しておきたいのは、「冒険」小説『彼岸過迄』を書き始める直前に、かつて漱石が「朝日新聞社」に入社した際の良き仲介者であった池辺三山が、「朝日新聞社」を辞職したことだ。

その発端は、漱石の弟子の森田草平が『朝日新聞』に連載した小説『自叙伝』が、社内で不道徳との悪評を得たためだった。漱石は、自分に責任があるとして、三度も辞表を提出したが、受理されなかった。

つまり、この時、漱石の側にはすでに、「朝日新聞社」を辞職するという、より「冒険」的な道を選ぶ準備が整っていたにもかかわらず、結果としてそこへ留まることになった。かつては大学教授の椅子が用意されたのを断わって、より「冒険」的な「新聞屋」になる道を選んだはずの漱石が、その後も社内での発言権を弱められたまま、思いもがけず「癒着」的に、「朝日新聞社」に残留することになってしまったのだ。

そして、この潜在的な「癒着」の関係が、その後の漱石の「冒険」を相殺《そうさい》する要素として働き続け、漱石が「手にあまる問題を扱おうとした冒険」の難しさをさらに助長する要因となったように見える。特に「癒着」の関係が始まった直後に執筆した『彼岸過迄』と、絶筆となった『明暗』においては、ストーリーの中に「冒険」を相殺する「癒着」の要素が明確に現れる。

さらに、『こころ』は漱石が体調を崩すことなく執筆できたものの、Kの自殺があり、主人公の先生の「死」で作品が閉じられる。その後、漱石は自らの「夢」と「トラウマ」の巣喰う深層を耕すかのように、『硝子戸《ガラスど》の中《うち》』では、身辺の雑記とともに、生母にも及ぶ数々の思い出を浮上させ、『道草』では、実父との関係で、漱石の深層形成に大きな影響を与える元凶になった養父を扱った。

と同時に、『道草』では、それまで描くことのなかった英国から帰国後の、妻・鏡子との生活の思い出を振り返り、結果として、「幻想のマドンナ・コンプレックス」というべき「トラウマ」の周辺を耕した。

この『こころ』から『道草』までの流れは、『虞美人草』でやはり主人公の「死」を描かざるを得なかった漱石が、その後に『坑夫』や『夢十夜』を描き、自らの深層へ降りて行こうとしたことに類似している。つまり、作品世界が「死の方向」へ傾いて閉じた時に、漱石は自らの深層世界を改めて耕し、無意識のうちにクリエイションの新たなエネルギーの補充を成し得たようで、目を見張るべきものがある。

そして、その補充によって、漱石は「生の衝動」＝「個に内包されている夢」と「冒険心」を新たに育て、『明暗』で新境地を開き得たのではないかと考えられる。

＊

私が、本書の原稿に着手したのは二十年ほど前であった。たまたまその頃、吉本隆明から「作家論と作品論を分けた方がよい」との示唆を得る機会があった。それを生かし、漱石が『吾輩は猫である』を書くまでを扱った第一章から、『夢十夜』を読み解いた第四章までを「作家論」としても読むことが可能なように加筆した。

また『三四郎』については特に蓮實重彦、小森陽一、石原千秋の著作から、『明暗』については大岡昇平の『小説家・夏目漱石』、水村美苗の『続明暗』から、貴重な示唆を得た。その他にも、小森、石原両氏の著作からは、ほぼ同世代であるため、数々の示唆を得てきたように思う。

漱石のテキストとともに、諸氏の先行研究や漱石の周囲の方々が記した記録などを参考に、心理療法家としての視点を生かして書いたのが本書である。

なお執筆を開始したのは、夫の小石川の実家に居候をしていた時だった。夫の祖父母の代には本郷の菊坂で、戦後には祖母が小石川に移転して、学生相手の下宿を営んだ。義父母とも、現在は故人となったが、ここに感謝の念を記したい。

第一章　『吾輩は猫である』を書くまで

その1　「夢」の抑圧

「夢」の抑圧と神経衰弱

人は思春期の最も多感な時に、自分の「夢」を夢見るものである。漱石も十五歳の頃に「文学をやりたい」という気持ちを持った。漢文や小説を書いて身を立てたい、という「夢」である。ただし多くの人が、たいていは自分の「夢」を周囲の人々に支えてもらうことができないものであるように、漱石の「夢」も、一度はもろくも打ち砕かれる。なぜなら最も慕っていた長兄（一番上の兄／大助）に相談すると、「文学は職業にならない」と言われ、むしろ漱石は叱られてしまったからだ。

ここで一度、漱石の「文学への夢」は深層に押し込められ、表面上は断念したかのようになる。いわば「夢の抑圧」だった。その上、進学上の問題もあり、幼年期から好きで打ち込んだ漢文を十六歳（今後も、断りがない限りは満年齢）で断念。かわりに本当は大嫌いだった英語を学び始める。母（ちゑ）を十三歳で亡くした時でさえ、漢文に打ち込んで悲しみを乗り越えた漱石にとって、その選択は、一大決心であった。漱石は、慶応三年一月（一八六七年二月）の生まれで、明治の年号と満年齢がほぼ重なっている。つまり漢文をやめて英語にするというのは、大きく言えば、これからは西洋化だという、まさに「文明開化」（明治八年、福沢諭吉が『文明論之概略』の中で、civilization の訳語として用いた語）の御時世に合わせての選択だった。

だが人は、自分の「夢」を「抑圧」することはできたとしても、それを完全に自分から切り離してしまうことなどできないものだ。特に、思春期に見る「夢」は、その人の本質と深く関わる大切なものを秘めているからである。

さて、思春期の「夢」を「抑圧」してから二十年後の明治三十六年、漱石は、「抑圧した夢」からしっぺい返しを食うような「悪夢」の中にいた。二年間の英国留学から帰国し、第一高等学校や東京帝国大学（現・東京大学）で英語教師をしていた漱石は、三十六歳で、人生最大の精神的なピンチを迎えたのである。その時、漱石を悩ませていたのは、英国留学中から引きずり、高じていた「神経衰弱」であった。

漱石の精神的な不調といえば、青年期から伏線はあった。二十代半ばの「厭世感《えんせいかん》」、後に『坊っちゃん』の舞台となる愛媛の松山中学に赴任する直前の、東京での失踪事件や「探偵妄想」（これについては後に詳しく述べる。従来から言われて来たように、失踪事件や探偵妄想についての最終的な引き金として「失恋による痛手」があったようだが、その基盤には、やはり進路選択による、「文学への夢」の「抑圧」があったと思われる）がそれにあたる。

その時も、すでに「神経衰弱」だった。だが松山中学への赴任、その後の、熊本五高への転勤、さらに鏡子夫人との結婚、そして新婚生活を経て、しばらくの間、「神経衰弱」は収まっていた。ところが三十代半ばに文部省第一回給費留学生として、二年間を英国で過ごした日々の中で、再び強度の「神経衰弱」に陥った。

英国から帰国直後の漱石は、こんなふうであった。たとえば夜中に「癇癪《かんしゃく》」を起こし、書斎をひっくり返す。また向かいの住人に見張られているという「妄想」を抱き、毎朝「おはよう探偵君」などと大声で隣人に呼びかける。あるいは、自宅の裏手の中学校の生徒たちが、つい誤ってボールを庭先に飛ばして来ようものなら、いちいち怒鳴り返しに行く。

漱石は、留学中から欝々とし、内面に閉じ込もってしまった結果、すっかり過敏になり、少しの刺激にも過剰に心を乱されて「癇癪」を起こし、「被害妄想」を抱くようになってしまったのである。その頃の漱石は、夫婦喧嘩《ふうふげんか》の果てに「離縁する」と言い出し、妻子を実家に帰したこともある。また精神安定のために、「水彩画」を描いたこともあった。そのような状況下での「水彩画」は、固くなった感情を解き、発散させる効果が期待できるもので、それなりに精神安定に役立ったと思われる。

だが、すでに「神経衰弱」をかなり悪化させてしまった漱石に、もはや「水彩画」だけで目立った効果を期待するのは困難だった。このように悪化した「神経衰弱」のピンチから脱出するためには、何よりも根本的に、人生の指針と自信を取り戻すことが必要だっただろう。漱石にそれをもたらしたのは、この後の展開を見れば明らかなように、結局、「抑圧」されていた「文学への夢」の発掘だった。

「夢」の発掘

漱石は英国留学からの帰国後、帝国大学の教師になった。学生に人気のあったラフカディオ・ハーン（小泉八雲）の後任として、漱石が講義したのは、「英文学形式論」とジョージ・エリオットの『サイラス・マーラー』についてであった。しかし前者は、観念的で理窟張っており、後者は、学生たちにとって不満なテキストだった。のみならず、漱石が学生たちに音読させ、発音を厳しく正し、訳読させたのも、大いに不評を買う。そのため漱石の「神経衰弱」は、ますます悪化した。

漱石は、春から夏までの講義の不評により、早くも学校を辞めたくなるまでに追い詰められた。だが方針を変換し、秋から新しくシェークスピアの『マクベス』の講義を始めると、今度は好評を得た。シェークスピアは、漱石が以前から敬意を抱いて来た作家だった。留学前の熊本五高の教諭時代には早朝授業をしたことがあり、また留学中もクレイグ博士に教えを乞うなど、自信もあった。

そしてシェークスピアについての講義を始めると同時に、抽象的だった「英文学形式論」の講義を打ち切り、具体的に英文学を扱う「内容論」に改めた。これらの処置が、ゆくゆく良い結果につながって行く。

秋からの『マクベス』の後、翌年の春から始めた『リア王』の講義も順調で、学生たちからも「文科大学は、夏目先生ただ一人で持っている」と言われるほどになる。その頃には、漱石の「神経衰弱」も、少しずつ落ち着きを見せ始めた。それは「抑圧」していた「文学への夢」に、漱石が一歩、近づいたためであったに違いない。そして、この年の終わりに、漱石は初めての小説『吾輩は猫である』の執筆を始める。

この漱石の小説家としての処女作は、もともとは一回読み切りの予定で、俳誌『ホトトギス』に掲載された。だが好評を得て、その後二年間、連載を続けた。ともあれ、漱石が『吾輩は猫である』の第一回目を書いたのは、三十七歳になった明治三十七年、英国から帰国後、二年目の暮れのことである。

漱石の「神経衰弱」は、大学でシェークスピアについての講義を始めた頃から回復に向かい、その後、長年「抑圧」していた「文学への夢」を本格的に掘り起こし、ついに初めての小説『吾輩は猫である』を書き始め、それが好評を博す中で、自然と忘れ去られた。俳誌『ホトトギス』に『吾輩は猫である』が掲載され始めた明治三十八年には、『倫敦塔《ろんどんとう》』『幻想の盾《たて》』『薤露行《かいろこう》』、翌三十九年には『坊っちゃん』『草枕』などの作品も書いた。

それらにより、漱石の作家としての名声が確固たるものになった明治四十年、四十歳になった漱石は、「朝日新聞社」に小説担当の社員として、厚く迎い入れられた。それは思春期に「文学への夢」を抑圧してから、なんと二十五年後のことであった。こうして一度は「職業にならない」と兄に言われたはずの「文学」が、とうとう漱石の職業となった。

漱石は、こうした経緯に関し、要するに「神経衰弱と狂気」が自分を「創作」に向かわせ、『吾輩は猫である』以降の作品が書けたのだから、それについて「感謝したい」と述べている。しかし逆から見れば、漱石が「文学への夢」を「抑圧」した時に、まさに「神経衰弱」の種が蒔《ま》かれたのであった。

そのような経緯については、この後に詳しく触れるが、英国留学中の明治三十五年の秋、それまでの漱石にとって、「文学への夢」の象徴的な存在であった親友・正岡子規《まさおかしき》の、病状の悪化と「死」の知らせを受けた後、漱石が好きだった句作をやめて「創作」から遠ざかり、かわりに観念的な「英文学論」で身を立てようとした時期に、「神経衰弱」は、最も悪化した。

ともかくも、帰国後の漱石に訪れた人生最大の精神的ピンチを救ったのは、とっておきの「文学への夢」の発掘だったわけである。

その2 「夢」の生成

正岡子規

漱石が二十二歳の時、第一高等中学校（現・東京大学教養学部）の友人として知り合った正岡子規（松山藩士の家出身）は、その後の漱石にとって、常に輝かしい「文学への夢」の象徴的な存在だった。子規はその後、漱石と共に帝国大学に進学するが、早々に中退。やがて短歌、俳句の革新に気炎を上げ、明治三十年には俳誌『ホトトギス』を創刊して活躍。だが、持病の結核により、明治三十五年、三十四歳でこの世を去った。

漱石は、そのような子規の境遇や闘病生活に対し、常に気遣いを示した。そして、子規が没した明治三十五年の秋、漱石は留学先のロンドンで「神経衰弱」に襲われる。子規は、楽しみにしていた漱石との再会を果たさぬままに逝ってしまった。

子規は、気丈夫で積極的な性格だった。先輩には自分から近づき、後輩に対してはリーダーシップを発揮した。たとえば郷里の松山にいた後輩の高浜虚子《たかはまきょし》や河東碧梧桐《かわひがしへきごとう》に俳句の手ほどきをし、後の俳句革新運動の母体を作った。一方、すでに時の人であった幸田露伴《こうだろはん》や坪内逍遙《つぼうちしょうよう》に、すすんで親交を求めた。

だが子規は、個性が強く迎合しない漱石については、文学的には容易に受け入れたわけではなかった。たとえば漱石が、鷗外《おうがい》の初期の作品を褒《ほ》めた時には、意見が合わずに論争になった。そこには、ゆくゆく「写生」を提唱する子規と、より浪漫的な志向を持つ漱石との見解の違いがあった。また子規の志向は、小説であれ俳句であれ、始めから「創作」であったから、漱石にとっては刺激のある友人だったが、特に大学入学後、漱石が「英文学（論）」を専攻した頃には、互いの関心が食い違い、交流が途絶えがちになった時期もある。

しかし帝大卒業後の漱石が、くしくも子規の母校である愛媛の松山中学に赴任した明治二十八年の夏、子規が漱石の借家に転がり込み、二カ月ほどの闘病生活を送ることになり、再び交流が始まる。子規が漱石の下に転がり込んだのは、新聞『日本』の従軍記者として、日清戦争最中の大陸に赴《おもむ》いたものの、帰りの船で喀血《かっけつ》し、神戸病院、須磨保養所に入院（所）後、さらに療養生活を必要としたためだった。

漱石は子規の生前、その花々しい活躍を横目で見ながら過ごし、子規の没後、子規の弟子であった高浜虚子を介し、子規が残した俳誌『ホトトギス』に『吾輩は猫である』を連載して、文名を得た。漱石は、思春期に「文学への夢」を「抑圧」してしまった後は、『吾輩は猫である』を書くまで、一度も小説家になりたいと言ったことはなかった。

振り返れば、漱石が子規と交友を得たのは明治二十二年、第一高等中学校に在学中の二十二歳の時である。前年から顔は見知っていたが、講談の帰りに偶然出くわし、寄席《よせ》について語り合ったのが親交の始まりだった。

ところで思春期に「文学への夢」を「抑圧」した漱石であったが、その後もせめて「自分は何か趣味を持った職業」に就きたいと思い続けていた。また家族から「性格的には変物」でも、「世の中に必要不可欠なことをするなら職業になる」などと言われたこともあり、それならば「衣食住」の一つである建築をやろうと考えたこともある。

しかし子規と親交を持ち始める前年、漱石は、天才型と言われた友人の米山保三郎《よねやまやすさぶろう》（帝大に学び、空間論を研究。明治三十年、留学を直前にひかえて急死）に、「建築ではどんなに頑張っても、英国のセントポールズ大寺院のようなものを天下に残すことはできない。文学の方が見込みがある」と言われ、漱石はその言に敬服して建築を断念。次に抱いた「夢」は、「英語でえらい文学上の述作をやって、西洋人を驚かそう」というものだった。

つまり当時の漱石は、すでに自らの純粋な関心事であった漢文や小説などの「創作」という、本来の「文学への夢」をすっかり「抑圧」した上で、自らの将来を考えていたに過ぎなかった。また家族に言われたように、時勢に合った「世の中に必要不可欠な」何らかの学問や技術の習得を優先的に考えていた。だが、そのような時期にあった漱石でさえ、子規との出会いは鮮烈で、すでに

「抑圧」していた「文学への夢」を刺激され、意識させられるに十分だったようである。

子規と漱石には、幼い頃から漢文に親しんだという共通項があった。まず付き合い始めた春、子規はそれまで書きためていた「七艸集《ななくさしゅう》」という詩文集を漱石に見せる。漱石はこれに感服し、漢文で評を書いて返礼する。その際に、子規は、自分が以前に用いていた「漱石」という雅号《がごう》を漱石に与えた。これが後に、漱石（本名、夏目金之助）のペンネームとなる。漱石は、「漱石」という名を、その後も最も身近な「文学への夢」の象徴的存在として君臨し続けた子規から、授かったのであった。

その後、漱石が夏の房州旅行の思い出を「木屑録《ぼくせつろく》」という漢詩文にまとめて子規に見せる。それに対し、子規は「千万人に一人」の才能と漱石を評した。こうして子規は、漱石が英文のみならず、漢文にも秀でていることを見出し、はっきりと認めた。

翌明治二十三年にかけ、二人の間ではかなり突っ込んだ文学上の意見交換もなされたが、漱石は予定通り、帝国大学文科大学英文科に入学する。一方、子規は哲学科であった。文学を分かり合える友に刺激され、自分の方から多々働きかけた漱石ではあったが、一たび深層に「抑圧」されていた「文学への夢」は、将来の職業選択に通じる大学の学科選択に影響を及ぼすほどまで、意識的に発掘されたわけではなかった。

要するに、自分が一番好きな「文学」は職業にならず、「英文学（研究）」をやらなければならない、という気持ちに支配されていた。とにもかくにも「文明開化」の御時世だったことに加え、漱石が翻訳の仕事に就いていた亡き長兄の面影を追うように、英文科を選択した可能性もあるだろう。

漱石は、人からの許可がない限り、なかなか思い切った決断をしない人でもあった。

だが、はっきりとした自覚がなかったとしても、漱石の深層では「文学への夢」が眠り続けていた。そして、それは子規との親交により掘り起こされたが、自覚をもって意識化され得なかったために、やがて漱石は精神的な不調に悩む。

そして、英文科への進学を決定する直前から「厭世主義」に陥った。明治二十三年の八月に子規にあてた書状には、「何となく浮き世が嫌になり、どう考え直してもいやでいやで立ち切れず、去りとて自殺うるほどの勇気もなきは……」と書かれている。自分の「夢」をみすみす見殺しにするような進路決定をすれば、人は人生に嫌気がさすものだ。特に漱石にあっては、後の人生を見れば明らかなように、「文学への夢」は大本命であったのだから、なおさらのことである。

しかも漱石にとって英語は、すでに少年時に一度、本当は大好きだった漢文と引き換えに選択して学び続けて来たという、いわくつきのものだった。だから、英文科への進学は、無意識的であったにせよ、いよいよ自分が自らの「創作」という「文学への夢」を捨て、逆側の進路を歩まなければならないことを確認し、自己否定の諦めを痛感せざるを得ない選択だった。

ところが、それから半年後の明治二十四年一月、子規は哲学科から国文科に移籍する。それを知った漱石は、何だか取り残された気がしたに違いない。国文学を志したことはなかったものの、以後の漱石は、自分は「文学への夢」を「抑圧」したにもかかわらず、「夢」に向かい、正面から立ち向かう子規の姿を見ることになるからだ。

当時の子規は二十三歳、すでに一〜二年前から結核による喀血があった。人生の時間に限りがあるという思いの中で、精力的な活動を展開した。多くの執筆を試みる傍ら、郷里の松山にたびたび帰省し、後の俳句革新運動を共に担う高浜虚子や、河東碧梧桐らと句会を始めた。また以前から心がけていた小説にも取り組み、幸田露伴に批評をあおぐなどの、意欲を示した。そして翌明治二十五年には、帝大を退学してしまう。

一方、漱石は「厭世感」を深めた。特に子規が国文科に移籍した明治二十四年四月には、「狂《きょう》なる哉狂《かなきょう》なる哉僕狂《かなぼくきょう》にくみせん」と子規に書き送るまでに悪化した。『吾輩は猫である』に先立つこと十余年、たった一回きりの小説の試みがなされたのもこの頃である。この時の原稿は、十五、六枚だけ書きかけて終わってしまう。それは漱石が「文学への夢」に、ほんの少しだけ近づきながら、結局は何も起こせず、再び「抑圧」してしまったことを象徴するかのような出来事だった。

ともあれ子規とは違い、少年時に一度「文学への夢」を「抑圧」した漱石には、この時すぐに小説を書き上げ、「創作」に移行するには、意識の上でも技術の点でも、無理があったのだろう。

漱石の「文学への夢」の土台には、大好きだった漢文の他、無意識的ではあったにせよ、子供時代、そして十四〜二十六、七歳まで寄席に通って聞いた、講談や落語からの影響があったと思われる。そこから考えれば、漱石の「文学への夢」の本命は、やはり潜在的には小説であっただろう。

町人気質

漱石は、小さんの滑稽話を好んだが、当時は、近代落語を確立した三遊亭円朝の全盛期で、主軸は人情話であった。滑稽話は、『吾輩は猫である』『坊っちゃん』に影響を与えたであろう。また人情話には、「因縁《いんねん》」が付きものだが、それを近代的に推移させ、そこに英文学の素養――特に好きだったシェークスピアなど――を掛け合わせたものが、ゆくゆく職業作家としての漱石の、創作資源になったのではないかと思われる。

漱石の手法は、いわゆるリアリズムではないが、ある意味、浪漫的なスタイルの中に盛り込まれた「精神分析的リアリズム」とも言えるほど、登場人物の持つ成育歴、あるいは生まれ落ちた時点からの「因縁」を近代小説の中へ結実させたような感がある。

また漱石は、維新で財を失った町方名主の家の出であった。そのような出自の中に、町人気質としての新しい時代への敏感さと好奇心、また滑稽や洒落気、そして持前のインテリジェンスを生かして、文化的な名誉奪回を促そうとする磁場もあったに違いない。そのような磁場を全面的に生かす手立てとして、英文学の素養が、後には大いに生かされた、とも言えるだろう。

しかし、この時に小説を書きそこなった漱石は、英文科に入学してから卒業するまでの三年間を悶々《もんもん》として過ごす。「文学への夢」を再び「抑圧」した漱石の自己矛盾は、「厭世感」を深化させ続けた。そして卒業後、大学院に進む頃には、すでに自らが選んだ英文学に、「欺《あざむ》かれらるが如《ごと》き不安の念」までを抱くようになった。それは要するに、自分が漠然と求めてきた何かを英文学には見い出すことができそうもない、と感じる不安なのであった。

一つは、かつて抱いた「英語の述作で西洋人を驚かす」という「夢」の非現実性を悟ったためである。しかし根本的に、漱石にとっては「英文学（研究）」という選択自体が、すでに「本来の夢」を否定した上にあったので、人生に求める満足を見出すことのできない不安を感じるのは当然だった。つまり「英文学に欺かれる」のではなく、「自分で自分を欺いてしまった」ゆえの不安であった。この不安は漱石に、その後何年間もまとわり続ける。

その間、子規は小説で芽が出ないことが分かると、今度は韻文でやっていこうと決意する。結局、坪内逍遙を訪ねて『早稲田文学』に俳句欄を設けることに成功し、担当者の地位を得る。そして大学を中退し、郷里から母と妹を呼び寄せた。また新聞『日本』の記者となり、ここにも俳句欄を設ける。とにかく子規は、人生を大きく転換させ、ついに文学についての行動を起こした。かねてからの「夢の実現」に向け、確実に歩みを進めた。

漱石は、そうした子規の活躍の傍ら、苦悩の日々を過ごす。明治二十六年七月（当時の新学期は、秋だった）、二十六歳で大学を卒業した漱石は、大学院に席を置きつつ、十月から高等師範学校の英語教師になった。

その採用時には、夏の間にあてにしていた学習院大学への就職話が、決定寸前に、エール大学理学部および医学部を卒業した重見周吉に破られる、という落胆があった。そのせいで、投げやりな気持ちになったためか、高等師範学校と同時に、採用試験に合格していた第一高等中学校（明治二十七年から第一高等学校になる）にも、良い返事をしてしまい、採用が二重になって叱責を受ける。しかも漱石は、採用された堅苦しい校風の高等師範ではなく、本当は自由な校風で知られる第一高等中学校で教鞭《きょうべん》を執《と》りたかったのだという。

これに続く明治二十七、八年は、漱石が「神経衰弱」を著しく悪化させた時期である。また、これは誤謬であったかもしれず、結局はすみやかに治癒したものの、肺結核という診断を受けたのも、この頃だった。そして、前年の子規にならうかのように出かけた夏の東北旅行から帰京後、妄想を伴う激しい「神経衰弱」に陥った。その結果、寄宿していた友人・菅虎雄《すがとらお》の元から、突然に失踪するという事件を引き起こす。

その事件のすぐ後、漱石は、菅も下宿したことがある小石川の法蔵院（伝通院の脇の別館）に下宿をした。夏目家には、「この前後に漱石の恋愛事件があった」という言い伝えがある。この時の失恋相手については、後の漱石の文学作品の中に現れる「幻想のマドンナ」とも言うべき女性像の原型であろうと思われる歌人で、後には小説も書いた、閨秀《けいしゅう》作家の大塚楠緒子《くすおこ》だという説が、ある。

失恋事件

ここで楠緒子の話に入る前に、少年期から青春期の漱石を捉えた女性たちについて、見てみよう。

まず、二歳から九歳になる頃まで漱石が養子に出されていた塩原家の養父であった昌之助が、漱石の養母と離縁した後に再婚した日根野かつの連れ子に、れんという美少女がいた。漱石も、養父の新しい家庭で一年余り同居した。また漱石が養家を離れて実家に戻った後も、漱石が十四、五歳になるまでは、養父は漱石をれんの夫に迎えることを考えていたらしい。

そして、後に『三四郎』の中で、広田先生の思い出として語られる、明治二十二年二月の文部大臣・森有礼《ありのり》の葬儀の際、漱石が見染めたという美しい少女がいた。この少女が、大塚楠緒子だったのではないか、とする推測もある。また、これより少し前、長兄（大助）と次兄（直則）が、肺結核で相次ぎ逝去した翌明治二十一年、三番目の兄の直矩《なおかた》に嫁いできた登世《とせ》がいる。

登世は、漱石より一つ年上であったが、明治二十四年の夏、つわりのために死去した。その頃、子規から俳句入門の心得が送られてきたことに応え、漱石は登世に対する「悼亡の句十三句」を子規に書き送った。また晩年にも、漱石は息子の伸六などに、登世に対して敬愛としての情を抱いたことを語っている。

そもそも漱石は、父親似と言われた三番目の兄とは気が合わなかった。この兄は、登世が悪阻で容態が悪いのを顧《かえり》みることなく、夜遊びを続けた。そのような兄への反発が、兄嫁への哀れみや情を誘った部分もあったに違いない。

また実父が、漱石が実家に戻ってからも実子であることを容易には認めず、実母も親子の名告《なの》りもせぬまま、漱石の思春期に早世したという事情もある。そのように肉親からの直接的な愛情にあまり恵まれなかった漱石にとって、登世からの日常的な心配りは貴重な体験であり、加えて登世が夭折《ようせつ》したことによる憐《あわ》れみも、後々の登世に対する思い出の情を深める要因になった可能性もある。

加えて、亡くなった次兄の妻であった小勝《こかつ》のことも慕っていたらしい。明治二十五年七月には、小勝の岡山県の実家に一カ月近く滞在し、小勝の再婚先の家にも足を運んだ。しかし、この兄嫁も、明治二十七年に亡き人となる。

ここでもう一度、登世が亡くなった明治二十四年に戻りたい。その年は、前年の秋に漱石が英文科への進学を決め、子規が哲学科から国文科へ移籍した年であった。漱石は「先が見えない」という心象風景を象徴するかのようにトラホームを患い、井上眼科（現・千代田区神田）に通院した。

ちなみに漱石の目が悪化し始めたのは、英文科に入学する直前の夏からである。この井上眼科で会った「銀杏返《いちょうがえ》しに竹なわをかけた女性」は、すでに見知っていた人ではあったが、「突然の邂逅《かいこう》に驚いた」と子規あてに書き送った。それは登世が亡くなる十日ほど前のことである。

井上眼科には、明治二十七年に、友人・菅虎雄の下から失踪し、法蔵院に下宿した頃にも、毎日のように通院した。そして法蔵院に下宿をする前後に「漱石の恋愛事件があった」という夏目家の言い伝えに合致する内容を、漱石の妻となった鏡子は、次のように伝えている。

「この明治二十七年の頃にも、井上眼科の待合い室で会う細面《ほそおもて》の美しい女性がいて（これは二十四年の頃と同じ人物のことらしい）、その人は気立てが優しく、芯から親切で、見ず知らずの不案内なお婆さんなどの手を引いて診療室へ連れて行ったりするような人で、漱石はその女性に良い印象を持っていた」。ちなみに、このような親切な態度は、人々が伝える大塚楠緒子の印象にも通じるもので、細面と言い、漱石の好みのタイプの女性像である。

また鏡子の伝えるところによれば、「その女性の母が芸者あがりの性悪な見栄坊《みえぼう》で、『娘を（漱石の嫁に）やるのはいいが、頭をさげてもらいに来るべきだ』と言い、それに従いたくなかった漱石は、『それならいい』と意地を張った」。さらに「法蔵院の尼が、その女性の母の依頼を受け、漱石の様子を探る『探偵』をしている」、という妄想を持った。

この時の「探偵妄想」については、当時、下宿から失踪後の漱石を心配した三番目の兄が、寺に漱石の様子を尋ねていたので、あながち的外れではないが、尾ひれが付いた「妄想」が混入しているに違いなかった。その上、相手の家から実家に結婚の申し込みがあったのを父や兄が「勝手に断った」と思い込み、血相を変えて怒ったまま飛び出した。しかもその時、「どこからの申し込みなのか」という家人からの問いに、漱石は答えなかったという。

これらの妻・鏡子による夏目家の言い伝え（『漱石の思い出』）に、まったく信憑性《しんぴょうせい》がないとは言えないが、二十四年と二十七年の話が一緒になるのには、少し無理が感じられる。そして、二十七年の失踪事件前後の時期の重なる、本命とも言うべき失恋事件の相手は、後述の大塚楠緒子ではなかったかという推論も、現在では有力である。だから、もしこちらが本命であるとすれば、後年これをカムフラージュするために前述の「井上眼科の銀杏返しに竹なわをかけた女性」についての言い伝えが明治二十七年ごろまで引き延ばされ、その女性との結婚に至らなかった理由と法蔵院時代の「神経衰弱」の悪化が、強い結び付つきをもって語られて来たように思われなくもない。

またもちろんのこと、明治二十七年頃に、井上眼科で会ったという、楠緒子に似た女性が存在した可能性もある。だが女性像の類似は元より、結婚に関する交渉の失敗なども、漱石の深層が導き出した公約数的な事象として、とらえればいいのではないか。

大塚楠緒子

ここからは、大塚楠緒子のことである。漱石が楠緒子のことを知ったのは、明治二十六年七月に、帝国大学文科大学英文科を卒業し、大学院に通うべく帝国大学寄宿舎に移り、小屋保治《こややすじ》（群馬県出身。後の大塚楠緒子の夫）と親しく付き合うようになってからのことである。

その七月に、保治が興津《おきつ》（現在の静岡市清水区）に夏の旅行に出かけ、見合いのような形で楠緒子母子と会った。漱石はそれを大変に羨《うらや》ましく思ったようだ。ちなみに楠緒子と保治の結婚前の漱石を含めた三角関係の信憑性《しんぴょうせい》について、漱石の友人たちは口を閉ざしたが、保治の実家の地元では肯定的であった（河内一郎『漱石のマドンナ』）、という。

その楠緒子は、評判の美貌を持つ文学肌の才媛で、漱石や保治より八歳年下だった。十五歳の時から母と共に、佐々木弘綱・信綱（後に竹柏会を主宰、歌誌『心の花』を創刊）父子に師事した。また、東京高等女学校（後のお茶の水高等女学校）を主席で卒業した深窓《しんそう》の令嬢で、学生たちの間でも注目される存在だった。

一人娘である楠緒子の、「文科の卒業生に嫁ぎたい」という希望のもと、大学寄宿舎の舎監から候補に挙げられたのが、漱石と保治であったともいう。保治も漱石も、楠緒子には強烈に魅かれたようだ。漱石が楠緒子を見知ったのは、保治より後だが、漱石と楠緒子にも、相思相愛を信じ合えるような時期があったという説も、いくつかある。控訴長を勤めていた楠緒子の父（元・土佐藩士／大塚正雄）が、仙台に単身赴任中だったこともあり、楠緒子の結婚話は母に任されていた。

母は、鋭い性格の漱石を避け、群馬の豪農の次男として生まれた穏やかな性格の保治を好み、大塚家の養子としてふさわしいと考えたようだ。また大塚家は裕福であったから、文部省貸費生だった漱石よりも、比較的に豊かに育った保治の方が、物質的な育ちの面で、婿《むこ》として似合っていたということもあっただろう。漱石が貸費生だったのは、維新前は町方名主《まちかたなぬし》だった父が、維新後に失職し、没落したことによる。加えて、漱石が十三歳になる頃には、近所からの出火により、生家が焼失するという災難も加わった。

母の婿選びの判断を前に、女学校を卒業したばかりだった楠緒子は、太刀打《たちう》ちできずに過ごしてしまったようだ。また漱石には前述のように、相手の家から頼みに来るのでなければプライドが許さないという頑固さがあったようで、求婚の行動は起こさずじまいであったと思われる。そして、これがさらに、楠緒子の漱石に対する気持ちを難しくしてしまった可能性もある。

最終的には、保治に状況が有利に働いていることを知った漱石が、自分から身を引いてしまったようでもある。あるいは、後の『それから』や『こころ』のモチーフに類似するような、漱石と保治との間で、楠緒子をめぐる何らかの遣り取《やと》りがあった可能性もなくはない。また、もとより楠緒子の母は、始めから保治を考えていたとはいえ、煮え切らない漱石の態度に、楠緒子も愛想をつかし、保治を選んだようでもある。

ともあれ、自分も深い関心を寄せていた楠緒子と保治の結婚に至る経緯は、漱石の深層に割り切れないしこりを残したようだ。それにより漱石は、持ち前の「コンプレックス（劣等感）」を刺激され、大いに動揺したのではないかと思われる（大塚楠緒子については、この後も、本書の中でたびたび触れる）。

漱石の「妄想」は、ひょっとしたらまだ相手の家から縁談の依頼があるかもしれない、という期待と願望から始まり、「実家の父や兄が、縁談の申し込みを内緒のうちに断ってしまったのではないか」という所に発展し、漱石は詰問に行く。しかし、それはもとより思い込みによる「妄想」であったようだ。

漱石の実家は、すでに母は亡《な》く、上の二人の兄も病死していた。残っていたのは、年老いた実父と三番目の兄だけで、漱石にとっては、気持ちが通じ合わない者たちだった。漱石は、もともと実父が五十を過ぎてできた子で、その時には家督《かとく》を継ぐべく兄たちもいたので、物心がつかないうちに養子に出された。ちなみに三番目の兄も、子沢山になるのを嫌う父の方針で、一度は養子に出されている。

その後、養父母の離婚と、養父が漱石を給仕にしようとするのを気の毒に思った長兄の気配りで、漱石は九歳になった頃、実家に戻される。だが実家に戻った後も、養父が漱石の籍《せき》を返さないことに対する実父の判断により、実父母を祖父母と偽って教えられ、親子の名告りをすることもなく、特に実父からは、厄介者扱《やっかいものあつか》いにされた。

その上に、後妻だった漱石の実母は、謙虚で控え目な性格だったため、自分が産んだ四人の男子よりも、前妻の子である上の姉二人を優先的にかわいがった。

そのような中で漱石は、落ち着いた愛情体験がないままに育った。少年時には実家に戻った後も、実父から厄介者扱いにされるばかりか、「籍が戻らなければ老後の漱石からの援助も期待ができない」とばかりに、「いる価値のない存在」として扱われた。こんな風に育てられれば、すべての事情を理解できない子供にとっては、「いる価値のない存在」というメッセージだけが深層に植え込まれ、自己受容が不足した「コンプレックス（劣等感）」の強い人間ができ上がる。

その後も漱石は、実父から受容される体験がないままに育つ。ところが大人になり、上の二人の兄が亡くなると、三番目の兄が頼りにならない性格と見なされていたため、急遽《きゅうきょ》、漱石は家を支える義務を期待される。それはまるで、「愛される価値はなく、義務だけを背負わされた存在」と言わんばかりの処遇だった。

つまり青春期の漱石は、「文学への夢」を「抑圧」して苦悩した上に、失恋の痛手を受けても帰る暖かい家もなく、心の内は成育歴に由来する「コンプレックス（劣等感）」で空洞化していた。

特に、漱石が大学を卒業してから、楠緒子への失恋によると見られる失踪事件を起こすまでの二年間は、子規も多忙になり、目指す将来の違いが明確化したことも重なり、二人の交流は減少の一途をたどった。子規の方から漱石を求めることはなく、漱石の「文学的な創作」も、ほとんど見られない時期だった。

漱石が、当時の下宿先から失踪する直前に、子規にあてて書いた手紙に、「この三、四年来沸騰せる脳将《のうしよう》を冷却して尺寸《せきすん》の勉強心を振興せんため」とあるのは象徴的で、漱石は、「文学への夢」を見失った上に、失恋事件が加わり、頭が沸騰してしまったのだ。そして法蔵院に寄宿後には、「尼に偵察されている」という「関係妄想」が始まった。

この時の漱石は、人生の一つの行き止まりに突き当たっていた。困り切った末に、いつもは嫌っていた占いを自ら和尚に依頼する。そこで漱石は、「西へ西へと行く相がある」と言われる。続いて年末、それまで学友たちが通っているのを知りつつも、自分は避けていた「参禅」を目的に、鎌倉の円覚寺に足を運んだ。

また翌二十八年の正月には、横浜の英字新聞『ジャパン・メール』の記者に応募するが、不合格に終わる。これも英語に自信のあった漱石にとっては、屈辱的な出来事であったようだ。

そして明治二十八年三月、楠緒子と保治の結婚披露宴に参列。その後、山口高等学校からも招きがあったのを断わった上で、四月の初め、愛媛の松山中学に、俳句集を手にして赴任する。月給は前任の米国教師の月給にならい、東京高等師範学校講師時代の約二倍の八十円になったものの（ちなみに当時の松山中学の校長の月給は六十円、もう一人の英語教師の月給は四十円だった）、これは当時の感覚では、「エリートらしからぬ都落ち」だった、という。

漱石は、帝国大学文科大学英文科ができてから、まだ二人目の卒業生という特別な位置にあった。だが失意のどん底《ぞこ》で、周囲がみな自分を馬鹿にしてくる敵のように思えてしまうという「厭世感」に苛《さいな》まれながら、一心に東京を脱出したのだという。それは漱石、二十八歳の春のことだった。

振り返るに、新聞記者への応募や、子規の母校の松山中学への赴任の背景には、無意識的であるにせよ、「文学への夢」の象徴的存在だった子規を慕う気持ちが働いたのではないか。松山は子規の故郷であったから、かつて学生時代の夏休みに、漱石が帰省中の子規を訪ねたこともあった。だが、漱石が松山に赴任する直前の明治二十八年三月には、子規は新聞『日本』の従軍記者として大陸に渡り、もはや東京にもいなかった。かつて子規が占いを立て、漱石は「教育者になる」と言ったこともあった。あるいは松山に赴任した漱石が、「教室でも俳句集を手放さなかった」というエピソードも、印象的である。漱石は失恋の痛手を負った後、人生の突破口はやはり「文学への夢」に接近するしかないことを無意識的に感じ取っていたのではないだろうか。

一方、子規は、新聞『日本』の従軍記者として、日清戦争中の大陸に赴いたものの、帰りの船で吐血。神戸病院、須磨保養所を経た後、八月の終りから約五十日間を故郷・松山の、漱石の借家に転がり込み、療養生活を送る。二階建ての一軒家の、二階に漱石、一階に子規が陣取っての同居であった。こうして漱石は、期せずして再び、「文学への夢」に出会うことになる。

この時、松山の子規の俳句仲間が出入りして、しばしば句会が開かれた。漱石は、句会には顔を出さないものの、この間に、子規から俳句を教わった。そして以後の漱石は、俳句に熱中するようになる。秋になり、子規が東京に戻ってからも、月に一～二度のペースで、数十ずつの俳句を送り続けた。それに対して子規は、漱石の俳句に朱を入れて返送した。この俳句を介した二人の交流は、漱石が明治三十三年に英国に官費留学するまで続く。

もっとも子規の側では、漱石の俳句をそれほど重要に扱っていなかった。それでも一～二年後、漱石の名は俳壇で知られるようになる。

ところで、子規が松山の漱石の下宿に転がり込んでいた時、漱石に一枚の見合い写真が送られて来たことは、重要である。それは、後に漱石の妻となる中根鏡子の写真だった。

鏡子との結婚

明治二十八年の年末に漱石は上京し、鏡子と見合いをするや、すぐに婚約をかわす。あらかじめ子規が、漱石と折り合いが悪かった東京の漱石の実家を訪ねておいてくれるなど、お膳立ても整っていた。さらに鏡子との見合い話は、実家に残っていた三兄の職場の知人筋から浮上したものであったため、実家の理解も得やすかっただろうと思われる。当時の鏡子は、漱石より十歳年下の十九歳。貴族院書記官長だった中根重一（広島県／士族出身）の長女であった。

鏡子の父は、ドイツ法典を翻訳し、ドイツ語の辞書を編むなどの学者的な一面も持ち合わせていたので、漱石の「学問好き」に理解があり、何より漱石の優秀さに将来を託したようだ。漱石は、鏡子の「歯並びが悪いのを気にしていない大らかな性格」が気に入ったと言い、また鏡子は見合い写真の段階から「上品でゆったりしていて、いかにもおだやかなしっかりした顔立ちで……好ましく思われた」と、漱石に一目惚《ひとめぼ》れで、「漱石に嫁げなければ尼になる」とまで言い切った。

漱石は、明治二十九年の正月には子規の句会に参加し、そこで鷗外と顔を合わせる。そして、その四月、気風の合わなかった松山を結局一年で去り、熊本の第五高等学校に転勤。熊本で、六月に鏡子と結婚式を挙げた。だが当時の漱石は、「文学への夢」を俳句に見出そうとしていたわけで、早くも見合いの頃から「東京に帰りたい」と子規に漏《も》らしている。

一度は失恋による傷心から、東京を逃げ出した漱石であったが、再び「文学への夢」を取り戻してみると、帰京して本腰を入れてみたくなったのだ。もともと教師の仕事はあまり好きではなく、「できれば文学をやりたい」という自分の本心に、ようやく漱石も気づき始めた。

この明治二十九年、前年の喀血から尾を引くように、子規の病状はさらに悪化。やがて病はカリエス（結核性で骨が冒される病）であることが判明し、手術を受ける。いよいよ覚悟せざるを得なくなった子規は、「夢」に向かって邁進《まいしん》する。新俳句を提唱し、翌明治三十年には、俳誌『ホトトギス』を創刊。また、その翌年には『歌よみに与うる書』で短歌革新にも乗り出した。それはさらに、「写生文の提唱」へと発展する。

漱石はその間、「教師をやめて単に文学的の生活を送りたきなり」などと子規に打診しつつも、五高への義理もあり、進退きわまる気持ちのまま、四年余りを過ごした。だが熊本五高の同僚には、帝大時代の学友で漱石を招聘《しょうへい》した菅虎雄の他、菅と入れ代わりに、同じく学友だった狩野亨吉《かのうりょうきち》や山川信次郎の着任もあり、人間関係が苦手な漱石にとっては、松山よりも楽であったと思われる。

一方、新婚家庭では、鏡子の流産や「歇私的里《ヒステリー》」、また慣れない熊本での新婚生活を苦にした「投身自殺未遂事件」、つわりなどに悩まされながら、余暇には俳句を作り、東京の子規に送り続けた。やがて、長女の筆子《ふでこ》が誕生。しかし子規の病はいよいよ悪化し、衰弱の一途を辿る。英国への官費留学が決まった明治三十三年には、漱石は句作をほとんどしなくなった。それは、もはや漱石が俳句を送っても、子規の側にそれを添削する余裕がなかったためである。

こうして、俳句に見出そうとした「文学への夢」も一段落してしまった感があり、漱石は再び行き止まりに差しかかった。そのような中、突然に五高の校長の推挙の形で、漱石は文部省第一回給費留学生として、二年間の英国留学を命じられる。

ただし、これについては、貴族院書記長だった鏡子の父の、力添えがあったのではないかとも言われる。確かに鏡子の父は、漱石の秀才ぶりを買っていたし、漱石が教師を辞し、帰京したがっていることも知っていた。また遠方の熊本で苦労する娘への配慮もあり、それらへの解決法として、漱石の留学が浮上した可能性もある。

漱石は、五月に留学の命を受けると、七月には熊本を引き上げ、妻子と共に帰京した。そして子規を見舞い、また楠緒子の夫になった大塚保治に逢い、洋行事情を尋ねた。保治は、楠緒子との結婚後に出発したドイツ、イタリア、フランスへの四年間の官費留学から、ちょうど戻ったばかりであった。そうこうするうち九月になり、いよいよ漱石はドイツの汽船プロイセン号で、ロンドンに向けて出発する。

自分ではあまり乗り気でなかったこの留学に先立ち、漱石が真っ先に気にしたのは留学目的で、「英語研究」なのか「英文学研究」なのか、という点だった。漱石が望んだのは後者で、「英文学研究でもよい」という承諾を得てから、留学を引き受けた。つまり英国留学への間際にあって、漱石は改めて「自らの『文学への夢』は、英文学なのだろうか」と考えざるを得なかった。

しかし、そうは言っても、それは「英文学研究」であり、「自分の文学」たる「創作」ではない。そのため本来の「文学への夢」をまたしても見失った漱石は、ロンドンで再び「神経衰弱」に襲われることになる。皮肉なことに、やがて「英文学に欺かれたるが如き不安」を克服しようとした漱石が、「心理と社会という視点からも文学を研究するのだ」と、ロンドンの下宿で「文学論」に本腰を入れたあたりから、「神経衰弱」に蝕《むしば》まれた。

もちろんロンドンでの「神経衰弱」の下地には、不慣れな異国での生活という一種の極限状況の中で、持前の「コンプレックス（劣等感）」をさらに刺激されるという一面もあったに違いない。

ロンドンでの漱石

たとえば漱石には、人に対して自分を暗に「さすが」と思わせる「気取り」により、「無意識的な（自分では気づいていない）コンプレックス（劣等感）」の強さを補おうとする所があったと思われる。だが、そのような「無意識的な防衛」も、「文化的な差異」のある英国では、なかなか通用しにくい。体格の違い、日本人に対する相対的な評価、言葉の問題や英国文化への造詣《ぞうけい》など、どれをとっても、およそ漱石に勝ち目のあるはずはなかった。

また漱石は、基本的にコミュニケーションにおいてシャイだった。その上、いつも書籍を多く購入するためでもあったが、経済的に余裕のない留学であったから、金銭面でも卑屈になりがちだった。それらだけでも持前の「コンプレックス（劣等感）」を刺激されるには十分であっただろう。このような問題に加え、前述の「文学への夢」を見失うという根源的な問題が、奥底に横たわっていた。

さらに留学一年後（明治三十四年）の秋には、子規から「生きて再会するのは無理」という書簡が届く。これは、やはり大きな出来事で、その直後に、漱石のロンドンでの日記は中断する。それまでは、漱石が子規に書き送った書簡の一部は「倫敦《ろんどん》通信」などと題され、時には『ホトトギス』に掲載されたが、帰国まで一年を残したこの時期をもって、漱石は子規への書簡も書かなくなった。実母や姉、そして兄たちや兄嫁など、気持ちの通じる大切な人々に先立たれた体験を重ね、それが「トラウマ」と化していた漱石は、もはや子規の「死《し》」に直面することを避けたくなってしまったことが推測される。

ついに「文学への夢」が失われていくことを認めざるを得なくなった漱石は、半年前から構想を立てていた『文学論』の執筆に、いよいよ本格的に取りかかる。それは、一方では「英文学者になるのは馬鹿らしい」という奥底の気持ちに気づきながらも、「この道を進むしかない」という、義務感に裏打ちされた一大プロジェクトであった。

それからの漱石は人にも会わず、アパートの自室に閉じ籠《こも》った。そして、前々から費用の許す限り買い込んでいた洋書を片端から読破し、ハエの頭のような小さな字でノートにまとめた。それらのノートを重ねると、五、六寸（十五〜十六センチ）ほどの高さに達した、と言う。しかし、その内容は、文学的な香りとは無縁の、観念的で理論尽くめのものだった。

　当時の漱石は、十年をかけて大論文を成すつもりでいた。また、この時の「英文学研究」は、後年、職業作家として立ってから、創作の助けになった部分も、もちろんあった。だが当時としては、それは本当の「夢」を差し置いての決断であったから、内面の「喜び」とは無縁だった。要するに、「こうあるべきだ」という味気ない理屈の中に、漱石は埋没していた。人は誰でも、根源的な部分で「夢」を失えば、思い込みの義務感の中に縛られて硬直するものである。

　このように自分で気持ちを縛った上に、外出をせず、外部への好奇心も失い、内面の正直な感受性にも心を閉ざし、理屈ばかりを追いかけた漱石は、やがて心のバランスを失った。これらすべてが、当時の漱石の「精神衰弱」の、根元的な要因だったと予測される。

　翌明治三十五年、漱石の留学期限が切れる三カ月前の九月、子規はとうとう帰らぬ人となる。だが当時は、東京からロンドンへ書簡が届くには約二カ月を要し、漱石が子規の訃報を知ったのは、秋も終わりの十一月の下旬のことだった。

　漱石は、ちょうど子規が帰らぬ人となった頃、強度の「神経衰弱」に襲われた。子規へ書簡を書かなくなって、約十カ月が経っていた。ついに友人が、「夏目狂セリ」の電報を日本に打った。漱石自身は、知人の勧めで、自転車に乗る稽古を始め、スコットランド旅行に出かけるなど、必死に「神経衰弱」の克服に努めた。

観念的になった頭を解くためには、「思考」に偏った集中の状態に対して「体感」を取り戻し、凝り固まった「心身の硬直」をほぐして、気持ちを外側に向けようとする自転車の稽古や旅行は、それなりに有効な手段ではある。だが、もとより「文学への夢」を喪失していた漱石にとって、根本的な解決法にはならなかった。

漱石は、「神経衰弱」の最中に子規の訃報を受けた。それでもその「死」を弔《とむら》う句を作り、虚子あてに送った。そして、その直後の十二月始め、二年一カ月の留学生活を終え、漱石は帰国の途に着いた。

ここで一時、話はさかのぼる。漱石はロンドンに着いて三カ月後の、最初の誕生日を迎えた明治三十四年二月九日、帝大時代からの四人の友人、狩野亨吉（当時は第一高等学校校長）、大塚保治（帝国大学文科美学教授）、菅虎雄、山川信次郎にあてて、手紙を書いた。手紙の最後で、保治に向け、楠緒子のものらしい指輪の消息について「大塚君の指輪は到着したかね　安達から手紙が行ったらう」と触れたのは、漱石が後に書いた『それから』の中で、代助が三千代に贈った指輪を考える上でも示唆的だが、さっそく「帰国後は熊本ではなく、東京の学校に移りたい」と協力を求めた。

熊本は、やはり東京生まれの漱石にとっては辺境であり、かつて青春時代の「神経衰弱」の最中に、都落ちするつもりで赴任した松山の延長線上に位置するものであっただろう。だが、振り返れば漱石の人生は、若き日の「神経衰弱」の最中に、尼に占ってもらった通り、「西へ西へ」、つまり松山から熊本へ、さらにロンドンへと流れて行ったことになる。

帰国後の漱石

明治三十六年一月下旬、漱石は帰国する。友人たちの助力が実り、四月から東京帝国大学と第一高等学校の教壇に立つことになっていた。だが、留学中から高じた「神経衰弱」は、漱石に「被害妄想」や「癇癪」を起こさせた。帰国直後には、火鉢のふちに置いてある銅貨を見て、いきなり子供をぴしゃりと打つようなこともあった。

一見、脈絡のないその行動は、ロンドンにいた時に生じた「妄想」と、目の前の光景が、頭の中で偶然に重なったために起きた。どういうことかと言うと、漱石はロンドンで「下宿の主婦が、探偵のように自分の後を追ってくる」という「妄想」を抱いたことがある。そのような時、たまたま下宿のトイレの窓の縁に銅貨が置いてあるのを見ると、「これは先ほど自分が乞食にやった銅貨を主婦がその行動を批判して、これ見よがしに乞食から取り返してそこに置いたのだ」と思い込んだ。

帰国後の漱石は、今度は自分の子供が、それを思い出させて漱石を馬鹿にするために、わざわざ銅貨を火鉢の縁に置いたのだと思い込み、「癇癪」を起こした。このような「妄想」は、たとえば現代では「妄想性人格障害」などと呼ばれる。統合失調症の「妄想」とは異なり、神経症的な「関係妄想」の類《たぐ》いとされる。つまり人や自分を責めたり、気にしたりする必要はないのに、始めにロンドンで乞食に金をやったことに対する自己批判があらかじめあるために、反動として人を責めざるを得なくなるのだろう。そのような自己批判は、自己受容の不足から生じるものである。

そのような漱石ではあったが、四月から教壇に立った。だが、もともと生徒とのコミュニケーションが得意でない上に、着任早々、不幸な出来事が重なる。

まず、一高の教え子だった藤村操《ふじむらみさお》という生徒が、日光の華厳《けごん》の滝に飛び込んで自殺する。それは五月のことだった。投身した藤村が、滝の絶頂にある大樹に「巌上之感《がんじょうのかん》」と題する一文を彫り残したことともあり、当時の話題をさらう事件となった。漱石にしてみれば、この生徒が予読して来なかったのを二度にわたり叱責した矢先のことで、自分に直接の責任はないものの、気を揉まざるを得なかった。また興味深いことに、藤村の死因には、学問的大望に対する幻滅に、失恋が重なった痕跡があると言われ、青春期の漱石が「神経衰弱」に襲われた原因に、酷似《こくじ》している。

またこれと同時期に、大塚保治と楠緒子の間に生まれた三女が亡くなり、その葬式費用という名目で、帰国後に保治から借りていた金の返済を大塚家から突然に迫られた。これはおそらく、漱石と馬の合わなかった楠緒子の母の采配による申し出であっただろうと思われる。漱石は何とか別の友人から借金をして大塚家に返済したが、どこか腑に落ちないものを感じたらしく、弔《とむら》いに何と鯛《たい》を送り付けてしまう。青春期の失恋が引きがねとなったと思われる「神経衰弱」に始まり、漱石と楠緒子の母との間には、まだどこか対立意識が続いていたのではないか。

保治は友人でもあったから、他の友人に対するのと同様、就職について依頼し、また帰国後には、そこで『吾輩は猫である』を書いた千駄木の家（以前には、鷗外も住んだ）を借りる保証人にもなってもらった。だが、よく考えれば、もし楠緒子と保治の結婚前の経緯に関係した身であったとすれば、大塚家の婿となった保治に金を借りた漱石は迂闊《うかつ》であったかもしれず、特に楠緒子の母からは、その執拗《しつよう》さを嫌がられたのだろうと思われる。

一方、帝大では、文学的な講義で人気のあった前任者ラフカディオ・ハーン留任運動の余韻の中で、講義をしなければならなかった。そして前述のように、漱石の理詰めの「文学論」の講義は、学生たちの不評を買った。その内容は、ロンドンで「文学への夢」を見失って取り組んだ、あの観念的な「文学論」である。結局、漱石はロンドンでそれを書きながら「神経衰弱」に陥り、帰国後、それを講義することで、さらに病状を悪化させた。

こうして漱石はすぐに学校勤めが嫌になり、辞職願いを出した。それを引き留められながら、何とか夏までの講義を終える。だが、すっかり参ってしまった漱石は、夏休みの間中、妻子を実家に戻らせて別居した。妻・鏡子は、帰国後の漱石の奇行に驚いたが、医師から「神経衰弱」の診断を独自に貰うと、「病気のせいなら仕方ない」と納得し、離婚はしないと覚悟を決めた。

鏡子は、漱石を受容しつつ立てて扱うのが、それほど上手くなかったようだ。また漱石の性格に対し、批判的な視点を持つ妻でもあった。だが、家庭と結婚生活に対する責任感は強く、それゆえ最終的には漱石を尊敬し、頼りにする気持ちも強かったようで、とにかく漱石から離れようとしない人だった。

漱石は、夫婦《ふうふ》喧嘩《げんか》の末に妻子を実家に戻した夏、久しぶりに「創作」を試みる。この時の「創作」は、英詩である。漱石は二篇の英詩を作った。一つは、うまく行かない学校生活と「神経衰弱」で疲れた頭を休めようとするかのように、失われた静寂な世界への憧憬を表現した「Silence（静寂）」と題したもの。もう一つは、楠緒子のイメージを借りたような、「永遠の女性（マドンナ）」との別離の悲しみを表現した浪漫的な「Dawn of creation（天地創造の曙《あけぼの》）」という詩だった。

前者には、根元的な「永遠の女性（マドンナ）」であろう母への思いも挿入された。また後者の

「Dawn of creation」は、「創作の曙」と訳すことも可能である。そして、この二編の詩からトータルに感じられるのは、漱石にとって、「永遠の女性（マドンナ）」への愛のイメージと、その対象を喪失した悲しみが、漱石の「創作」の源泉と結ばれていたのではないか、ということだ。

漱石の英詩では、これに先立ち、ロンドンで書かれたものが最初である。それは、ホロメスの『オデュッセイア』に想を得たものだった。だが、当時シェークスピアについての個人教授を受けていたクレイグ博士に評価されず、以降は書かずじまいになった。

そのロンドンでの英詩も、実は、保治から送られてきた歌誌『心の花』を読み、楠緒子の消息に触れ得たことが、「創作」の契機になったと予測される。内容は、保治の留学中に留守宅を預かった楠緒子のイメージに重ねることができるようなものだった。

要するに漱石にとって楠緒子は、新婚当時「あれは俺の理想の美人だよ」と、既に文芸雑誌（『文芸倶楽部』明治三十年、臨時増刊号）に歌が掲載されていた楠緒子を鏡子に紹介したというエピソードがあるように、結婚後も依然として、「憧れの女性（マドンナ）」であったようだ。その楠緒子は、和歌や詩作のみならず英語にも秀でており、戯曲の翻訳なども発表していた。そのようなことも相まって、漱石に英詩のインスピレーションを与えたのだろう。

その夏、やがて気持ちが落ち着いてきた漱石の下に、鏡子の母が詫びを入れ、鏡子は子供を連れて帰宅する。だが、いざ漱石のもとに戻った鏡子は、母の詫びとは裏腹に、以前と変わらず漱石を苛立《いらだ》たせた。だが、とにもかくにも久しぶりの「創作」により、漱石の「文学への夢」は息を吹きかえした。また、それに勢いを得たかのように、秋からの講義でも思い切り、休み前に不評だった

「文学形式論」を「内容論」に変え、また以前から好きだったシェークスピアの『マクベス』『リア王』『ハムレット』などの講義を新しく始めた。

この時、漱石は苦悩しながらも、「こうあるべき」という理屈の層を一歩飛び越え、内面の好奇心と「夢」に近づいた。その結果は、まもなく見事に実を結び、漱石は学生たちの評判を得ることに成功する。教室は満員となり、そのうち西洋人や、新聞記者までもが聴講に来た。

この後も、学生たちにカイゼル髭を冷かされたり、あるいは講義ノートの作成に行き詰まるなど、たびたび神経に障ることもあったが、漱石は目をつぶるようにして教壇に立ち続けた。だが回復の兆しを見せつつも、漱石が一進一退を繰り返す「神経衰弱」を本格的に克服するためには、本物の「文学への夢」の実現が必要だった。

『吾輩は猫である』を書くまで

漱石は、これに続く秋から次の春にかけ、もう一編の英詩と、また前述の新体詩「水底の感」を創作した。後者は、五高時代の教え子で、当時は帝大生になっていた寺田寅彦あての葉書に、したためたものである。ちなみに内容は、浪漫的な男女の情を綴ったもので、それを寺田に送った日付は、ロンドンから四人の友人にあて、楠緒子への指輪のことを書き添えて送った手紙と同じく、誕生日の二月九日である。このような経緯を経て、ついに『吾輩は猫である』が書かれることになる。

漱石の小説家としての処女作にして、文名を一挙に押し上げた『吾輩は猫である』は、帰国して二年後の、明治三十七年十一月に書かれた。それに先立つ初夏のこと、夏目家に黒猫が居つくという珍事が起きる。漱石は「そんなに居つくなら飼ってやれ」と言うが、猫嫌いの鏡子は追い出そうとする。そこへ日頃から夏目家に出入りしていた按摩の老婆が、「爪の先まで黒い福猫だから、お飼いなさい」と助け船を出し、とうとう猫は飼われることになった。

この猫が、後に『吾輩は猫である』のモデルとなった猫である。鏡子も、この猫の件に関しては按摩の助言を聞き入れた。だが要するに、漱石の意を通したことが、成功につながったと言えるのではないか。さらにここに、鏡子の心配りと、子規亡き後の『ホトトギス』を主宰した虚子の助力が加わる。

その頃の鏡子は、漱石の「神経衰弱」を心配し、漱石に「気晴らし」をさせようと、虚子に漱石を芝居見物などに連れ出す依頼をした。だが、それだけで良い結果は得られなかった。要するに、漱石の「神経衰弱」の深層にくすぶっていたのは「文学への夢」であり、必要なのは「気晴らし」ではなく、「夢」の実現であったからだ。

能には多少の興味を示すが、歌舞伎は嫌いで、観ていてもいやになると帰ってしまう漱石に、虚子は別のアプローチを思いつく。それは、当時『ホトトギス』の同人らと試みていた連句や俳体詩の「創作」の座に、漱石を同席させることだった。やがて虚子は、漱石が「創作」には異様な熱心さを示すことを見抜いた。

そして虚子は、漱石に執筆を依頼する。それに応えて漱石が書いたのが、『吾輩は猫である』の第一章であった。漱石はニヤニヤしながら、原稿を虚子に差し出した。虚子は、その場で題名を書き出しの『吾輩は猫である』に決め、簡単に添削をすると、さっそく山会《やまかい》という『ホトトギス』のメンバーによる勉強会で朗読した。

これが、翌明治三十八年の『ホトトギス』一月号に掲載されるや、たちまちに評判を得た。そして以後、三十九年八月まで、毎号のように連載された。小説家、漱石の誕生だった。この時に、漱石が思い切って小説『吾輩は猫である』の虚構の世界に飛べたのは、楠緒子にインスピレーションを得たと思われる英詩の「創作」もさることながら、直前に虚子らと試みた連句や、俳体詩（連句形式の詩）の、虚構のストーリー性からの影響もあったことだろう。

また帰国後の明治三十六年の秋に始まり、三十七〜三十八年にかけて漱石が熱を入れた、絵葉書に描いた「水彩画」も、「創作」への感受性を耕したに違いない。寺田寅彦の記憶によれば、当時の絵葉書による文通の相手には、楠緒子も含まれていた。

そのような数々の新たな「創作」のフィールドを広げる準備の上に、小説の虚構世界の軸として、夏目家で飼われていた猫が納まった。そうしてついに、漱石の「文学への夢」は、子規ゆかりの『ホトトギス』誌上で、掘り起こされたのである。漱石は、『吾輩は猫である』の初回を脱稿後、すぐに『倫敦塔』『カーライル博物館』などを書き、翌年に『吾輩は猫である』の連載が終わる頃には、早くも『坊っちゃん』や『草枕』を書いた。

思い起こせば、子規は何事にも自発的な人であったから、他人にも自発性を重んじたものか、漱石に必要以上の介入をしなかった。また親友でありながらも、鋭さとオリジナリティを兼ね備えた漱石をそのまま自らの文学上の同志とするには、無理があると感じていたようでもあった。

だが子規は、いつも漱石の身近にいて、漱石の「文学への夢」の象徴として、輝き続けた存在であった。また子規は、漱石と同年だが、虚子は子規と同郷の七歳年下の後輩である。虚子と漱石とは、漱石が学生時代の夏休み、松山に帰省中の子規を訪ねた際に、まだ十代だった虚子と出会って以来の付き合いだった。

積極的に人生を開くことの苦手だった漱石は、後に「いつも友人らによって道が開かれた」と述べたが、作家として立つまでの四十年間の人生は、まさに「抑圧」されていた「文学への夢」を発掘するための、紆余曲折の歳月だった。だが漢文や寄席が好きだった少年が、英文学や西洋文学に触れ、また一方では俳句を作り、松山や熊本の学校に勤務し、洋行もした。下町的なものから、中、上流文化までへの幅広い関心と、東西の文化に対する幅広い造詣、それら漱石文学の魅力の土台は、この紆余曲折の四十年間に培われたと言っていいだろう。

ところで正月から『吾輩は猫である』が評判になった明治三十八年の春以来、漱石の「神経衰弱」は、しだいに忘れられていく。翌明治三十九年の夏には、漱石は「小生は生涯に文章がいくつかけるか……また喧嘩が何年出来るか、それが楽《たのしみ》に候。……自分の忍耐力や文学上の力や強情の度合やなんかはやれるだけやって見ないと自分で自分に見当のつかぬものに候」と、高浜虚子あての書簡に書いた。かつての「厭世感」は陰をひそめ、漱石は自分の中に閉じ込められていた重たいエネルギーの出口を開いたのである。

次に漱石の「神経衰弱」が再発するのは、『吾輩は猫である』の出現から八年後、間に明治四十三年『門』脱稿後の胃潰瘍による仮死状態（修善寺の大患）を挾《はさ》んだ後の、大正二年の『行人』執筆中のことである。それらは、深層における自分の「夢とトラウマ」のあり方をそのまま作品にぶつけて歩むような作風の漱石が、今度は「文学」を通しての自己探究に、新たに行き詰まった時であったように思われる。そしてその時の「神経衰弱」は、洋行帰りの最悪の時期と比較して、かなり短く小規模なものだった。

人は、自らの「夢」を遠ざけて生きる時、人生に追い詰められ、自らの「夢」を生きる時、困難な中にも喜びをもって、人生を歩めるものである。

（なお、大塚楠緒子については、第三章、第七章などでも触れる）

第二章　『坊っちゃん』の「家族の負け組」

家族の「負け組」

「親譲りの無鉄砲《むてっぽう》で小供の時から損ばかりしている」坊っちゃんは、家族の中の「負け組」だった。家族の中の「負け組」は、表に出ても、たいてい負けてしまうものである。そんなわけで四国の中学に赴任した坊っちゃんは、事実上、〈策略家〉の教頭の〈赤シャツ〉に負かされて、帰京する。

だが「四国あたりの田舎は、〈赤シャツ〉のような人物が暗躍する愚な土地であるから、はなれることになって、せいせいした」と言わんばかりに強がり、自分では同じく数学教師の〈山嵐〉と共に、鉄拳制裁をもって〈赤シャツ〉を懲罰《ちょうばつ》したつもりで四国を離れ、帰京して街鉄の技手となった。

そして、おそらく坊っちゃん同様、育った家族の中の「負け組」だったに違いない下女の老婆の清《きよ》の愛に包まれて、「負け組」である坊っちゃんの復讐劇は、終わる。清は判官びいきである。家族から厄介者扱いされ、評価されずに育った坊っちゃんをその少年時からかばい、常に味方でいた人だった。清は坊っちゃんを溺愛した。清の判官びいきの理由としては、清が由緒ある生まれでありながら、維新による瓦解《がかい》で身分が零落したという、時代の変遷を背負った「負け組」としての運命的な部分に由来するところもあっただろう。ちなみに作者・漱石の実家も、元町方名主で、維新後に零落した口である。

　だが、清の判官びいきを形成したさらなる理由は、おそらく坊っちゃん同様、清が生まれ育った家族の中で〈のけ者〉にされる側の、「負け組」に位置したことに由来するに違いない。家族の中で力を持つ「勝ち組」に対し、〈のけ者〉にされる側の「負け組」で育った者は、自分と同じ「負け組」を応援して成功させることにより、周囲から支持されず、認められることのなかった自分の正当性を証明したくなるという、欲求を持つからだ。

　どの家にも、その家ならではの価値観の偏りが見られるものである。たとえば坊っちゃんの生家では、兄が両親から評価を得ていた。坊っちゃんが乱暴で「癇癪」持ちであるのに対し、兄は色白のずるい性格で、芝居の真似をしては女形になるのが好きだった。また少年時代から英語を学び、「実業家になる」と言っていた。

　兄は、ずるいだけに計画性があり、坊っちゃんの「行き当たりばったり」とは違っていたということになる。母は、この兄ばかりをひいきした。そして、坊っちゃんに対しては、「乱暴で、行く先が案じられる」と非難した。

　ところで坊っちゃんは「親譲りの無鉄砲」であるが、この場合の「親」とは、父親のことであろう。母同様、父も坊っちゃんを評価せず、「こいつはどうせ碌《ろく》なものにはならない、駄目だ」を繰り返した。しかし、父と坊っちゃんは、実は似ていたのである。おそらく父は、自分に自信を持てない人であったのだ。それで坊っちゃんに自分の姿を重ね、「駄目だ、駄目だ」を繰り返した。そして母が父を非難しないのは、家長が家族の中に支配的に君臨した「日本の伝統的な家族内の人間力学」に、後ろ盾《だて》されたためではなかったか。その結果、坊っちゃんの家族内での序列は最下位になり、家族中で一番の「負け組」になったのに違いない。

まったく、自信のない親とは、子供にとって迷惑なものである。父と同様な性質を持つ坊っちゃんにしてみれば、どうしたら自分を生かし、自信を持ちうるのかというモデルのないままに、「駄目だ」と言われ、「劣等感」を抱くことになる。父は、坊っちゃんの何が「駄目」なのかを明確にしないまま、自分自身の「劣等感」から「駄目だ」を繰り返した。

だいたい一つの家族には、「小細工《こざいく》」が得意な〈策略派〉と、あまり気のきかない〈真正直派《ましょうじきは》〉とが見られるものである。肝心なのは、それに対する評価のバランスなのだが、たいていは、どちらかが偉いことになっている。このバランスが悪く、家族内での勝ち負けがはっきりしているほど、「負け組」に入った子供は、厄介者扱いにされやすい。

要するに坊っちゃんの生家では、兄弟が「勝ち」「負け」に色分けされており、〈策略派〉に「分《ぶ》」があった。坊っちゃんに性格が似ていた父は、「劣等感」が強いために、自分に似た性格の坊っちゃんを認めなかったにもかかわらず、それでも自分は家長であるゆえに、「勝ち組」として家族の中に君臨した。そして、母が亡くなる。その後も、父に似た無鉄砲で〈真正直派〉の坊っちゃんは、家族で一番の「負け組」のままだった。

そんなわけで、坊っちゃんが兄と将棋をした際、兄の「小細工」に腹を立て、〈真正直〉に飛車を兄の眉間《みけん》に叩き付けても、うまくいかない。とうとうその時には、父に、坊っちゃんが勘当《かんどう》されるという騒ぎにまで発展した。清が助け船を出し、何とか納まったが、結果として坊っちゃんの「負け」は、強化されるばかりであった。

これが例えば逆に、〈真正直派〉の子供に「分」がある家だと、状況は一転する。兄のズルさが裁かれ、捻《ひね》くれ者扱いされることになる。その場合は、兄が親に言いつけることはない。親に言いつけるのは、親に支持されている側の子供である。

坊っちゃんのように、親に言いつけても「勝ち目のない」体験を重ねた子供は、やがて言いつけず、自分で勝つしかないと考えるようになる。だが『坊っちゃん』の小説世界を眺めても明らかなように、「負け組」が「勝つ」のは、なかなかに難しい。

その上、坊っちゃんのように「駄目だ」を連発された人間には、「鬱憤《うっぷん》」がたまる。それは人間にとって、いつも「負け組」の最下位として扱われるのは不平等であり、不当であるからだ。

そこで少年時代の坊っちゃんは、たまった「鬱憤」を悪戯《いたずら》で発散させた。それが、人参畑を荒らし、田んぼの井戸を埋めてしまうという事件であっただろう。まさに、これらは坊っちゃんにとって、自分でも意味の分からぬままにしでかしてしまった、悪意のない「鬱憤の自然発散法」であったに違いない。〈真正直派〉の坊っちゃんは、自分からは故意に「人に対して」加害することができないようにできている。だから人ではなく、畑や井戸に悪戯の矛先が向いたのだろう。

また「（二階から）飛び降りる事は出来まい。弱虫やーい」と囃《はや》し立てられれば、囃し立てた相手に怒るよりも、「飛び降りて」みせることで「負けん気」を示そうとし、「（その）ナイフ（は）光る事は光るが切れそうもない」とからかわれれば、自分の指を切ってナイフの有効性を示そうとしてしまう。これでは〈真正直派〉というより、もはや自虐行為である。

そして坊っちゃんは、自分だけが得することを嫌った。一方の兄は、自分だけ得をするのを当たり前だと思うちゃっかり屋だったにもかかわらず、である。だが坊っちゃんは、そのような兄を嫌っていたからこそ、自分は平等でありたいと考えた。

しかし、これは半永久的に、「負け組」から脱出できない発想法である。ずるい相手に対しては、それ相応の対処をしない限り、〈真正直派〉の「負け組」は、自分のよさを発揮する前に、追い詰められてしまいがちなものである。

そんなわけで、成長して四国の中学に赴任した坊っちゃんは、結局は、教頭の〈赤シャツ〉にやり込められてしまうことになる。

赤シャツ

〈赤シャツ〉とは、坊っちゃんが教頭につけたあだ名で、フランネルの〈赤シャツ〉を一年中着込んでいる、キザな〈策略家〉の文学士であった。この〈赤シャツ〉は、おとなしい英語教師〈うらなり〉の婚約者の〈マドンナ〉を横取りしようとする。この〈うらなり〉というのも、坊っちゃんがつけたあだ名である。末《うら》なり（末《すえ》なり、とも読む。蔓《つる》の先になった実、小振りで味も落ちる）の唐なす（カボチャ）のような、青白い元気のない顔つき、という意味である。

折しも〈うらなり〉の父が亡くなり、家が傾き、婚礼が遅れている最中《さなか》、〈うらなり〉が昇給を願い出て来たのを幸いに、〈赤シャツ〉は校長と裏で結託し、〈うらなり〉を九州の辺境に転任させる〈策略〉を巡らせた。すでに〈赤シャツ〉は、〈マドンナ〉を手なづけ、その母親とも話が着いており、早くもデートを楽しんでいた。

この〈赤シャツ〉に対抗する位置関係にあったのが、坊っちゃんから〈山嵐〉と名付けられた、坊っちゃんと同じ数学科の主任である。「逞《たくま》しい毬栗坊主《いがぐりぼうず》」の〈山嵐〉は、こそこそした所のない堂々とした人物で、生徒からの評判も上々だった。いわば、〈真正直派〉の代表だった。だが、坊っちゃんと〈山嵐〉は、〈真正直派〉同士で意気投合できる間柄であるにもかかわらず、〈赤シャツ〉や、〈赤シャツ〉の太鼓持ちの画学教師〈野だいこ〉により、巧妙に仲を引き裂かれる。それが「勝ち組」たる〈赤シャツ〉側の、一つの〈策略〉であった。

つまり〈赤シャツ〉は、〈真正直派〉の〈山嵐〉と坊っちゃんが、結束して力を持つことを怖れ、予防線を張るために二人を分断する。ところで〈山嵐〉の「負け組」根性も、筋金入《すじがねい》りだった。なぜなら、会津藩の出身で、維新の際に、徳川側について損をした、正真正銘、当時の政治的体制の変動を背景にした「負け組」だったからである。そして、ここで殊に重要なのは「自分の身を滅ぼしてでも、正義のために立つ」という、〈真正直派〉であったことだ。

〈真正直派〉の〈山嵐〉と坊っちゃんは、〈赤シャツ〉の嘘《うそ》と〈策略〉が許せない。〈赤シャツ〉は、〈山嵐〉と坊っちゃんの両方に嘘をつき、仲違いをさせたばかりか、〈うらなり〉を巧妙に陥れ、転任に追い込むという悪事を働いたのにも留まらず、〈山嵐〉と坊っちゃんを生徒の喧嘩の場に呼び出した。

そして、二人が喧嘩を納めようとしたにもかかわらず、〈赤シャツ〉は新聞記者に、「教師が生徒の喧嘩を扇動《せんどう》した」という捏造《ねつぞう》記事を書かせる。しかし、おそらく坊っちゃん（あるいは作者の漱石）が一番許せなかったのは、〈赤シャツ〉が、人の婚約者を横取りした点ではなかったか。

〈うらなり〉は、地元の名門の出ではあるが、父の死後、人に騙《だま》されて財を失い、没落した。そして、それが〈マドンナ〉を〈赤シャツ〉に奪われる原因となった。〈うらなり〉は、〈赤シャツ〉に〈マドンナ〉を奪われ、〈策略的〉に転任させられる所へ追い込まれても、基本的に泣き寝入りである。実は、この〈うらなり〉と青春期の漱石との境遇には、類似点がある。

漱石の実家も、維新後に没落した。また漱石も一度は、学生たちのマドンナ的な存在であった大塚楠緒子を結婚相手として意識したようでもあるが、結局は、〈うらなり〉が実入りの良い〈赤シャツ〉に敗北したのと同様、自分より豊かに育った保治に軍配が上がった、と見ることもできる。

漱石は、そのような経緯の中で「神経衰弱」に陥り、東京を離れ、松山に赴任した。〈うらなり〉も、これから九州へ転任する。また、漱石も〈うらなり〉も、共に英語教師である。その上、〈うらなり〉の意味は「末《すえ》なり」である。それは、たまたま漱石が末っ子であったために、これまでに述べたさまざまな理由を含み、父に冷遇され、「コンプレックス（劣等感）」を抱え込む「負け組」になったことと、イメージの上で重なる所がある。

だが、〈うらなり〉は坊っちゃんとは違い、「癇癪」は起こさない。腹が立つわけでもないらしい。要するに、〈赤シャツ〉に腹を立てているのは、坊っちゃんである。ところが、よく考えてみると、何と、この〈赤シャツ〉も、漱石に似ている。両者は共に、英文学に通じたキザな文学士だ。また雑誌『帝国文学』の愛読者で、美術好き。そして新体詩に関心を寄せ、俳句もひねる。

しかし、決定的な違いがある。それは、〈赤シャツ〉が〈策略家〉の「勝ち組」で、恋の勝者である点だ。この〈赤シャツ〉は、いわば坊っちゃんにとっては、実家の兄のようなタイプであろう。この兄についての詳細は後述するが、要するに〈策略家〉でちゃっかり屋。自分だけが得をしても、後ろめたさなど感じない人間である。

おそらく、坊っちゃんから見た〈赤シャツ〉との相性は、実家の兄と漱石の関係性が再現されやすい相性である。その関係性を考察すると、かつて〈真正直派〉の坊っちゃんは、兄を嫌っていた分だけ、「勝ち組」である兄の〈策略的〉な資質を持つことができなかった。そのため、坊っちゃんは松山に来ても、〈赤シャツ〉に勝ち切ることは決してできず、負かされるより他に道はない。だから、坊っちゃんと〈山嵐〉が辞表を叩き付け、さらに〈赤シャツ〉を鉄拳制裁して帰京しても、〈赤シャツ〉は依然、四国辺の中学で暗躍し続けるという結果となった。

結局、坊っちゃんの悲劇は、そんなふうに、兄と自分の資質が二分して正反対になり、しかも自分が「負け組」に入ってしまう所にあった、と言うこともできる。それでも、意気消沈する〈うらなり〉よりは元気である。「負け組」の「欝憤」を鉄拳制裁に込めて晴らし、〈マドンナ〉そのものの愛ではないが、「墓の中で待っている」とまで言ってくれた老下女・清の、永遠の愛を手にして負けまいとしたからだ。

「負け組」の「欝憤」は、要するに「自分の自然」を発揮（回復）せんがための「怒り」でもある。そして、それを「勝ち組」相手にぶちまけ、〈策略的〉ではない「永遠の愛」をもって負けまいとする所に、坊っちゃんの美学があった。

ところで〈赤シャツ〉は、どうして赤いシャツを着ているのだろうか。当人は、「身体《からだ》に薬になるから、衛生のため」と言う。だが、漱石が無意識の内にも、英語教師の教頭に赤シャツを着せた理由は何なのか。

まず〈赤シャツ〉は、青白い顔の〈うらなり〉に対する、恋の勝者である。また恋の「勝者・敗者」と「赤」といえば、後に考察する『それから』のラスト・シーンで、主人公・代助の目の中に「赤い色」が点滅し、目が回ることにも関連している（第六章、一六九－一七〇頁、一七六－一七七頁参照）。

これらの「赤」は、漱石の小説世界では、「勝ち組」の色なのだろうと考える。そこで漱石が『坊っちゃん』の〈赤シャツ〉に、自分とよく似たプロフィールと外見を与え、赤いシャツを着せた理由を考えると、それはユーモア小説の中の、無意識的な遊び心を含めた欲求であったとしても、自分が「抑圧」してきた側の、「勝ち組」の資質を自分が体現した姿を描いてみたかったためではないか。もしくは、本来は坊っちゃんと深層心理の観点からは共通項が多い漱石ではあるが、それを見せない上辺の気取りの部分を〈赤シャツ〉の外見に与えたとも言えよう。

また、何と坊っちゃんも「赤い手拭《てぬぐ》い」を持って、放課後、温泉につかりに行く。だが坊っちゃんは、その「赤い手拭い」を生徒に冷やかされる。それは、あたかも坊っちゃんが、「赤」に象徴される「勝ち組」の魅力を意識しつつも、まだ自分と上手に融合させることができずに、人から冷やかされ、「負け組」の範疇《はんちゅう》に留まりがちであった現実を象徴するかのようである。

この時期の漱石は、ユーモア小説の『吾輩は猫である』や『坊っちゃん』により、一挙に文名が上がった。それに伴い、かつての失恋相手とも言われる、閨秀作家・大塚楠緒子の尊敬を改めて手にして行くことを考えると、生徒に冷やかされつつも、「勝ち組」の「赤」を身に付けている坊っちゃんの姿は、当時の漱石の現実とも一致しており、実に興味深いと言わざるを得ない。

そして「負け組」がそこから脱出するには、「勝ち組」の持つ要素を統合しなければならないが、そのためには今まで見えなかった「勝ち組」の美点を理解する必要がある。そこで赤シャツの美点だが、まず〈野太鼓〉という太鼓持ちを連れているだけのことはある「兄貴性」が挙げられる。兄貴というのは、面倒見が良いものだ。

そのような観点から見れば、〈赤シャツ〉の〈マドンナ〉略奪も、違ったものに見えて来る。〈赤シャツ〉は、〈うらなり〉家が没落して結婚話が滞り、路頭に迷う〈マドンナ〉母子を救う救世主でもあるのだ。しかも〈マドンナ〉と〈うらなり〉が過去を引きずらないで済むように、〈うらなり〉を転任させるばかりか昇給もさせる。その上、結婚話が決まっても、馴染みにしていた芸者には、今まで通り逢ってやるのである。

また、これらの一連の計画に対し、どうしても意地を張り、相容れない態度の〈山嵐〉については退職に追い込むが、一人だけでは所詮無力な〈坊っちゃん〉については、やはり昇給させ、面倒を見ようとした。

だが、「負け組」の坊っちゃんが付いて行ったのは、「負け組」の〈山嵐〉であった。坊っちゃんは、まだ「赤シャツ」着用には至らず、「赤い手拭い」を持参しているだけで、からかわれているのであり、〈策略家〉の兄に似た〈赤シャツ〉の資質を許すことはできせずに、反抗しているのだとも言えよう。

漱石の生家

ここで、作者の深層心理が、無意識のうちに作品に投影されることがあるという視点から、漱石の生まれ育ちを見てみよう。すぐ上の三番目の兄と漱石との関係が、坊っちゃんと兄との関係に投影されたように見えるが、初めに全体をとらえておくことにする。

漱石には姉二人（さわ・房）と、その下に三人の兄（大助、直則《なおのり》、直矩《なおかた》）がいた。直矩は、直則の没後には、通称としてなおのりとも呼ばれた。上の姉たちは父の先妻の子で、漱石から見れば異母腹の姉妹である。漱石は、父が五十歳、母が四十二歳の時の末子であったため、当時はいわゆる恥かき子とされ、生まれてすぐに、下女の嫁ぎ先の古道具屋に里子に出された。

それを下の姉の房が、「古道具屋の夜店の脇に置かれた籠の中に入れられていた漱石が気の毒だ」という配慮から、一度家に戻した。またその後も、まもなく二歳になるという頃、塩原家に養子に出された。だが、漱石が七歳になる頃、養父母（昌之助、やす）が不仲になり、別居する。漱石は、まず養母に引き取られ、次に養父の再婚相手と連れ子と一緒に、養父の新しい家庭で暮らした。やがて九歳になる頃、元の養父母の正式な離婚が成立する。その後、「養父が漱石を給仕にする」という話を聞きつけた長兄が、漱石を実家に戻した。

ところが実家では、養父が、漱石の籍を簡単には返さなかったことを理由に、実父から冷たくあしらわれる。かつて養父母と一緒に、実父母を祖父母と教えられて遊びに来た時には優しかった実父の態度の変容に、漱石は不信感を募らせた。また実父母とは、親子の名告《なの》りもなされず、実家での漱石の居場所は、なかなか定まらなかった。この状況は、漱石が二十一歳で実家に復籍するまで続いた。

実父には、維新後に町方名主の職を解かれたための経済的な不安があり、「余計な子供はいらない」という気持ちがあった。その一方、社会保障が充実していない当時にあっては、子は親の老後を支えるための担保でもあった。だが養家から漱石の籍を返却されないままでは、漱石を育てても、家の将来を支える期待はできないために、実父は漱石を冷遇した。

しかし明治二十年、漱石が二十歳の時、長兄と次兄が、ほぼ時を同じくして、結核で亡くなる。三十一歳と二十八歳だった。そして、あまり頼りにならない三番目の兄だけが残されると、かえって漱石は父から頼りにされ、嫌な思いをした。

漱石の父は、七十九歳まで生きた。明治三十年に亡くなるが、早世者が多い家にあって、一人勝ちして生き長らえた感がある。逆に、早世した者達を追うと、まず先妻は、二人の娘を残して二十九歳（数え年）で亡くなった。その後、後妻として、同じ二十九歳（数え年、満年齢はおそらく二十七歳）で嫁いで来た漱石の実母は、五十四歳で他界。それは漱石が、まだ十三歳の時だった。

また先妻の子であった上の姉は、御殿奉公を経験した利発な美人で、相思相愛の人に嫁いだが、子供のないまま三十一歳で世を去った。

そして長兄は、英語に長じた秀才型の癇癪持ちで、漱石に似ていたといわれ、漱石が唯一、兄弟の中で好意を寄せた兄であったが、病弱のためもあり、所帯を持たず、前述のように三十一歳で結核に倒れた。また妻帯後、実家に戻っていた次兄も、長兄の死の三カ月後に、同じ病で他界した。

その他にも、三番目の兄と漱石の間に、一男一女（久吉、ちか）があったが、数え年の四歳と二歳で他界した。結局、生き長らえたのは漱石の他に、下の姉と、三番目の兄だけだった。下の姉は愛想はいいが、無教養な上に、「何もできない」といわれた人で、喘息《ぜんそく》が持病だった。また、おしゃべりだが、人の気持ちが分からない人であったという。

父は、この姉の身の上を心配したあげく、自分の甥《おい》に嫁がせた。姉は、来客があれば御馳走を出し、金に貧する者には、自分の着物を質入れしてまでよくしてしまう。だが夫はそれに取り合わず、姉は金に困るたび、漱石に泣きついた。この姉は、漱石が四十九歳で亡くなる前年、六十四歳まで生き長らえた。

一方、漱石より八歳年上の三番目の兄も、七十三歳まで生き長らえた。『坊っちゃん』に登場する兄は、この兄のイメージに重なる。この兄は、若い時から病弱で、学問を嫌い、「頼りない」と言われた。また次兄が、生前に「金之助（漱石）にあげる」と言った形見の時計を横取りする狡猾さがあった。ただし母は、ある事情から、この兄を特別扱いして可愛がった。

どういうことかというと、控え目だった漱石の母は、「自分の子供が増えると、先妻の子に良くできなくなる」と心配した。そのため、三番目の兄を身籠《みごも》った時には、すでに長男・次男を得ていたこともあり、流産を望んだほどだった。もっともこれには、吝嗇《りんしょく》な夫からの影響もあった。だが月満ちて三番目の兄が生まれ、その子が病弱なのを知ると、母は一転、自分の心がけが悪かったせいだと「罪悪感」を抱いた。もしくは、それを三番目の男児であっても、かわいがる口実にしたのかもしれないが、『坊っちゃん』の母同様、この兄を溺愛したのである。

三番目の兄と漱石の間には、前述の早世した二児がいて、三番目の兄から漱石までは、八歳も年が離れていた。その上、漱石が実家に戻された後も、母の生前は復籍がなされず、親子の名告りも許されない中、母が漱石までをかばい切れなかったことは、容易に想像がつくのである。

生家の力学

ここからは、漱石の生家を「人間関係の力学」の視点から眺めてみよう。まず前述のように、父は丈夫で長生きし、一人勝ちした感がある。子供たちに関しては、幼年期に他界した二人は別にするにせよ、おおむね有能で気概がある子供ほど、短命であったと言うことができそうだ。

これについては、漱石の父は「コンプレックス（劣等感）」が強く、人を押さえつけることでそれを補い、奥底の自信のなさを隠そうとする傾向があったため、有能で気概のある者ほど精神的に「抑圧」され、生命力を脅かされた結果であるようにも見える。またそれとは逆に、父が、胡麻《ごま》すりが上手くて依存的な者を優遇した結果、そのような者たちは、生命力を脅《おびや》かされずにすんだようにも見える。

たとえば気概のあった上の姉は、初めに無理矢理、父の義理を立てるための結婚を強いられた。しかし姉は、「一度、結婚してくれさえすればいいのだから」という父の言葉を逆手に取り、三日で実家に戻ってしまった。

そして、かねてからの意中の人に嫁ぎ直す。結婚後は、夫の実家（漱石の母の実家でもあった）の質商の抵当流れで譲り受けた遊女屋を夫婦で営んだ。ところが、維新後には「もう、こんな商売は古い」と、自主的に娼妓を解放してしまったほどの気概を持っていた。その姉は、明治十一年に三十一歳で亡くなった（しかし、その死後、夫は再び芸妓屋を営んだ）。

また、やはり三十一歳で亡くなった長兄は、期待された秀才で、役人として、比較的に良い仕事（警視局翻訳係）に就いた。そして、長兄とほぼ時を同じくして亡くなった次兄は、父の骨董を売り払って放蕩し、勘当された強者である。

この兄は、電信局に勤めて地方回りをした。岡山で妻帯し、後に妻を伴って帰京。最後は実家に戻って闘病した。考えるに、この次兄ほどの反抗家が出たと言うこと自体、「〜でなければならない」という、かなり押しつけがましい父の決めつけが、家の中でまかり通っていた可能性が高い。

また、その押しつけの内容は、おそらく人生における積極性を嫌い、人を伸ばしにくくするものであっただろう。当時は、医療の水準が現代とは違うので、単純な比較はできないが、有能で気概がある者ほど、この家では短命だった。しかも長兄も（もっとも長兄には、そもそも自分が病弱だからという理由もあった）、次兄も、漱石も、積極的に家督《かとく》を継ごうとはしなかった。

漱石も、青春期・成年期には精神的危機を経験するも、かろうじて生き延びた。だが、その後も「神経衰弱」や胃潰瘍に悩まされ続けた。そして気概がありながらも早世した上の姉と上の二人の兄の方が、生き残った下の姉と三番目の弟よりも、漱石に対して好意的だったようである。

逆に、周囲から「何もできない」と言われた下の姉は、漱石を「こんな偏屈では先が案じられる」と評しては、折に触れて攻撃した。これは『坊っちゃん』の母の物言いを彷彿とさせる。また「頼りない」と言われた三番目の兄は、次兄の形見の時計を横取りするばかりか、漱石の結婚後は、時には鏡子と一緒に漱石を批判した。

それに引き換え、例えば長兄は、養子に出されていた少年時の漱石が、給仕に出されそうだと知ると、「かわいそうだ」と言って、実家に呼び戻した。また後には、病弱だった自分に代わり、漱石に家督を継がせようとした。この兄は、漱石を評価していたのである。また次兄も、形見の時計を漱石に譲ろうとしたのだから、漱石に好意的だったのだろう。ちなみに兄たちが病床についた時、長兄の看病は漱石、次兄の看病は三番目の兄がした。その三兄を差し置いて、次兄が漱石に時計を与えようとしたことに、三兄が嫉妬し、時計を横取りしたらしい。

早世した上の姉とは、二十以上も年が離れていた。また漱石は幼年期養子に出ていたので、交渉がさほどなかった。ただ若い頃、御殿奉公をした教養のある女性という点において、血はつながらずとも、漱石が敬愛した母に通じる所があった。そしてこの姉は、父の義理よりも、相思相愛の人との結婚を優先させたのだから、〈真正直派〉の「愛情の人」だったわけである。

漱石の家の〈真正直派〉は、みな早世した「負け組」で、同時に「愛情の人」でもあったようだ。たとえば、病弱を理由に妻帯しなかった長兄の葬式に、「本当に、妻帯しないまま亡くなったのか」と、芸者が訪ねて来たという。つまり、自分を娶《めと》ってくれなかった理由が真実であったのか、確かめに来たのである。また次兄も、勘当された後に結婚したのだから、勘当された次兄と世帯を持った小勝とは、相思相愛だった。

そして、最後は漱石の母である。母は、大きな質屋の三女に生まれた。そして賢いけれど、徹頭徹尾「負け組」を貫いた。もともと和歌を好む品格のある女性で、気に入られるままに、十年も御殿奉公をした。その後、下町の質屋に嫁いだが、すぐに出戻り、次に漱石の父の後妻となった。

出戻りの原因は、何と、夫とその養母であった姑の不倫にあると言われ、こんな所にも、〈策略家タイプ〉の「勝ち組」に押さえ込まれてしまう、「負け組」の色を見て取ることができる。漱石の母が夏目家に嫁いだ時、先妻が残した姉妹の子育てと、家督を継ぐための男児の出産が求められた。ただし、「子供は金がかかって困る」という夫の吝嗇《りんしょく》から、二人目以降の男児は皆、一度は養子に出された。


ここで特記すべきは、漱石の母は、先妻の子との難しい関係を、ひたすら自分の側を「負け」にすることで、乗り切ろうとしたことである。例えば母は、自分は嫁いでから一度も着物をしつらえないまま、維新前の羽振りのよい時期に育った先妻の娘たちには、出来るだけの贅沢をさせた。

ところで漱石は『硝子戸《ガラスど》の中《うち》』三十八によれば、子供の時から心理的圧迫が強く、昼寝をすると、悪夢や妄想のようなものに襲われた。悪夢なのか妄想なのか曖昧だが、たとえば「親指が見る間に大きくなって、何時《いつ》まで経っても留《とま》らなかったり……天井が段々上から下りて来て、私の胸《むね》を抑《おさ》え付《つ》けたり」、あるいは金縛りのような状態になった。

これらはまさに、自分という存在自体を脅かすような圧迫感である。そして親指という所からは、まさに父親からの圧迫感が推測される。また、父の吝嗇からの影響らしい、金に関する悪夢にも襲われた。それは「自分の所有でない金銭を多額に消費してしまった。……子供の私にはとても償《つぐな》う訳には行かない」というもので、少年だった漱石は、大変に苦しんで大声をあげたという。

この悪夢について、漱石は、自分が犯した罪と何か関係があるのではないかと苦しんだようだが、これはおそらく犯した罪ではなく、植えつけられた「罪悪感」に関連している。つまり少年だった漱石は、当時「すでに自分が存在すること自体、取り返しのつかない金額を消費してしまう罪にあたる」という、怖れを抱いた。それは「家督を継ぐ男児が一人いればあとはいらない」と考える、吝嗇な父からの影響であろう。

だが、そこへ助け船を出したのは、やはり母だった。母は、こうした漱石の心の痛みについて、けっして見下したり、いけないものだと判断せずに、受容し、いたわることのできる「愛情の人」であったようだ。

漱石が先ほどの悪夢にうなされていた時、母は側にやって来て、「心配しないでも好《い》いよ。御母《おっか》さんがいくらでも御金を出《だ》して上げるから」、と言ったのである。「この出来事が、全部夢なのか、また半分だけ本当なのか、今でも疑っている」というものの、母が「慰謝の言葉を与えてくれたとしか考えられない」と続く。このエピソードは、漱石が職業作家として身を立て、自信を得て行く過程で描かれた『夢十夜』の「第八夜」にも、通じるものがある。

ところで、前述のような漱石の悪夢に対する母の態度は、子供にとって一番ありがたいもので、子供を心底から安心させ、「強く」する接し方である。客観的に見ればさほどでないと言われるにもかかわらず、漱石が「自分は母から可愛がられた」と信じることができたのは、こうした母の愛があったからだ。

　そして、これらの母に関するエピソードは、『坊っちゃん』の清を思い出させる。清は、子供の坊っちゃんに小遣いを与え、坊っちゃんが四国に赴任してからも、金を送った。清は、自分は金持ちではないのに、いつも坊っちゃんに愛情と金を与えた。つまり清の態度は、「負け組」を貫いた母と同質のものだった。また少年時代、実際に漱石の実家にも、清という親切な老女中がいて、漱石を可愛がったともいう。だが実在の清が、どこまで判官びいきであったかは不明である。

　いずれにせよ、実在の清のイメージも含め、『坊っちゃん』の清と、漱石の思い出の中の実母のイメージは、漱石の深層で強くつながっている。

　実際、母が四十歳で出産した末子の漱石にとって、昔のことであるから、母はかなり年老いて感じられ、養子に出ていた時から、母を祖母だと教えられていた。それは『坊っちゃん』の中では、清のイメージである。しかし母は、三番目の兄を身籠った時は、父の吝嗇な方針の下「もう子供はいらない」と流産を願った引け目から、病弱に生まれたその子をひいきにした。母のその側面は、『坊っちゃん』では、坊っちゃんよりも兄をひいきにした母に投影されたようだ。

　また坊っちゃんの先を案じて揶揄した母の物言いには、前述のような、おそらく漱石の下の姉の物言いが影響しているのではないだろうか。

　一方、父は、漱石を邪魔者扱いしていたにもかかわらず、上の二人の兄が亡くなると、漱石を夏目姓に戻そうと奔走する。その頃、漱石の優秀さが証明されつつあったのも、頼もしく思える原因になっていた。要するに漱石は、兄弟姉妹の中で、ただ一人生き長らえた、〈真正直派〉の有能な

「負け組」だった（ちなみに、母は、漱石よりも何年かは長く生きた）。

だが父の思惑とは異なり、漱石が家督を継ぐ意志を持たなかったのは、父に対する不信感を払拭《ふっしょく》し切れなかったためであろう。それで、漱石の代わりに家督を継いだのは三番目の兄だった。だが「頼りない」兄は、すぐに家屋敷を手放してしまった。

一方、教員になってからの漱石は、父に仕送りし、姉に対しても、生涯にわたり援助した。それを考えれば、父の思惑通り、漱石は夏目家の役に立ったと言うことになる。とにかく父からは、ずっと厄介者扱いされた経緯があるのだから、漱石としては、ばかばかしい限りだったようだ。また、その父との確執を招いたのは、老後の援助を期待し、なかなか籍を返してくれなかった養父であった。このような体験が元になり、『吾輩は猫である』以来、漱石文学に繰り返し現れる「金と愛」の問題が、意識され始めたのであろう。

そして、漱石の生家では、漱石にとっての「愛ある人々」は、皆、漱石を残して先に逝ってしまった。それらの「愛ある人々」は、先に逝くことで、なお理想的な愛ある人々として、漱石の無意識下に君臨することになったに違いない。

だから『坊っちゃん』の清も、「後生《ごしょう》だから清が死んだら、坊っちゃんの御寺へ埋めて下さい。御墓のなかで坊っちゃんの来るのを楽しみに待って居ります」と言い残して亡くなり、その愛を永遠のものにした。

「抑圧」の回復

「無鉄砲で……損ばかりしている」坊っちゃんは、兄から貰ったわずかな親の遺産を学費に、手に入れた教師の職を早速に失い、帰京後、教師よりも月給が半額ほどの街鉄の技手になる。その後まもなく、生きて「愛」を体現してくれた清も失うが、代わりに〈真正直な生き方〉と、清からの永遠の「愛」をもって、「勝ち組」に「負けまい」とした。

おそらく漱石には何が何でも、「負け組」の坊っちゃんを勝たせなければならない必然性があった。それは、自分の深層を支配してきた「生まれ育ちの家族」内にあった「勝ち負け」のアンバランスな構図を自分の人生を切り開くためにも、何とか逆転（回復）させたかったからに違いない。また言い換えれば無意識的であったにせよ、深層の「トラウマ」とも言うべき「勝ち負け」のアンバランスな構図を逆転（回復）させることで、「抑圧」され続けてきたエネルギーを奪回することを願わざるを得なかったのだろう。

この「勝ち負け」の構図を完全に逆転させたのは、次作、つまり「朝日新聞社」に入社して最初に書いた長篇小説『虞美人草』においてである。それは、勧善懲悪的なストーリー展開になってしまい、しかも〈策略家〉の悪女として描いた主人公の藤尾に、多くの読者が好意を寄せたことも重なり、漱石にとって成功作にはならなかった。

だが一度は「勝って」、「勝ち負け」の対決に決着をつけない限り、生きてはいかれないほどの痛みを内包していたからこそ、そのようなストーリーを展開せざるを得なかった、とも言えるのではないか。

その後の漱石は、さらに深層の「愛と罪と死」の問題へと進んで行く。だが、それらの材料は、すでにここまでで出揃っている。つまり「愛情」に対する熱望と、父から植え付けられた「存在自体が、すでにいけない」という「罪悪感」、および実家の家族の「負け組」たちの早世のことである。

要するに、漱石の生まれ育ちの体験に由来する「トラウマ」の中に、これらすべてが、すでに刻印されていたことが理解できる。

前述のように、漱石は『坊っちゃん』において、おそらく実母の現実を「母」と「清」に書き分けた。そして「母」には、漱石には無理解だった下の姉のイメージが重複している。

いずれにせよ漱石が、「負け組」を貫いた実母からの愛を理想化し、清に託して「永遠のマドンナ」としての心象に仕立て上げ、自分を遠くから（あるいは、あの世から）、愛し続けてくれるという「幻想的な愛」のスタンスを確立しようとした分だけ、漱石は現実（世）的な愛の関係からは遠のいて、その後も、漱石文学の主人公たちが愛そうとした「マドンナ」たちは、常に「死の影」を伴いながら、漱石文学の深層に君臨し続けることになる。

第三章　『草枕』の「嬢様たちの自己実現」

身投げ

「那古井の嬢様」と呼ばれる志保田の家の那美さんは、出戻りである。実は、この那美さんこそが、『坊っちゃん』に対する「嬢さま」なのであった。

那美さんは評判の器量よしで、五年ほど前には、城下一の物持ちの家に嫁いだ。だが戦争で旦那が勤めていた銀行がつぶれると、「贅沢ができないから」と、那古井の山里に戻ってしまった。

世間は、そんな那美さんを不人情だとか、薄情だとか言うようになった。そして、元々は内気で優しい性格だったはずの那美さんの気は荒くなり、「少し変だ」という噂さえ、立っている。那美さんは、一年前に母を亡くし、隠居の父との二人暮らしである。村一番の物持ちだから、金の心配はない。だが屋敷が広いので、それを湯治場《とうじば》にして客を泊めている。

ところで那美さんの嫁入りには、こんな経緯があった。那美さんが、京都に嫁入りの修行に出た時、そこで好きな人に出会い、本当は、そちらに嫁ぎたかったのである。

だが、そんな那美さんの気持ちをよそに、那古井の峠の下の、城下一の物持ちの家から、器量良しを好かれ、結婚の申し込みがあった。それで、内心では「京都へ」と望みつつ、親の無理な勧めに従い、城下に嫁いだ。だから、戦争で旦那の銀行がつぶれる以前から、おそらく那美さんの心中には、虚《うつ》ろな部分があった。

峠の茶屋から那古井へ抜ける途中に、「長良の乙女」の五輪塔がある。主人公の画工は、茶屋の老婆からその話を聞いた。老婆によれば、「長良の乙女」と那美さんは、身のなりゆきが似ている。「長良の乙女」というのは、遠い昔、この村にいた長者の美しい娘である。この娘に二人の男が懸《け》想《そう》したが、娘はどちらの男も選びかね、とうとう「あきづけばをばなが上に置く露の、けぬべくもわは、おもほゆるかも」という歌を残すと、淵川へ身を投げてしまった。

そして何とこの話と歌は、この老婆が、那美さんの家へ奉公へ出ていた際、那美さんから教えられたという。つまり那美さん自身、明らかに「長良の乙女」に、自分を投影している部分があるのだろう。

実家に戻ってからの那美さんは、気が荒くなり、勝ち気になった。また、人を驚かすのが好きである。自分では無意識的であったかも知れないが、実は那美さんは怒っていたのだろう。その「怒り」とは、我が身の、ままならない自己実現に対する「怒り」である。そして、気の進まない結婚を強いた親への「怒り」でもあっただろう。

とは言え、那美さんは、父のことはさほど嫌いではないらしい。つまり那美さんの「怒り」は、一年前に亡くなった母への「怒り」のようである。また、この志保田の家は、代々狂気の人が出たそうで、那美さんの母も「少し変」であったという。

だが正確に言えば、志保田の家は、代々狂気の人が出る家系なのではなく、誰かが狂気にかられがちにな所へ追い込まれる家なのではないか。よほど昔の話になるが、やはり美しかった志保田の家の嬢様が、山中の「鏡が池」に身を投げたことがある。その発端《ほったん》はと言えば、一人の虚無僧《こむそう》が、庄屋だった志保田の家に逗留した際、嬢様がその虚無僧を見染めてしまったことにあった。嬢様は、「どうしても虚無僧と一緒になりたい」と言って泣いたが、父がそれを許さなかった。

やがて、虚無僧は追い出される。それを嬢様が追いかけ、池まで来ると身を投げた。その時に、嬢様が鏡を持っていたというのが、「鏡が池」の名称の由来である。後の志保田の嬢様たちは、何とか池に身を投げずに済んだ。だが、その「かわりに」、代々狂気にかられがちな所へ追い込まれた可能性は高い。

つまり志保田の家の嬢様たちは、代々、みな苦しかったのである。苦しいのは、ままならない結婚であり、自己実現であった。志保田の家は、代々の物持ちで、名家なだけに守りが固い。だから嬢様たちの身の振り方について、おそらく制限が多かったことだろう。

「虚無僧と一緒になりたい」と言って泣いた昔の嬢様は、反抗家であり、真面目な「はみだし者」でもあったのだろう。「虚無僧」という嬢様の選択自体に、求道という真面目さと、生まれ育った「家」や「常識」への反抗が同居している。それに対し、父は「虚無僧では婿にならぬ」と言って反対したが、それが一般の道理である。

那美さんも、その母も、しかりであった。おそらく母は、家を守るために我慢を強いられ、娘にも同じ我慢を強いたまま、亡くなったのではないだろうか。

そんなわけで、母が勧めた那美さんの結婚に、たぶん父は口をはさまなかった。そうして那美さんは、京都で出会った「嫁ぎたい」人ではなく、城下一の物持ちの家へ嫁いだのだろう。那美さんには、母と違って兄があり、その兄が家を継いでいる。だが「物持ち」は「物持ち」の家に嫁いでこそ、幸せであり、それが志保田の家の娘にふさわしいというのが、母の判断ではなかったか。

那美さんが、旦那の銀行の倒産を機に、婚家から戻ったのは、ただ冷淡なためではなく、おそらく、それで無理に「物持ちの家」に嫁いだ理由が消滅したからに違いない。だが考えてみれば、戻っても、好きな人と一緒になれるわけでもなく、ままならない人生は、そのままである。

それで那美さんの気持ちは、すっかり荒くなり、人を驚かすようなことをしては、無意識のうちに「怒り」を発散しようとする。それが狂気じみているのだが、実は那美さんも、今や昔の嬢様に似て、「狂気」と「求道」と「身投げ」の間を彷徨しているのであった。それについては、これから順を追って述べて行く。

非人情と余技

画工は、志保田の家に着いた時、いつもは那美さんが使っている奥の間に通された。ここから既に、那美さんの画工を驚かす無意識の作戦は始まっている。那美さんは一回も部屋に姿を見せずにおきながら、寝静まった夜半に、春の月明りの下、突然に庭で歌をうたった。

その歌というのは、「長良の乙女」が残した、あの「あきづけば……」の歌である。画工が、それを聞いたのは、ちょうど夢を見ていた時だった。夢の中で、「長良の乙女」がオフェーリアになり、うたいながら川の中を流れて行く。それを救おうとした画工は、長い柄を手にして、向島を追いかける。ここまで来て突然、無気味な歌声に、画工の夢はすっかり破られた。

ところで、冒頭の「智に働けば角《かど》が立つ。情に棹《さお》させば流される。意地を通せば窮屈だ。とかくに人の世は住みにくい」という「厭世観」は、この画工のものだ。そして、「……どこへ越しても住みにくいと悟った時、詩が生まれて、画が出来る」と続く。

ここには、漱石自身の「自分にとっての不都合や生きにくさを人のせいにするのではなく、生きる上での苦しみとして引き受けた時に、〈詩や画が生まれる〉」という、「人生の受けとめ方と創作のあり方への思い」が、投影されているように感じられる。また、この画工は、かつて青春期に嫌な東京を逃れ、松山に都落ちし、その後も熊本やロンドンで苦労を重ね、「どこかへ逃れる」ことの虚《むな》しさを知った漱石の、分身なのではないか。

さらにここから「……住みにくき世から、住みにくき煩《わずら》いを引き抜いて、ありがたい世界をまのあたりに写すのが詩である、画である。あるは音楽と彫刻である。こまかに云へば写さないでもよい。ただまのあたりに見れば、そこに詩も生き、歌も湧く」、と続く。「ただまのあたりに見れば」というのは、まるで子規の唱えた「写生論」のようでもある。

そして、夜半の那美さんの歌に気味が悪くなった画工は、俳句を作る。「海棠《かいどう》の露をふるふや物狂ひ」などと書き付け、気味の悪さを払拭《ふっしょく》しようとした。画工によれば、腹が立っても、泣くにしても、それを十七文字（俳句）にすれば、消えていく。つまり、ここでは、気味の悪さを十七文字に乗せることで、その払拭を図ったのである。

また気をつけて置きたいのは、この場合の俳句は、「非人情の境地に戻るために作ったもの」で、「非人情の境地を写したものではない」、という点である。これを厳密に画工の芸術論に照らし合わせれば、「芸術ではない」ことになってしまう。

では、これは何であったかと言えば、画工が「自らの不快な感情」を解き放つための「創作」で、あり、これが当時の漱石自身の、自分の感情と「創作」との関係を表す一つのあり方であったとも考えられるだろう。それはあたかも「自分を癒すための創作」であり、今で言えば「気晴らし」としての、セラピーの要素が含まれている。ただし画工にとって俳句は本業ではなく、余技である。

漱石は、この『草枕』を書く二年ほど前、『吾輩は猫である』を書き始めた頃から、余技として「水彩画」をたびたび描いた。そして、その後も漱石は、主に「神経衰弱」などで具合が悪い時、いつも自我流の「水彩画」を描いた。

それらは何かを写実するのではなく、心の赴くままに、風景や人物、自画像などを自在なイメージで描いた、あるいは気に入った絵を大胆なタッチで模写した、色彩豊かないわば「自由画」である。これは、まるで「絵画療法」のようである。つまり当時の漱石は、「水彩画」に喜怒哀楽を流し込み、無意識のうちに、「非人情」の境地に自分を近づけようとしていたということになるのではないか。

さて那美さんは、画工が句を書き付けて眠りに落ちた後、その部屋に入り、戸棚から何かを取り出した。画工には、それが夢かうつつか分からなかった。だが翌朝、画工は、湯から上がった脱衣場の戸の所で、いきなり那美さんから「よく寝られましたか」と声をかけられ、背中に着物をかけられた。驚く画工を尻目に、那美さんは、「ほほほほ、御部屋は掃除がしてあります。往《い》って御覧なさい。いずれ後《のち》ほど」と言って、姿を消した。

部屋に戻ると昨夜の句に、いちいち添削するかのように付句がなされている。それでいて、膳を運んで来るのは、那美さんではなく、女中である。那美さんは、女中が膳を下げる時、わざわざ向こう二階の欄干《らんかん》から、さりげないふりをして、銀杏返《いちょうがえ》しを見せている。その後、ようやく那美さんは、正式に画工の前に現れる。青磁に羊かんを乗せ、「昨夕《ゆうべ》は御迷惑で御座んしたろう」と部屋へ来た。

とにかく昨夜から、大変な気の引きようである。以前はおとなしかった那美さんが、人を驚かし、先回りして、画工が言うところの「勝とう、勝とう」とする態度に出る。これも那美さんが、自分を押さえたまま親の言うなりに嫁入りし、戻ったことに対する、一種の無意識的な反動なのだろうか。画工が言うように、那美さんには「憐《あわ》れ」の情がなく、要するにままならない人生のなりゆきに、ひたすら腹を立てているように見える。

とは言え、那美さんは自分の「怒り」を十分には受容できていない。那美さんがやっているのは、おそらく「怒り」の空回りみたいなものである。深い「怒り」の表現ではなく、欲求不満のいらいらだ。

憐れと「抑圧」

ところで多くの場合、人は「怒り」と「悲しみ」と「喜び」の感情が、一緒になって閉じたり開いたりするようになっている。だから「怒り」が透けて見える那美さんは、おそらく「悲しみ」も強く押し隠している。そして「喜び」も一緒に埋もれてしまったため、人生に大きな「喜び」が見出せなくなったように見える。

那美さんが、「怒り」を十分に受けとめることができないのは、おそらく「悲しみ」を受けとめるのが怖いからだ。那美さんは、無意識の内に、自分が「長良の乙女」や昔の嬢様のように、身投げしたくなるのを怖れているのではないか。つまり、もし人生の「悲しみ」をまともに感じたら、自分も昔の嬢様たちのようになってしまいそうだ、と思っている。だから「長良の乙女」に対し、「(私なら) ささだ男もささべ男も、男妾《おとこめかけ》にするばかり」などと、うそぶいているのだろう。

まったく那美さんの日常をよく見れば、「怒り」の空回りのみならず、「悲しみ」の「抑圧」も感じざるを得ない。たとえば那美さんは、山の上の禅寺の和尚《おしょう》のもとで、修業を積んでいた。これは昔の嬢様が、虚無僧と一緒になりたいと言って「泣いた」出来事に、どこか通じる行為である。和尚は、最近の那美さんは「だいぶできてきた」とは言うものの、やはり寺でも那美さんの奇行はあった。

それは、ある坊主が、那美さんを見染めて付文《つけぶみ》をした時に起きた。那美さんは、和尚とその坊主が御経を上げている本堂へ飛び込み、「そんなに可愛いなら、仏様の前で、一所に寐《ね》よう」と言って、その坊主の首っ玉へかじりついた。だが、これは一見、「気狂」じみてはいるものの、よく考えれば、何より坊主を退散させるのに役立つ行為であっただろう。

おそらく那美さんは、自分が寺に通い詰めていた真面目な気持ちに、坊主の懸想によって水を差され、頭に来たのではないか。あるいは坊主との恋など、身投げした昔の嬢様の二の舞を踏むようで、「まっぴら」だと思ったか。もしくは坊主の気持ちが真剣なものであるとは信じられず、また昔の嬢様の身投げの経緯に泥を塗られたようにも感じられ、腹が立った可能性もある。

だが結局、「怒り」を空回りさせるばかりで直接ぶつけることはできず、また自分の「悲しみ」にとらわれないように閉ざしているため、恋心が叶わぬ相手の「悲しみ」には共感できなかった、とも言えるだろう。つまり「憐れ」に陥るまいとして、相手を退散させ得る奇行に出てしまったのだ。「憐れ」とは、「悲しみ」の他に、「共感」と「愛情」を含んだ感情であろう。那美さんは、「怒り」も「悲しみ」をも胸の奥に閉ざしているために、「憐れ」を誘うことも、感じることも出来なくなっている。人は自分に内在する「悲しみ」を受けとめて置かない限り、共感を得ることも、他人に共感することも出来なくなるものだ。

これが、那美さんが、付文をした坊主に対し、共感できない最終的な理由であろう。この場合の共感とは、必ずしも相手の恋心を受け入れることではない。それ以前の、付文をした坊主の気持ちに対する、まさに「なさけ（情）」のことである。

確かに、那美さんが、人生の「悲しみ」に溺れてしまえば、身を投げる危険もあるだろう。だがそうではなくて、自分の「悲しみ」を一旦受けとめた上で、その自分を受容（愛そうと）する姿勢を持てば、坊主にも共感できるようになるはずだ。そして同時に、人生の「喜び」も回復する。だが那美さんは、その部分を閉ざし、自分や人を受容（愛そうと）する代わりに、人からの注目を集めようとする「引きつけ」のモードに、陥っている。

それで、画工をさらに驚かすことになる。那美さんは、風呂場の湯けむりに裸体をさらし、高笑いして逃げてみせ、振袖姿で、向こう二階の縁側《えんがわ》を行ったり来たりする。

画工は、そのような那美さんに対し、自前の芸術論である「非人情」をもって応対する。それは「情を抑え、距離を持って」眺《なが》める態度である。それは、那美さんが「深い感情」を抑え、「怒り」を空回りさせるのと、どこか非常に釣り合う間柄であることを示す現実の一端ではなかったか。

要するに、那美さんが無意識下に「感情を抑圧」しているのと同様、画工も意識の上では「非人情」で対処しようとしているが、無意識下には同様の「抑圧」がありそうだ。そして、その部分を那美さんの感情の空回りに、刺激されるのだろう。おそらく画工の俳句は那美さんの感情の空回りによる発散に匹敵するのではないか。つまり画工は、那美さんと同様の「抑圧」を奥に秘めているため、峠の茶屋で老婆に話を聞いた時から、すでにすっかり那美さんに「引きつけ」られてしまったのだ。

たとえば、その証拠の一つが、最初の晩に見た「長良の乙女がオフェーリアになって流れていく夢」である。夢の中の女は、苦しいようすを見せず、笑いながら、うたいながら、流れて行く。その乙女の感情パターンは、那美さんそのものだ。

そして夢は、画工が棹を手に、向島に女を追いかけて行くところで終わる。こんな夢を見た画工は、那美さんに会う前の晩から、すでに那美さんを追いかけ、「嬢様を救ってやりたいものだ」という気持ちにさせられていたのではないか。だが所詮、画工に救えるような那美さんではなかった。それどころか今の那美さんは、何人《なんぴと》とも「愛をかわす」ことが不可能だ。なぜなら、那美さんには「憐れ」がないので、共感のしようがなく、ただ人を「引きつけ」るばかりだからである。

ところで、もし「悲しみ」を受けとめてしまえば、「身投げ」したくなるのではないかと怖れ、深い感情を閉ざした那美さんではあろうが、実は、感情を閉ざしても、感情を閉ざしたがゆえに、やはり死にたくもなる。

どういうことかと言えば、感情を閉ざし続ければ、今度は何をしても感動できなくなる。その結果、しだいに生きた心地がしなくなり、生きること自体が虚しくなる。一見、人の気を引いて活動的な那美さんではあるが、深い「喜び」からの行動ではないために、次第に自分でも飽きて来る。

その上、そろそろ年も取って来る。器量よしで評判を取った那美さんも、コケティッシュな「引きつけ」だけでは、やっていけなくなって来る。それで、「私が身を投げて浮いているところを……――やすやすと往生して浮いているところを――奇麗な画にかいて下さい」という冗談を言わざるを得なくなる。

しかし冗談とはいえ、そこには一分の理があり、那美さんの心のどこかに、「死」という選択肢がチラついているのも嘘ではないのだ。

反抗と依存

志保田の昔の嬢様も、那美さんも、共に反抗家である。それは反抗したくなるような家の縛りがあったからだろう。だが今とは違う一昔前であるとはいえ、志保田の嬢様たちは、どこか依存的で自立していなかった。志保田の昔の嬢様も、那美さんも、評判の器量よしであったから、それに磨きをかけ、良い婿か好きな男を「引きつけ」ればよしとする、そのような昔ながらの人生観に依存しやすかったためなのだろうか。

だがその人生観は、結局、家の縛りそのものであり、嬢様たちは反抗しながらも、家に依存していたことになる。つまり何ごとも依存しているうちは反抗しかできないものだ。また反抗だけしているうちは、そこから脱皮できないものである。どのような家の縛りがあるにせよ、それにかかわらず「ただ自分のしたいことをする」ところに、たいてい脱出の道が見えて来る。

そのためには、自分が本当にやりたいことを心の底から感じ取ることが必要だが、志保田の嬢様たちは、みな、そこが苦手であった。たとえば昔の嬢様は、虚無僧について行かずに身を投げた。それは、やりたいことを貫くのではなく「理解して貰えないのなら身を投げる」という、反発の選択でもあった。あるいは「虚無僧を好きになる」という選択自体、本来懸想する相手ではない、反発を含んだものであったから、「深い決心の下に、虚無僧についていく」ことができなかったのかもしれない。

那美さんの人生も、これに似ている。親の勧める縁談通りに結婚した末に、「人生がままならない」と反抗していたのだ。おそらく結婚を決めた時にも、反抗心を持ったままで、結婚は、心からの選択にはなり得ていなかった。だから勤め先の銀行が潰れた時、夫は「もう贅沢はさせられない」と観念し、離れて行く那美さんを止める術がなかったのだろう。

だが画工は、那美さんの、そのような反抗心には気づかない。それどころか那美さんと「長良の乙女」、そしてオフェーリアのイメージが一緒になってしまっている。要するに、愛が成就しなかった美しい女の悲劇性に、心を奪われてしまった。それは那美さんが、峠の茶屋の老婆に「長良の乙女」の話を教え、自分のイメージをカムフラージュしようとした無意識的な演出に、画工が乗せられてしまった結果でもある。

画工が、そのような那美さんのカムフラージュに乗せられてしまうのは、前述の感情の「抑圧」と「非人情」の関係だけでなく、おそらく画工自身が、そこに出てきた「長良の乙女」やオフェーリアに似て、「打って出る」よりは、「一歩引いて」目立とうとする、自己表現の癖を持っていたからではないだろうか。

具体的に言えば、それは画工が標榜する「非人情」の境地と再び重なる。画工は、世の中の嫌な所に目をつむる。住みにくい世の中に、自分の側から「打ち出して」対処することはない。「一歩引く」態度の持ち主で、「打ち出す」ことよりも「引く」ことを美化するのが、「非人情」の境地のようである。

おそらく画工の考えには、漱石自身の、「神経衰弱的な性質」が投影されているのだろう。たとえば画工は、「人の邪魔になる方針は、差し控えるのが礼儀である」などと言い、また、もし他人が自分にとって邪魔な方針を立てて来た場合には、やむを得ず正当防衛として「屁をひる」、と言う。ここまでは律儀で控え目な人の考え方として理解できるとしても、その後が振るっている。というのは、その画工の正当防衛の屁の数を一々数え上げる「探偵」がいて、「屁はいけない」

と画工を苦しめるのだ、と言う。これでは、正当防衛の権利が喪失されてしまう。この「探偵」は、画工が抱く「被害妄想的」な世界の住人だが、この存在こそが一種の「病理」であろう。このような「探偵」を抱え込むのであれば、画工は「引っ込み」思案になるしかない。まさに「神経衰弱」に、陥りそうである。

ただ、これが画工の美意識ともつながっていて、「死」に対する美化も、ここに由来する。つまり「死」を選ぶ者は、「打って出る」のではなく、結局は「引く」方を選んでいる。そういうわけで、志保田の嬢様たちと同じような癖を持つ画工は、「引きつけられて」しまうのだ。

解放と癒し

「長良の乙女」は、二人の求婚者から一人を選ぶことが出来ずに、身を投げた。どちらか一人を選べば、選ばれなかったもう一人に「加害する」ことになる。それよりは、男を選ばずに身を投げることの方が美しい、という判断がそこにある。

だが、ここでさらなる深層を考えれば、もともと自分の特性や、生きたい生き方を知ろうとせず、「人を引きつける」ことだけが自己防衛上の癖になってしまった乙女に、求婚者は群がりやすいのではないか。これは、何か特別な自己実現について言っているのではない。ちょっとした生きる上でのモットーや、自分はこんな感じ方をする人間だから、こんな風に生きてみたいなどというレベルの、自己受容や自己表現のことである。

それがなされていれば、それに合う人を選べばいいのだ。また、そのような志向が自然と表に露呈されていれば、それに見合った求婚者だけが現れやすくなるだろう。逆に「人に加害しないこと」、「人に好かれること」だけを大事にし過ぎて育った人が、「長良の乙女」のような悲劇に見舞われやすい、とも言えるだろう。

また画工は、「厭世的な苦悩から、華厳の滝に身を投げた青年の死」をも美化する。要するに画工は、「身を引く」ことで「厭世観」に決着を付けようとした投身を美化したのである。そして、こうした画工の「死」への美意識が、無意識下で「長良の乙女」やオフェーリアへとつながり、自ら「長良の乙女」のイメージをカムフラージュとしてふりまく那美さんに、すっかり「引きつけられた」に違いない。

さて、「狂気」と「身投げ」と「求道《くどう》」の間を彷徨していた那美さんだが、結局、求道的な方向に導かれることになる。と言うのは、偶然ではあるが、那美さんの心の一番奥に押し隠されていた「悲しみ」を解放し、「憐れ」に辿り着き、しかも身投げなどしなくて済む変容が起きて来る。実は、那美さんは、鏡が池で、別れたはずの元の旦那に逢っていた。そして今や没落し、満州に逃れようとしている元の旦那に、金を渡すのだ。

だが那美さんは、この時にはまだ、「憐れ」を感じられないでいた。男は首を垂れているのに、那美さんは一人、山の方を向いている。そして男が昂然《こうぜん》として帰りかけた時、ようやく那美さんは金を渡した。そして渡し終えるとすぐに、那美さんは歩き出した。振り向いたのは、男の側だけである。

そして、那美さんの「抑圧」されていた「悲しみと憐れ」の情が、遂に解放されたのは、少し後の、甥《おい》の出征の時である。駅に甥を見送った那美さんは、そこで偶然、元の旦那のことも見送ることになる。出征する甥というのは、家を継いでいる那美さんの兄の息子の久一である。その久一の出征を家族一同で駅に見送る。

那美さんは、兄とは不仲だが、久一とは親密だった。那美さんは、いつも通り「悲しみ」を押し込めて「勝ち気」を装い、久一に「死んで御出《おい》で」などと言っている。しかし、戦地に赴く甥を見送るという一種の極限状態の中で、那美さんの防衛機構としての感情の抑圧機能も、余裕がなくなっていた。いつもは「怒り」を空回りさせ、「悲しみ」を閉ざしている那美さんに、この時ばかりはさすがに深い「悲しみ」が突き上げてくる。

やがて久一を乗せた汽車が走り出し、その顔が小さくなり、最後の三等車が通り過ぎる時、事件は起きた。車窓から名残り惜しそうに、那美さんの元の旦那が顔を出したのだ。その時ついに、長らく固まり、「抑圧」されていた那美さんの感情が、大きく開き、心の底に眠っていた「悲しみ」と「愛情」が噴き出した。

そして、それは同時に、おそらく那美さんが自分の結婚に対し、抱いていた反発心を消滅させた瞬間でもあった。那美さんは、自分の中に閉ざしてしまっていた、元の旦那をも「好きだった」気持ちを感じることが出来たのだ。それは過去の結婚が無意味ではなかったことに気づくことのできた「癒し」の瞬間であり、自分の人生を愛する気持ちを回復することができた瞬間でもあっただろう。

嬢様たちの母子関係

さて作者・漱石は、『吾輩は猫である』『坊っちゃん』に引き続き、『草枕』でも三角関係を描いた。結婚前の那美さんには、京都の人と、旦那となった城下一の物持ちとがいたのである。このような三角関係は、この後も、最後の作品『明暗』に至るまで繰り返し描かれ、さまざまな角度から問われ続けるが、一体どこから来たのだろうか。

その原因の始発は、おそらく『坊っちゃん』にも見られる、自伝的で潜在的な「兄と自分による母の取り合い」という心象風景であるだろう。そして『坊っちゃん』が、無意識的であるにせよ、漱石の家族関係に由来する精神的な成育歴を下敷きに書かれたものであるとすれば、『草枕』では、第一章で触れた、漱石の青春期の失恋相手とも測想される大塚楠緒子の、母子関係と家に由来する精神的な「抑圧」が、漱石の無意識的な洞察を介し、浮上したようにも見える。

坊っちゃんと漱石では、外見上のイメージや性格が異なるように、那美さんと楠緒子も、それについては同様に異なる。だが那古井の嬢様たちや楠緒子は、漱石が内在させていた「坊っちゃん」性が引き寄せられてしまう、憧れの「嬢様」型の「マドンナ」ではなかったか。

その楠緒子は、自らの婚礼の翌年、漱石も結婚したことを知るや、さっそく漱石への（職業や社会的な地位は異なるが、漱石と性格が似た意中の人と、女主人公が結ばれなかったことに対する）心残りをテーマとするかのような小説（『いつまで草』）を雑誌（『文芸倶楽部』臨時増刊号）に発表した。

他にも楠緒子の小説には、意中の人と一緒になれない悲劇をテーマにしたものが、いくつかある。

そして、はじめは漱石の側からであったが、漱石と楠緒子の作品の題名や、作品中の登場人物などには、相互に影響され得たと思われるものも少なくはない。つまり『草枕』の那美さん同様、楠緒子には、親の勧める結婚をしておきながら、どこか母に対する反抗心が残っていたように見えなくもない。

　また楠緒子が那美さん同様、結婚後も使用人や周囲から、「お嬢さま」と呼ばれ続けた女性であったことも、どこか暗示的な事実である。そして漱石が、楠緒子と相思相愛的な部分があったにもかかわらず、楠緒子の母により、その仲を阻《はば》まれたと思い込んでいた部分があったとすれば、楠緒子と漱石の関係は、那美さんと意中の人だった京都の人との関係に、酷似している。

　そして楠緒子の視点に立てば、母子関係に由来する持ち前の反抗心ゆえに、それを後押ししてくれそうな、やはり反抗的な所のある漱石に魅かれた可能性も、なくはない。だが漱石は、特に結婚の申し込みを含む交渉において、「打って出る」よりも「待ってしまう」人だったようだ。しかも、うりざね顔の美しい楠緒子のことは好きであっても、楠緒子が反発を感じる支配的な母に対しては、自分も反発を感じていたのであり、また母の方でも漱石のことを認めていないのだから、なおさら頭を下げになど行かれなかっただろうと予測できる。

　さらに楠緒子は、常に周囲の注目を「引きつける」ほどの魅力を発揮しつつも、あるいはそうであるからこそ、相手から積極的に働きかけてくれるのでなければ、納得が行かない、という性質を内包していたようにも見える。それは「漱石に嫁げなければ尼になる」と言ったという鏡子とは、違う性質なのである。

漱石と楠緒子は、お互いが似すぎていたために、かえって牽引力が働かない関係であっただろう。二人とも、奥底には反抗的で鋭い部分を持ちながら、自分を脅かして来ない人に対しては親切で優しく、また美意識が高く、感受性の強い人だった。だが、積極的な加害性を極度に嫌う漱石のようなタイプの人間は、自分の側から面倒を見るような形で、相手に働きかけるのは苦手なものだ。

また漱石がコミュニケーションにおいて、「引きがち」になったのは、実母から「引きがち」な性質を譲り受けたことのほかに、幼年期を共にした、養母（やす）からの影響も、考えられる。この部分については、『夢十夜』の「第九夜」に現れた母子関係からの推測も入るが、養母は、過干渉なコミュニケーションで、過保護的に漱石を支配する人だったのではないか（第四章を参照）。

漱石と楠緒子は、漱石と保治とのやり取りに付随して、漱石の帰国後に再会していた可能性もあり、千駄木の家にいた頃（明治三十六〜三十九年）には、道で人力車に乗る楠緒子とすれ違い、後日そのことを互いに話したり、また早稲田の家に移ってからは（明治四十年以降）、楠緒子が家に訪ねて来てくれた思い出が、晩年の随筆『硝子戸の中』二十五に、書かれている。また明治四十年の五月か六月に、大塚家で楠緒子が催した集まりに漱石も招待され、その後まもなく、楠緒子に『朝日新聞』に掲載する小説の交渉を始めた。

そして、「朝日新聞社」に入社後の漱石は、『虞美人草』『坑夫』『三四郎』『それから』『門』と長編を書き続けるが、『門』を脱稿した明治四十三年夏、漱石は胃潰瘍で入院する。その後、伊豆・修善寺での静養中に喀血し、「三十分の仮死状態（修善寺の大患）」に陥った。『門』は、漱石が初めて書いた、「主人公が恋の勝者になる作品」だった。だが、恋の勝者になった「罪悪感」のために、子供が育たないという、「死の影」が濃い作品でもある。

漱石が『門』を執筆中、おりしも楠緒子は病に倒れ、闘病中であった。

漱石が小説を依頼した頃に遡《さかのぼ》ると、すでに楠緒子は、肺結核を得つつも一時は回復し、明治四十一年には、漱石の推挙により、連載小説『空薫《そらだき》』（前編）を『東京朝日新聞』に執筆した。だがその頃から、再び体調を崩し始めた。結局、『空薫《そらだき》』は、楠緒子の病状悪化により中断する。翌四十二年には、その後編を『そら炷《だき》』として『東京朝日新聞』に掲載。そのすぐ後に掲載されたのが、漱石の『それから』だった。

その後も楠緒子の病状は、一進一退を繰り返す。そして漱石が『門』を執筆中の明治四十三年五月には、『大阪朝日新聞』に依頼され、『雲影』の執筆を始めるも、二十回の掲載をもって、楠緒子の感冒のために中断する。入院後、一時回復するが、その後の転地療法も虚しく、再び悪化して肋膜炎を併発。漱石が伊豆・修善寺で夏に倒れた明治四十三年の秋、三十五歳の若さで命を落とした。

嬢様たちの自己実現

ところで楠緒子と、『草枕』の那美さんだが、結婚の経緯や家の重みに対する反抗のみならず、本当にやりたいことを探しにくく、また実行しにくい育てられ方をした点も、共通していたのかもしれない。楠緒子は、粋《いき》づくしのお洒落をし、お抱《かか》え車で英語や洋楽などを学びに通い、歌人や小説家として活躍し、四女一男を設けるなど、一見、やりたいことは何でもできた人だと思われがちである。だが生まれ育った家族の枠の外から「文学への夢」を掘り起こした漱石とは違い、楠緒子の文学は「母ゆずり」であり、家の枠内のものでもあった。

楠緒子の「文学」は、母と共に、十五歳で歌人・佐々木弘綱の門を叩いたことに始まった。その後、弘綱の子・幸綱に師事しつつ、小説にも手を広げる。ただし漱石が「文学への夢」を意識した十四歳の頃には、四条派の絵画を学んでいた。楠緒子は、画家を志すほど絵画を好んでいたが、良家の主婦として生きるという親の期待の前に、その「夢」を諦めたようだ。写生などに出かけるのが主婦業と両立しないためであったと、後に楠緒子は書いている。

楠緒子に関するエピソードとして、絵画に対してはうるさく、著名な作者の作品でも堂々と批判し、自分の新聞の連載小説の挿絵が気に入らなかったことなども、伝えられている。要するにそれらは、やらずに終えてしまった絵画への「夢」を抱えた者特有の「鋭さ」であったとも、思われる。漱石もまた、熊本で高校教師をしていた頃、新聞連載中の尾崎紅葉の『金色夜叉』を大いに批判した。この頃はまだ、自分が将来、新聞に連載小説を書くことになるとは、「夢」にも思っていなかった。だが人は、関心がないものに対しては、あまり批判などしないものだ。それを裏づけるかのように、その後の漱石の小説も、紅葉の作品同様、多くは「金と愛をめぐる問題」がテーマになった。

亡くなる直前の楠緒子は、前述のように、作家として一つの過渡期に差しかかっていた。楠緒子は、闘病による中断をはさみながらも、『東京朝日新聞』に連載した『空薫』『そら炷』により、以前より注目度が高まり、自らの文学をより一層深める必要性を痛感し、飛躍のための意欲を燃やしつつあった。あいにく病を得てしまったが、何か本格的な変容・脱皮のプロセスを始める必然がやって来ていたのである。

楠緒子の執筆は、明治二十五年に、十五歳で『婦女雑誌』などに作品を発表して始まったが、いつも家事をしながらのもので、たとえばどこかに逗留でもして集中して書きたいが、ままならないことを残念に感じていた、ともいう（とは言え、明治女流文学の中では、目ぼしい作家の一人として記憶され、特に明治三十八年に『太陽』に発表した長詩『お百度詣』は、日露戦争下の反戦詩として評価が高い）。

しかし、それは自分から変容のプロセスを踏まないことに対する、言い訳のような所もあったに違いない。なぜなら楠緒子は一人娘ではあったが、両親とは別世帯を営み、使用人を抱え、財力にも恵まれていた。だから工夫の余地はあったのではないか。だが、どうしても楠緒子は、結果として「母の期待する枠」に自分を閉じ込めがちであったと言えるだろう。「嬢様」は、自分で自分を閉じ込めた上で、反抗していたのである。

一方、楠緒子に魅惑され続けていた漱石も、楠緒子を伸ばすような、突き詰めた指導をすることはできなかっただろう。漱石は、『草枕』の画工が、那美さんの反抗心に気づかず、どこか那美さんの悲劇性と美しさに魅惑され続けたのと同様に、楠緒子の、自分で自分の生き方を閉じ込めた上での「反抗心」を見抜くことは、出来なかったのだろうと思われる。

楠緒子は「父上によろしく、子等を頼む」と、母と夫に遺言して逝った。だが、この願いは虚しく、残された子供たちは、みな早世してしまう。三女は生まれてまもなく亡くなり、大正三年には四女が八歳（子供たちの享年については、誕生月と命日が定かでないため、一年の誤差の可能性がある）

で、大正四年には次女が十三歳で、大正八年には長女が二十三歳で、それぞれ病死した。ちなみに長女は雪江といったが、この名の少女は『吾輩は猫である』に、苦沙弥《くしゃみ》先生の姪として登場している。

楠緒子の死後、子供たちの面倒を見たのは、楠緒子の母だった。結局、この母は、一人娘にも、そして四人の孫娘にも先立たれてしまう。これらの事実は、楠緒子の母が伝授しようとした大塚家の女性としての生き方は、にわかに近代に目覚めたこの時代の女性にあって、もはや重たいものになり過ぎていたことを物語っているようにも、感じられる。

楠緒子には、この他に、末っ子の息子（弘）がいた。弘は無事に育ち、東京帝国大学で心理学を学んだ。しかしその後、第二次大戦前の革命運動に参加し、逮捕される。そして留置場から招集され、南洋に出征。昭和二十年、三十六歳でパラオで戦病死した。こうして楠緒子の母が守ろうとした大塚家の直系の血は、皮肉にも絶えてしまった（楠緒子には、九歳年下の弟もいたが、妻帯せずに亡くなったようだ）。

残された保治は、失意の後、大塚姓のまま再婚。新しい家庭では子供たちにも恵まれた。そして大塚家の墓は、保治の遺族によって守られることになった。

なお、話が入り組むが、『草枕』の那美さんの直接のモデルとなった女性は、熊本県・小天温泉から出た代議士・前田案山子の長女の卓子であったことが知られている。漱石が熊本五高に勤務していた時に、同僚だった山川信次郎らと前田案山子の別荘に遊び、卓子に出会った。衆議院議員だった父・案山子は、この別荘に、政界の名士などをよく来泊させた。

当時、嫁ぎ先から戻っていた卓子は、温泉宿のような体裁の、この別荘の手伝いをした。それ以前の卓子は、父の政治運動に携わっていた青年と二度にわたり結婚するも、二度とも離婚に終わる。当時の卓子は、三十歳を越えた頃だった。

実際の卓子も、那美さんと同様、青磁の鉢に羊かんを入れてもてなし、漱石らに離れで骨董を見せた。また峠の下には茶屋があり、卓子が花嫁衣装を着て、馬子に引かせて嫁いだのも、小説の通りであるという。だが「長良の乙女」（この種の伝説は、従来から我が国に伝承された）や、志保田の嬢様の身投げの話は、漱石の浪漫的な創作として、書き入れられた。

また卓子は、武道のたしなみのある気丈夫な美人で、やわらかい感情をたたえるのが苦手な点などは、那美さんに似ているが、その他はだいぶ違っていたらしい。卓子には、湯の中で、画工を挑発するようなところはなく、実際は、誰もいないはずの湯船の暗がりに潜み、卓子を驚かせたのは、漱石と山川の方である。

卓子は、その後、三度目の結婚に破れてから上京する。そして先に妹が嫁いでいた思想家・宮崎滔天《とうてん》の家に同居し、宮崎と関係のある中国の革命家・孫文らの世話をした。このような卓子姉妹の生き方の選択には、どこか『草枕』の那美さんや、楠緒子の自己解放の、ヒントになりそうなところもある。

妹の槌子は、父の反対を押し切って、滔天と結婚した。いわば、家の重みを断ち切っての結婚である。だとすれば、姉の卓子がそこに身を寄せたのも、家の重みからの脱出の延長線上の一つの現象として理解ができる。

さらに卓子の熊本での度重《たび》なる離婚を考えても、姉妹は、家や父の影響下から逃れることで、人生をかけた居場所を作ることが出来たようだ。『草枕』の那美さんや、楠緒子の場合は、父ではなく、母からの直接的な影響が大きいが、家と自分の関係性の構図において、よく似たものが内包されていると言えるのではないか。

さて漱石は、「修善寺の大患」後、東京での入院先であった長与病院の病床で、楠緒子の訃報を聞くとすぐに俳句を手向けた。それは生涯で最高の出来とも言われる、「ある程の菊投げ入れよ棺の中《なか》」という句であった。そして、この句は、その時に病床で執筆された随筆『思い出すこと』七にも書き入れられた。さらに、この句と楠緒子の前述のエピソードは、後に、人生を振り返った最晩年の随筆『硝子戸の中』二十五にも書き入れられた。

楠緒子の死は、漱石四十三歳の秋であり、楠緒子は享年三十五歳であった。

第四章　『夢十夜』の「夢とトラウマ」

明治四十一年、漱石は高浜虚子あての手紙に「小生『夢十夜』と題して夢をいくつもかいて見ようと存候」と書いた。英国留学から帰国し、『吾輩は猫である』『草枕』が話題となり、明治四十年には「朝日新聞社」社員として作家となり、『虞美人草』『坑夫』を発表した後のことである。『坑夫』は、炭坑という地下世界を舞台に、坑夫の「意識の流れ」を描いたもので、当時としては画期的な作品だった。このすぐ後に発表されたのが『夢十夜』であり、これを挾んで後は、『三四郎』『それから』『門』という、近代人の自我をテーマにした漱石の前期三部作へと突入する。それらは『虞美人草』以前の戯作的雰囲気の漂うものとは一線を画するとされる。『坑夫』と共に、その作風のターニング・ポイントに位置したのが『夢十夜』であった。

「夢をいくつもかいて見よう」とは言うものの、実際には、脚色をし、「夢」の断片から物語を紡ぎ出したには違いない。ただし、夢は日常意識の地下とも言える無意識的世界の産物であるから、そこから紡ぎ出された物語も、やはり漱石の無意識世界を反映したものであるだろう。あるいは漱石の水彩画が自由画であったように、『夢十夜』も自由創作が基本で、やはり無意識の反映を読み取ることが可能であろう。

　こうした作品と作者の無意識世界とのつながりを言い出すと、結局はきりがなくなり、フロイトが芸術論として書いた『レオナルド・ダ・ヴィンチの幼年期の思い出』の中の、「聖アンナと聖母子」についての考察にまで遡ることになる。

　そこで語られたのは、ダ・ヴィンチの無意識下にあったであろう「幼年期における生母と養母についてのイメージ」が、「聖アンナとマリア」に描き分けられながらも、「母としての一体感を伴うイメージ」として描き出された、というものである。

　そして、それは究極的に、作者の「深層心理」が「作品」に、どのように投影されたか、についての論である。だが、そのような観点が、どの作家のどの作品についても興味深く成立する、というものでもない。

　ここで漱石の『夢十夜』に戻るのだが、この作品は、脚色やフィクション的展開を含むことは予想がつきながらも、ある程度、漱石の無意識世界（深層心理）を意識しながら、「夢」を解くように読み解くことが、成立するものと考えた。また、そのようにして読み解くうちに、かえってその内面的なリアリズムに圧倒された、ということもある。

　生真面目な漱石は、自分の「夢」から発展させたこの作品を書きながら、近代自我へのトンネルを突き進んだのではないだろうか。

第一夜

「こんな夢を見た。／腕組みをして枕元《まくらもと》に坐《すわ》っていると、仰向《あふむき》に寝た女が、静かな声でもう死にますという。……」

分かり合うことの極限の愛。しかし「第一夜」で描かれたのは、生きてはいかれない愛の形だ。孤独な者同志が互いに、自らの存在価値を確認し合うような愛。それらは通常、あくまでも美しく描かれるはずのものである。

臨終の場に及んでも、女の真っ白な頬には血の色が程よく差している。赤い唇、うるおいのある真っ黒な瞳。そして「死んだら……大きな真珠貝《しんじゅがひ》で穴を掘って」（私を）埋め、「天から落ちて来る星の破片《かけ》を墓標《はかじるし》に置いて」「百年、私《わたし》の墓の傍に坐って待っていて下さい。きっと逢いに来ますから」と言った。

夢の中の自分は、女の思い切った「謎かけ」に自然と応じてしまう。こんな夢を見ること自体、そんな「謎かけ」を待望する気持ちが、漱石の深層にはあったのだ。また「謎かけ」には、応じるか応じないかしかないものだが、応じる場合には一種の陶酔が伴うものだ。

それは女の側にとっても当然、陶酔できるうれしい出来事である。自分の美しさと「謎かけ」の正当性を分かってもらえた、という体験である。「百年待っていてほしい」という、甘く悲しいわがままに付き合ってくれる人を得たのだ。根源的な部分を受容されずに育った者は、その喪失感を埋めようと、甘く悲しいわがままを言い出すものだ。要するに、この女の美しい容姿は、そのわがまま、を含めた人間存在の美しさを証明したいがための、漱石の無意識の演出なのだろう。

しかし一見、女の美しさゆえに「謎かけ」に応じたようでありながら、漱石の深層には、この「謎かけ」を断われないだけの、のっぴきならない理由があった。つまり自分の側も深層に、女と同質の「トラウマ」があり、潜在的にやはり自らを美しく絶対化し、どこまでもやさしく受容されたいのだろう。普段は知らずにいても、人のこころの深層の「トラウマ」の形が重複すれば、共感の陶酔が訪れる。

女の「謎かけ」の深層にあるものに触れ、それに応じることで同じ痛みを共に確認し、癒そうとする試み。漱石の無意識はこの夢を見る（書く）ことで、そのような機会を自分に与えようとしたのであろう。そのような意味において、この女は、漱石のこころの一部から生まれた女であった。また、漱石自身でもあった。おそらく漱石も、この夢の女と同様な「謎かけ」を無意識のうちに、周囲の異性や読者に対し、していたのではないか。そうして、とうとう漱石没後百年が過ぎた。

さて、夢の中の自分は女の墓標に置いた星の破片を「長い間大空を落ちている間に、角《かど》が取れて滑らかになったんだろう」と思い、それを「抱き上げて土の上に置くうちに、自分の胸と手が少し暖く」なる。女が「百年待っていてほしい」と言ったように、星の破片も「長い年月をかけて」透明な空間を落ち続けるうち、滑らかな存在へと癒されたのだろう。男は、その星の破片に触れ、暖かみを少し取り戻すことができたのだ。ところで、この「癒された星の破片」というモチーフは、この夢の方向性を示しているようだ。

だいたいにおいて、孤独な性質を持ち合わせた人間は、上方とのつながりを持ちたくなるものだ。

周囲との、横のつながりで幸福な関係を築きそこなえば、残るのは縦方向の関係だけになるからである。天、神、絶対的な価値観など、人間を超えたものへの憧れ。それらは周囲からの自分に対する評価の善し悪しにかかわらず、自分に価値を与え、価値を感じさせてくれるものでもある。

そんな内面の孤独を補いたいがための聖なるイメージが、この夢には満ち満ちている。まず夢の中の孤独な女は、誰かに愛されることで自分の存在価値を得ようとした。女の死の直前の「謎かけ」は、それを達成するための最後の聖なる行為であり、それに応じた男（夢の中の自分）にとっても、同じ意味を持っていた。そして二人は横の関係が苦手であったため、星や死や百年という聖なるイメージで、その愛を補わざるを得なかった。また男には、「こんな謎かけに応じられるのは自分だけだ」という自負もあったに違いない。

だからこそ、「女に騙され」るわけにはいかない。ちょうど男が、「騙され」たのではないかと不安を覚えた時、女は男の気持ちに答えて来た。香り高い、真白な「百合の花」の姿で、男の元に逢いに来た。男の胸の所で咲いたのは、胸が愛情の座だからだろう。こうして、女の「謎かけ」に答えた男の試みは、成就する。そして男が白い花びらに接吻し、女の願いも成就した。つまりそれによって、女は星になれたのだ。

夢の雰囲気は、あくまで甘美な陶酔に包まれている。もともと甘美な「謎かけ」に応じる陶酔で始まった夢である。だが陶酔とは、結局は「トラウマ」に溺れたままになることでもあるだろう。

よく考えれば、女は「謎かけ」と引き替えに命を失い、男も百年を無為に過ごす。結局は諦めと絶望に裏打ちされた、生きてはいかれない愛の形だ。もし生きていこうとするのなら、まず二人は

「お互い」という、苦手な横のつながりの中で学ぶことが必要になるだろう。

夢の女は、男を使って自らを癒そうとした。それに男は応じたかった。しかし他者によって自分を癒そうとする試みも、それに応じようとする試みも、実際にはなかなかに現実的ではないのである。一方通行の癒しの愛は、どちらかが、もしくは両方が、必ずそのうち生気を失わざるを得ない。人は自分で自分を癒そうとする姿勢を持たない限り、「自分も相手をも癒される関係」を生きることは難しい。

ここに漱石の問題が見られるが、このテーマは「十夜の夢」を通し、次第に噛み砕かれていく。漱石が恋慕した女性には、兄嫁や、青春期の失恋の相手でもあるらしい大塚楠緒子を始めとして、早世した者が多いが、この「第一夜」の女も若くして命を落とした。また、少年時の母の死や、長兄・次兄の早世、親友だった正岡子規の若き死もある。そのようなことを照らし合わせるにも、『夢十夜』は漱石が無意識下で気にかけていた、「死者」との共感から始まったということになる。

「第一夜」は漱石の、たとえばこの二年後に早世する大塚楠緒子への無意識の賛歌であった、とも考えられる。そして、それは漱石の無意識化に巣くう「幻想のマドンナ」への憧れに対する一つの警告でもあった。前年に漱石が『虞美人草』を執筆し始めたのを知るや、楠緒子も『心の華』に同名の小説を発表している。自分の文学が、百年後の評価にも耐え得るものでありたいと願った漱石は、どうやら百年にもわたり、自分を虜にし続けてくれる幻の女性像を求める人でもあった。

しかし漱石が、この夢の女性のように、その死後も、なお自分を魅惑し続けてくれるようなタイプの女性を理想とし、自分も同様に死後も愛され続けているのは、おそらく自分を愛してくれたはずの母をその死後も、自分が思慕し続けたからなのであった。

第二夜

「こんな夢を見た。／侍《さむらい》なら悟れぬはずはなかろう。……そう何日《いつ》までも悟れぬところを以《もっ》て見ると、御前《おまえ》は侍ではあるまい。人間の屑《くず》じゃ。……口惜《くや》しければ悟った証拠《しょうこ》を持って来い……」

こう、和尚《おしょう》から挑発された侍（夢の中の自分）が、今宵《こよい》この悟りをめぐる対決に、「死をかけて決着をつけよう」と、いきり立つ夢である。

このような和尚を夢に見るというのは、実は漱石の深層に、「自分で自分を挑発する」ところがあったということになる。つまり、このような和尚が日常的に、自分の中にいるようなものである。こうした人は挑発を呼びやすく、挑発に乗りやすい。そして相手の中に、必要以上に挑発を感じ取ってしまうものだ。あるいは逆に、人に対し、無意識的に自分が和尚の役回りになり、人を挑発することになる。「神経衰弱」時の漱石の姿が、あたかも浮かび上がって来るかのようである。

漱石がこのように、「挑発する和尚」を深層に抱え込んだのは、成育歴に由来する体験が原因であろう。有言無言に、周囲の者が漱石を挑発したのだ。子供の人格形成に、最も大きな影響を及ぼすのは、親を始めとする身近な大人だが、そうした人々の声を、人は自分の中に内在化させるものである。挑発された者は、たとえその挑発に不審を抱き、反発したとしても、挑発された痕跡が深層に残る。そして知らないうちにそれが影響を及ぼしてくる。これが無意識の作用である。

夢の中の侍は短刀を持っている。自分を侮蔑してきた和尚の挑発が許せないからだ。せっかちにも次の刻までに悟りを得て、自分の尊厳を示した上で、和尚の命を取ろうと算段する。そして、もし逆に「自分の方が悟れず」に和尚に負けるくらいなら、自刃《じじん》するつもりである。「侍が辱《はずか》しめられて、生きている訳には行《ゆ》かない」と、夢の中の侍は思っている。

とにかく、ここには「死ぬか生きるか」という、大層ボルテージの高い緊張がある。これを見ると、漱石が幼年時に受けた挑発は、時に「死の淵」に立たされるほどの痛みを伴う侮蔑だったということになる。たとえ表面的には、特に異様に見えるほどではなくとも、子供の心にこれくらいの痕跡が残ることは多々あるものだ。

漱石について言えば、一つには養子に出されてしまい、かわいがってもらった覚えがないという実父からの影響がある。漱石に勉強を教えた時の長兄の様子が癇癪を起こしながらの厳しいものであったというから、おそらく実父もそんな性質だったのではないか。漱石は養父母の離婚で人間不信に陥った末に実家に戻った時も、実父からは不要者扱いされた。母はおとなしい性格で、父から漱石を守ることはできなかった。そうした体験から漱石は、「自分は大事にされる価値がない、いわば人間の屑のような存在だ」という怖れと痛みを抱き、自分の深層に内在化させた可能性がある。

しかし大人になれば力もつくもので、今度は自分が短刀を持ち、報復したくもなるものだ。特に精神的自立が果たせるか否かの思春期の頃、こうした短刀は最も振るわれやすくなる。この短刀は、もとは周囲から成育歴の中で、漱石に向けられていたものである。たとえば始めは父によって、後にはそれが癖となり、無意識的に自分で自分に向けるようになったものである。こんな育ち方をした者は、相手（和尚）を刺さなければ、そのまま自分を刺してしまいそうになる。だからこそ、ボルテージの高い緊張と苦痛の葛藤を伴いながら、夢の場面は進行するのだ。

ところで和尚だが、一般に和尚と言えば、広い意味では教育者である。ところが夢の中の和尚には、侍に対する愛情がない。少なくとも愛情を感じさせる対応をしていない。「導く」のではなく、「辱《はずかし》め」ている。この和尚の深層にも、「トラウマ」があるのだろう。それは、「誰かを辱めていないと、自分の価値と尊厳を感じられない」という「トラウマ」である。このような人物にとっては、そこが死活問題なのである。成育歴の中で、漱石に侮蔑を与えた者（たとえば実父）は、この和尚と同様なこころの持ち主なのだ。

一方、これらと対称的な、慈悲ある教育者としてのイメージも、夢には登場している。それは、侍の部屋の床の間の軸に描かれた「海中文珠《かいちゅうもんじゅ》」である。この「海中文珠」は、侍と和尚の対立を癒す方向の、この夢に託された唯一の前向きのイメージである。傷ついた中にも、自分の傷を癒そうとする漱石のこころの底力が、こんなところに見られるのだ。この「海中文殊」は、愛情を持ちながらも父と漱石との確執に対しては傍観しがちだった、母のイメージではないだろうか。

さて、こんな夢を見たらどうするか。一つには、今や自分の手で握りしめている短刀を手放すことだろう。つまり時には人に向けて突きつけ、自分に向けても突きつけている短刀を手放すのだ。ただし、この短刀は、自分を辱めてくる人物に報復するための守り刀でもある。だからただ手放すのでは、自分が無防備になり過ぎてしまう。

そこで大切なのは、成育歴の中で自分に向けられた挑発が、どんなに不当なものであったのかの確認と、そのような不当なことをせざるを得なかった父親の傷だらけの深層の把握である。つまり和尚のような父親の、実は誰かを辱めていないと、自分の価値と尊厳を感じられないという「トラウマ」である。「自分が人間の屑だから」ではなく、相手のこころの傷のために、自分が受けざるを得なかった仕打ちを把握し、客観化することが大切なのである。

どんな理由があるにせよ、子供を愛せないのは親のエゴである。一方、愛されなかった子供は、自分で自分を愛することで、自己の尊厳を回復させることが必要だ。その回復が進むと共に、短刀を握りしめていた手の力も、無意識のうちに解き放たれていくだろう。

そのためには、夢に託された前向きのイメージを用いて、「自分がもしも海中文珠のような慈悲ある親に育てられたのだとしたら……」というイメージを感じてみることも役に立つ。そんな風にして傷を癒すうち、内面の「死ぬか生きるか」の葛藤エネルギーは、別の形へと変容してゆくに違いない。根源的な自己受容、もしくは、こんな和尚をあらかじめ自分に近寄らせなくするための外向きのエネルギーなどへの、変容である。

すると侍は、多分こんな風に考えるに違いない。「そもそも《悟り》は、人に挑発され、意地になりながら求めるようなものではない」し、「人間の屑だという決めつけしかしない和尚など、相手にする必要はないではないか」と。

最後に、漱石は町人階級の出身だが、武士出身の家系の出ではないことを気にしていたというから、この夢では、侍であることと「コンプレックス（劣等感）」が、関係づけられたようにも思われる。

第三夜

「こんな夢を見た。／六つになる子供を負《おぶ》っている。慥《たしか》に自分の子である。ただ不思議な事には何時《いつ》の間にか眼が潰《つぶ》れて、青坊主になっている。……眼は何時潰れたのかいと聞くと、なに昔からさと答えた。……」

子供とは、どこか対等に父親を見抜いてくる存在である。子供は弱くて未熟だという点において、父親は優位な立場にいるが、子供は子供ゆえの純粋さで、見るべきものを見る。父親自身が隠してきたもの、見ようとしないもの、見えずにいるものをさえ、子供は見抜くこともある。

夢の中の子供は、親の知らぬ間に盲目になっていた。それなのに、何でも見抜いて来るので、気味が悪い。そして「どうも盲目は……親にまで馬鹿にされるから不可《いけ》ない」などと言い、父親に百年前の子殺しを思い出させた。子供によれば、百年前に殺された盲目の子供は自分である。つまり、この子供は百年前には殺され、今は捨てられようとしているのであった。

子供が対等に、もしくはそれ以上に父親の「過去、現在、未来」を言い当ててくるのはたまらないが、さらなる核心は、「盲目の子供を拒否する」という、自分の深層に潜む残虐性と、百年前の子殺しを思い出した途端、背中に背負った子供の「石地蔵のような重み」を感じたことに象徴される「罪悪感」を暴かれたことである。ただし、父親としての自分が、子供を一人前の人間として尊重できないでいる点は、「第二夜」の和尚とよく似ているが、相違点もある。

和尚の場合は、人を辱める際に、相手が悪いのだと思っている。「人を辱めないとバランスがとれない」という自分の内面の「トラウマ」を自覚していない場合、こちらのタイプになるだろう。自分の心の歪みになかなか気づけず、そもそも自分を振り返ることができないのだ。それとは違い、この夢の父親は、我が子を拒否するという残虐性を発揮せずにはいられないながら、自分の「罪」の重さを感じ、自分を責めもする。これが漱石その人の姿なのではないか。

それでは一体、盲目の我が子を拒否したくなるような親とは、どういう人間なのだろうか。それは、いわゆる「コンプレックス（劣等感）」の強い人間であろう。「コンプレックス（劣等感）」とは、その人間が「劣等」だから抱くものではなく、その人間の真価とは無関係に、成育歴の中で、周囲から植えつけられるものである。何か勝手な理由で「お前は価値のない人間だ」という決めつけが行われ、それが内面化してしまったものである。つまり、「第二夜」の和尚による「人間の屑だ」という決めつけが、この父親の深層を支配しているのかもしれない。

ところで、そんなふうにして「コンプレックス（劣等感）」を植えつけられた人間は、強い不安と怖れを内包する。だが誰もが、そんな気持ちにとどまっていたのでは生きるのが苦しくなる。それで、自分の「劣等感」を思い出すきっかけになりそうな要素、たとえばこの場合は健常者と比べて自分の基準で勝手に判断し、「劣る」と捉えた「盲目の子」を極端に避けたくなったのだろう。また漱石自身、青年期から眼を患うことが多かったから、失明への怖れを「抑圧」する手段として、なおさら盲目の子を避けようとした、とも考えられる。

気の毒なのは子供だが、真実は、父親が自分の「コンプレックス（劣等感）」を覆い隠すのに精一杯で、子供の幸せを考える余裕がなかったということなのだ。

では、その残虐な行為の原因である「コンプレックス（劣等感）」をどう解くか。とにかく「コンプレックス（劣等感）」とは不当なものであるから、まず自分に刺さっている「コンプレックス（劣等感）」のトゲを抜くことが肝心である。そのためにも漱石の成育歴の考察をしてきた訳だが、それとは別に、この夢の中にも、役立ってくれそうなイメージがある。それは逆説的だが、「父親を脅かしてきた子供」である。

夢の子供は、なぜかドーンとした落ち着きを持っている。父親に殺されたという過去を持ち、今、再び捨てられそうになろうとも、自己評価を下げてはいないようである。あっぱれな子供である。自分の真価は、外部からの評価にかかわらず、変わりのないものであることをよく知っているようだ。そして冷静な見地から、父親に返すべきものは、しっかりと返そうとする。

夢の語り手である漱石にとって、自分がこの子供になったつもりで、夢全体を味わってみることは役に立つはずだ。それは自分の中に、夢で自分を脅かしてきた子供の側の、「自己肯定力」を取り込んで行く作業になるからだ。

第四夜

「広い土間の真中《まんなか》に涼《すず》み台のようなものを据えて、その周囲《まわり》に小さい床几《しょうぎ》が並べてある。台は黒光に光っている。片隅には四角な膳《ぜん》を前に置いて爺《じい》さんが一人で酒を飲んでいる。……」

夢の語り手は、夢の中では子供であった。

「第四夜」は、人から「食い込まれたくない」爺さんの夢である。しかし、「食い込まれたくはない」が「周囲の注目は浴びたかった」爺さんは、手ぬぐいをよじって「蛇にする」と言い、子供たちの関心を引きつけたまま、どこまでも真っ直ぐ歩いて河に入った。そして、「とうとう上がって来なかった」。あっけにとられた子供の視点が夢の語り手である漱石の視点だが、実は爺さんの方も、漱石が自覚していなかった自分の分身であるだろう。

爺さんは、人とのやり取りに応じようとはせず、おかみさんの問いかけに対してもはぐらかす。なぜなら、おかみさんの態度は「受容」的ではなく、「食い込む」態度だったからだ。爺さんはそれを無意識的のうちに怖れている。そのかわり爺さんは、自分から人を詮索しない。束縛もしないだろう。「人に食い込む」のも、「食い込まれる」のも苦手である。しかし、やはりコミュニケーションが何もないというのでは、寂しかったのであろう。

つまり人と親密にはなれないが、寂しいので「注目を引きたい」。そこで人との親密度は深めずに、「引きつける」か「引きつけられるか」の関係の構築、ということになる。だから、爺さんは奇妙で面白い物言いや身のこなし、笛に歌、それに手ぬぐいを蛇にするアイディアなど、自分の持てるものすべてを動員して、子供たちを「引きつけ」る。そして、観衆を川べりまで引っ張って行った。俳優などにも、こんな性質で成功する人もいるだろう。

夢の中の子供は、爺さんに「引きつけられて」行ったが、それは子供の側にも「引きつける」「引きつけられる」の同じモードが、内在していたからだろう。

「引きつける」か「引きつけられる」かは、裏表一体で、どちらがその人の特徴として表立っているかという問題はあるにせよ、片方を持っている者は、たいてい隠し味として、あるいは無意識的な一面として、もう片方も持っている。そのような構造的な観点から考えれば、この爺さんの中にも漱石を見ることができそうだ。

おそらく漱石は、自分の内面に「食い込んで」くる人が苦手だった。「第一夜」の女は、女から言いかけたが、夢の語り手の内面に「食い込んで」は来なかった。ただ、「私を分かって下さい」の一方通行的な「謎かけ」だったので、「分かってあげる」余裕があったのだろう。

また、とにかく夢の中のおかみさんのようなコミュニケーション・モードを持つ人から、自分勝手な基準で「食い込まれ」て詮索されるような「分かられ」方は、ごめんだったのだろう。だから夢でも、「私をこのまま分かって下さい」の爺さんに、「そのまま分かってあげましょう」の子供たちがついて行く。おかみさんだけは「食い込む」「食い込まれる」のモードで違っているから、爺さんのパフォーマンスにはついて行かない。おかみさんはあくまで自分の土俵で、人を理解する。

漱石は、深層に「分かってあげたい・もらいたい」のパターンを持った、寂しがり屋の人なつこい人だった。しかしその上に「コンプレックス（劣等感）」が覆い被さっていたために、人間関係は、上下の関係になりがちだったと思われる。上下関係といってもイヤイヤの服従ではなく、丸ごと尊敬するか受け入れるという、深層の「トラウマ」に触れずに済む付き合い方である。

漱石は、丸ごと自分を受け入れてくれる兄貴的な人や、自分が敬愛できる先輩や同輩、尊敬できる才能を持つ後輩、もしくは自分を敬愛して慕ってくれる人々と付き合った。このように心からの

郵便はがき

恐縮ですが、
切手をお貼り
下さい。

101-0051

（受取人）

東京都千代田区神田神保町三―九
幸保ビル

新曜社営業部行

通信欄

通信用カード

■このはがきを，小社への通信または小社刊行書の御注文に御利用下さい。このはがきを御利用になれば，より早く，より確実に御入手できると存じます。
■お名前は早速，読者名簿に登録，折にふれて新刊のお知らせ・配本の御案内などをさしあげたいと存じます。

お読み下さった本の書名

通 信 欄

新規購入申込書 お買いつけの小売書店名を必ず御記入下さい。

(書名)	(定価) ¥	(部数) 部
(書名)	(定価) ¥	(部数) 部

(ふりがな)
ご 氏 名　　　　ご職業　　(歳)

〒　　Tel.
ご 住 所

e-mail アドレス

ご指定書店名	取次	この欄は書店又は当社で記入します。
書店の住 所		

尊敬を介しての、安心で気さくな関係を求めた漱石は、自分が尊敬できる相手を求めるだけでなく、常に自分も尊敬されるだけの基盤を作っておく必要があり、それが原動力にもなっただろう。

要するに、夢の爺さんはパフォーマンスで人を「引きつけ」、漱石は秀才や文才で人を「引きつけ」た。しかし爺さんは、人と親密になるのを避け、「注目を引く」ことのみで自分の孤独を埋めようとした結果、川にはまって破綻してしまった。漱石が、この『夢十夜』を書いたのは四十一歳の時で、亡くなったのは四十九歳の時だから、この夢の爺さんのように、すぐに破綻したわけではない。

しかし文才で「注目を引く」ことに成功し、教師を辞め、一本立ちした作家になった頃から「神経衰弱」は治まるものの、漱石の胃は悪化した。そして遂には、それが命取りにもなっていく。とすると、やはり「注目を引きつづけること」と、命の破綻とは全く無関係であったとも思えない。

とにかくこの夢の表面のテーマは、「引きつけ」られてついて行くと、「尻切れトンボの破綻になる」という、子供の側の不安である。この不安を解く鍵を持っているのは、おかみさんである。おかみさんは自分の側から自分のペースで相手に問いかけ、相手が煙幕を張ってきた場合は、深追いをしない。漱石は子供の頃から、おそらく、このおかみさんのように振る舞うことは、あまりなかった。それは、このおかみさんが、いわば脇役として、登場することからの推論である。だとすれば、漱石自身は逆に、「引きつけ」の破綻にも付き合わされがちだったのではないか。

そして最後になるが、爺さんの家だという「臍《へそ》の奥」や、「肝心綯《かんじんより》」のように細長く綯《よ》った「手拭《てぬぐい》」、そしてその「手ぬぐい」で作った「蛇」、という三つのイメージが気にかかる。「臍の奥」

とは「胎内《たいない》」のことで、「肝心絢」というのは、名前を書いた紙を小よりにして仏像の「胎内」に納めたものに由来する呼び方である。そして、その両者に共通するイメージである「胎内」は、「生命」を育むところであり、蛇もまた一般に、「生命力」にまつわるイメージを持っている。

とすると、「臍の奥」に住む爺さんが手ぬぐいで作った蛇で、子供を「引きつけながら」川に突っ込んで行ったテンションの高さは、やはり生きる実感を求めるエネルギーそのものだったと言えるのではないだろうか。爺さんは、人から対等に「食い込み食い込まれる」親密さは苦手でも、「引きつける」ことで、懸命に生きる実感を求めたのだ。それは初期の作品をものすごいテンションで短期間に仕上げていった漱石の姿とも、重なって来る。

第五夜

「こんな夢を見た。／何《なん》でもよほど古い事で、神代《かみよ》に近い昔と思われるが、自分が軍《いくさ》をして運悪く敗北《まけ》たために、生擒《いけどり》になって、敵の大将の前に引き据えられた。……」

夢の中の自分は、運悪く敵の捕虜になり、殺される。だが、捕虜になった後に「殺される」のは、自分自身の選択によるものだった。なぜならこの夢の状況下では、「生きる」のは「降参」する意味で、もし「死」を選べば「屈服しない」意味になる。そして夢の中の自分は、「屈服しないで死ぬ」ことを選択した。

結局、この夢もまた「死ぬか生きるか」の緊張感を伴っている。そしてこの夢は、漱石の精神構造の「死ぬか生きるか」の問いについて、実に暗示的だ。というのは、夢の中の「よほど古い事」とは幼年期のことで、当時の漱石は子供で、体が小さかったために、夢の中では必然「その頃《ころ》の人はみんな脊《せ》が高かった」のではないか、という可能性があるからだ。そうだとすれば、漱石の「死ぬか生きるか」の緊張感は、やはり成育歴の中での、周囲の大人たちとの対立に端を発している。「第二夜」の和尚にも、父親の影が重なっていた。

夢の中の「自分から戦いを挑んだ」という設定には、何か必然性があったはずで、「運悪く負けて捕えられた」のも、そのまま夢の語り手である漱石の精神的な原風景であろう。人が自分から戦いを挑む必然性といえば、周囲からの無理解や不当な扱いに対しての、我慢のならない「怒り」の自己表現などが考えられる。この夢の「敵の大将」にも、漱石の実父（権力者）のイメージが重なると言えるだろう。

ここでもう一度、「生きると降参で、死ねば屈服しない」意味だという、夢の中のルールを考察したい。そもそも、周囲から正当に扱われず、「抑圧」や侮蔑を受ける環境で育てば、「生きることは降参」を受け入れたも同然である。さらに、自分が子供という無力な立場であれば、「死ぬより他に、不当な扱いに屈服しない方法はない」、と思い詰めてしまう可能性もあるだろう。

成育歴の中で形成された深層の原風景は、放っておけば、大人になってもそのまま持ち越されるものだ。だから夢は、それを大前提に進んで行く。しかし、夢の中の自分は「死んで屈服しない」方を選択したとはいえ、いざ命を取られる段になると立ち往生する。これは、「第二夜」の「和尚に対峙する侍」の夢で、主人公の死が描かれなかったことにも類似する。また実際の漱石も、「そんなことは死ぬほど嫌だ」という言い方はよくしても、本当に死を選ぼうとしたことは生涯なかった。

今回の夢では、「死んで屈服しない」方を選んだ所で、「恋」が登場した。夢の語り手は死ぬ前に、「思う女」に一目逢いたいと言う。成育歴の中で、親子関係で愛情に飢えを感じた者は、往々にして、異性からの愛情に大きな期待を抱く。それは、どこかに魂の安らぐ場を求めたいという、人間の本能だろう。また『夢十夜』の「第一夜」が、女性との交渉のテーマで始まった理由も、そこに繋《つな》がるのではないか。

夢の後半は、「思う女」が馬に乗って逢いに来るのを待つストーリーである。女が、夜明けの鶏が鳴くまでに間に合えば、逢えることになっている。その女は、「鞍《くら》も鐙《あぶみ》もない裸馬《はだかうま》」に乗って髪をなびかせ、長く白い足で馬の腹を蹴り、一目散に男の元に駆けつける。このイメージは、純真無垢な上にエロティックな魅力も感じさせて美しい。

女は間に合いそうだった。だが、天探女《あまのじゃく》が折悪しく「鶏《とり》の鳴く真似《まね》」をしたため、間に合わなかったことになり、女は馬と共に岩の下の深い淵に落ち、逝ってしまう。それゆえ夢は、「この蹄《ひづめ》の痕《あと》の岩に刻みつけられている間、天探女は自分の敵《かたき》である」という、夢の中の自分の恨みの述懐で終わっている。

この夢では「第一夜」同様、生きて果たされない純愛が描かれている。儚《はかな》いがゆえに、人を酔わせる甘い調べだ。女は男の期待に一図に応えようとして命を落とし、男は天探女を恨むという形で、女への愛情を吐露する。しかし、そのため夢の焦点がそちらへ移ってしまい、自分自身が「死ぬか生きるか」が、再び曖昧になった。その上、夢の中の自分の敵対心の対象も、「敵の大将」から「天探女」に移り、こちらも曖昧になってしまった。

　この辺りのすり替わりが、気にかかる夢である。結局「死ぬ」ことまでもがすり替わり、自分ではなく「女」が命を落とす。つまり夢の語り手である漱石は、自分の深層に横たわる「死ぬか生きるか」の深い淵に、自分の代わりに「思う女」を落としてしまった。川に身を投げたオフェーリアに魅かれ、「思う女」であったかと思われる楠緒子も早世するなど、「愛する女には死んでその愛を永遠にしてもらいたい」という、無意識的で倒錯的な願望を持つ漱石であった、と言えなくもない。

　一方、女にとっては、「男のために死ぬ」ことも本望だったかもしれないが、もともと死を覚悟していたわけではなかった。また夢の中の自分にとっては、そもそも成育歴の中で形成された深層の深い淵を埋めたいがための「思う女」であったのに、その女を「運悪く」「淵に落とし」て、失ってしまった。結局、「自分が軍《いくさ》をして運悪く敗北《まけ》た」運の悪さが、女の側に移行している。

　漱石の妻の鏡子も、新婚二年目の夏に熊本で入水未遂事件を起こした。それは幸い未遂ですんだが、その時に一度、漱石のこころの「淵」に落ちそうになった、ということになる。また鏡子は、その後そこから立ち直るにあたり、「夫のこころの淵をいっさい相手にしない」という自己防衛策を身に付け、より「勝ち気」な妻になった可能性もある。

　要するに深層に巣くう「淵」は、根本的には自分で埋めない限り、男女関係においてもこのように、時には相手方にも支障を来《きた》すものなのだ。

　ところで夢の中で、自分の側から敵に「軍《いくさ》」をしかけたのは、自らに巣くう「トラウマ」を埋めようとする努力の第一歩であったと思われる。だから、何らかの形で勝たなければ意味がない。

夢の中の自分は、「生きて降参」することを拒否し、代わりに「死んで屈服しない」方を選び、「負けまい」とした。しかし、それでは結局「死んでしまう」わけで、納得のいく「勝ち」にはなり得ない。夢の語り手である漱石は、実はそれに気がついている。だからこそ夢の中の自分は、死なないのではないか。「第二夜」の侍が死ななかったのも、同じ理由なのだろう。

「死ねない」のは意気地なしだからではなく、「生きて」自分の深層の「淵」を埋めなければならないという、今生《こんじょう》の使命に気づいているからだ。

第六夜

「運慶《うんけい》が護国寺《ごこくじ》の山門で仁王《におう》を刻んでいるという評判だから、散歩ながら行って見ると、自分より先にもう大勢《おおぜい》集まって、しきりに下馬評《げばひょう》をやっていた。……」


鎌倉時代の彫刻師である運慶が、夢の語り手の時代である明治にまで生きている理由、それがテーマの夢である。運慶が、大木から仁王を掘り出すのを見て、夢の中の自分も家に帰り、さっそく薪から仁王を掘り出そうと試みる。しかし明治の木（薪）には、仁王は埋まっていない。この夢は、一見、明治に対する絶望がテーマのようでいて、実は漱石が自らの仕事の方向性を見出す夢である。

夢の中で、自分が運慶を見ているが、見られている側の運慶も、実は夢の語り手である漱石の深層に潜む分身的な存在であろう。つまり漱石も、今や運慶のような仕事ぶりを発揮する時期に差しかかっているのだ。ただしこの運慶のイメージは、まだ漱石の中で、はっきりとした自己イメージとしては自覚されていなかった。だから「自分が運慶になった夢」ではなく、「自分が運慶を見ている」夢なのではないか。

そして、そのように距離があるゆえに、運慶と夢の中の自分の間に入り、運慶の仕事ぶりを解説する若い男が必要だったのだろう。夢の中の自分は、若い男の言葉通りに合点する。運慶の行動と若い男の言により、これまで自分の中で漠然としていたものが、一つ一つ具体的に意識化される。それが、この夢の方向性である。

さて、その運慶の仕事ぶりは、どういうものであったか。若い男は、運慶が見物人には目もくれず、「天下の英雄はただ仁王と我れとあるのみ」と言いながら、仁王を掘り進めるのを「天晴《あっぱ》れ」と称した。なるほど運慶は、見物人の評判には無頓着に、ただ集中している。そして、ノミと槌の使い方にも特徴があった。いかにも無遠慮に、少しも疑念を挟んでいないかのような、刀の入れ方をする。若い男によれば、仁王の眉や鼻は、ノミで作るのではなく、それらが「（木に）埋《う》まっているのを……掘り出すまで」なので、「決して間違うはずはない」と言う。

これは運慶の彫刻の仕事のことのようでいて、実は「創造（創作）」全般について、あるいは「創造的な生き方」にも通じるイメージなのではないか。つまり小手先で作るのではなく、埋まっている「大きな自分」を掘り出す、という生き（創り）方である。もし誰もが、「埋まっている自分」を大木から掘り出すことができたなら、それは各々に見事であるのではないか。問題は、埋まっている自分を上手に掘り出せるかどうかだ。

運慶は、大きな赤松を相手に、「仁王と我あるのみ」の意気込みで、埋まっている仁王に集中して掘り進む。「内側」に集中するから、見物人の評判には無頓着でいられる。ここまで分かった夢の中の自分は、急に仁王が彫りたくなり、家に帰って試みる。ただし、家にあった木は大木ではなく、「先達《せんだつ》ての暴風《あらし》で倒れた樫《かし》を、薪《まき》にするつもりで、木挽《こびき》に挽《ひ》かせた手頃《てごろ》な奴《やつ》」ばかりだった。

それを片っぱしから彫ったが、仁王を隠しているものはなく、一見「明治の木には、到底仁王は埋まっていない」と悟るしかなかったようにも受け取れる。だがその後で、「それで運慶が今日まで生きている理由もほぼ解《わか》った」として、この夢は終わる。

ここで注目したいのは、「明治には運慶はもういない」のではなく、「こういう時代だからこそ運慶が今日まで生きているのだ」という、夢の中の自分の解釈の仕方だ。この解釈の仕方は、実に前向きである。

夢の中でする「解釈」には、普段の自分とは無関係に、夢の中で勝手に考えたり思ったりしたものが含まれる。それらは、無意識的に自分が感じている直感的な「解釈」でもあるだろう。つまり夢の語り手である漱石は、深層で「明治にも運慶は必要だ」という直感を得た。だから、この夢を総合的に解釈すれば、漱石自身が明治の運慶となり、大木から仁王を彫り出す気運が見て取れる。

しかし、家にあるのは薪ばかりで、大木がなく、まだ仁王を掘り出せてはいない。「埋まっているものに集中して彫る」という、彫り方は分かっていても、運慶が彫っていた大きな赤松と比べ、いかにも見劣りのする薪ばかりで、それが明治の木ということになっている。これは、どういう意味なのか。

夢の中で、薪は「先達ての暴風で倒れた樫」を挽いたもの、とされている。これは要するに、「明治維新という暴風で倒された伝統的な日本文化」という大木を割った薪、というほどの意味ではないか。漱石は、明治になって職業や生き方の細分化が進んだことを嘆いた一人だが、「木を割った薪」というイメージは、そこに重なるだろう。

おそらく夢の中の自分が「薪」に掘ろうとした仁王は、英語で身を立てようとした教師生活や、文名が上がる前に試みた「英文学論」などのことではないか。考えれば少年時の漱石は、漢文や落語が好きで、英語は嫌いだった。しかし「明治という時代を生きるために」、英語を選択した。このように「近代化という暴風」によって、あらかじめの志向をねじ曲げた職業選択こそが、この夢を見る（書く）以前に漱石がとらわれていた、「明治の生き方」という「薪」の概念であろう。

一たび英文学を学んだ蓄積は、確実に文学者・漱石を大きくしたが、ここに来て、また近代という概念にとどまらず、大らかに赤松から自分を掘り出すような姿勢が大切である、と夢は言うのだ。

こんな夢を見た漱石は、すぐに『三四郎』を書き始め、その後は『それから』『門』を書き、それらは後に「前期三部作」と呼ばれた。さらに、後に後期三部作と呼ばれる『彼岸過迄』『行人』『こころ』と続いた作品群の執筆を通し、大きな赤松に、丸ごと自分を掘り出していくかのように、壮大な「自我と男女関係の問題」に取り組むことになった。

第七夜

「何《なん》でも大きな船に乗っている。／この船が毎日毎夜すこしの絶間《たえま》なく黒い煙《けぶり》をはいて浪《なみ》を切って進んで行《ゆ》く。凄《すさま》じい音である。けれども何処《どこ》へ行くんだか分らない。……」

「第六夜」からの続きで、明治という時代を意識した夢である。そして、再び「死ぬか生きるか」がテーマになった。西洋に向かっているように見えて、「何時陸《いつおか》へ上がれる事か……何処《どこ》へ行くのだか知れない」船。夢の中の自分はつまらなくなり、とうとう「死のう」と海に飛び込む。しかし「何処へ行くんだか判《わか》らない船でも、やっぱり乗っている方《ほう》がよかった」と「無限の後悔」をする。初めて夢の語り手である漱石が、「死にたくない」と悟った夢である。

夢の語り手である漱石は、これまで夢の中の自分の正義を通すために、「死ぬ」という選択肢を常に用意していた。この夢でも基本的な部分は変わらないが、「第二夜」や「第五夜」とは違い、「死にたくない」方へと意識が変化した。つまり深層に潜んでいた「死にたくない」気持ちが、ついに意識化されたのだろう。

夢の中の自分は、「やっぱり（船に）乗っている方がよかったと始めて悟りながら、しかもその悟りを（もはや）利用する事ができずに……黒い波の方へ静かに落ちて行」く。だから一見、遂に自分は海に落ちてしまうが、おそらく現実に対する夢の効果は逆で、夢の中で「命を投げ出すことへの無限の後悔と恐怖」に感じ入った結果、死への関心は薄らいだのではないか。ようやく夢の語り手である漱石の意識は、以前の「死んでやる」から「死にたくない」に到達し、「生きる」方向へと向かい始めた。この変化の下支えになったのが、「第六夜」の「運慶の夢」から得た「生き方」のイメージであろう。

ところで、夢の中の「死ぬか生きるか」の問いは、「どこへ向かうとも分からない船」という、当時の近代化した日本の状況そのものに対するものである。これは西洋事情に触れた、当時の最先端のインテリでありながら、無意識的には西洋を必ずしも一概に見習うべきものとはとらえていなかった漱石の、日本の近代化に対する不安であろう。

夢の中で、「更紗《さらさ》のような洋服」の、おそらく東洋人の女が泣いているのを見て、夢の中の自分は「悲しいのは自分ばかりではない」と思い、西洋人から話しかけられても、逆に無視されても気持ちは晴れない。この夢は、漱石の内面の「死ぬか生きるか」がテーマではあるが、直接的な対象者に対する葛藤ではなく、いわば両洋の狭間で悩まざるをえない、「死にたいほどの厭世感」だ。

結局「厭世感」の下には「トラウマ」があり、「厭世感」から「神経衰弱」へと深化したのだと思われる。このような「トラウマ」にまつわる痛みは、思春期では、家族や周囲の者に対し、反発の形で表現されることも少なくないが、青年期以降、自立を迫られる時期になると、それが漠然とした「厭世感」に変容することがある。それは自らの痛みの責任を周囲に求めて反発しても、もはや自分の身が世間に対して立たない限り、どうにもならない所に追い込まれるからだ。

洋行中に発病した「神経衰弱」の根底にも、基本的にはまず「東か西か」のジレンマがあったはずだ。英国留学はしたものの、実は「英文学」に失望しており、子規の病状の悪化もあり、身の立ち所を探しあぐねる不安の中で、自信を喪失した上に、英国人に対する体格や容姿、経済力や文化ギャップなどにより、持前の「コンプレックス（劣等感）」を刺激され、漱石のこころの荒廃は進んだのであろう。

しかし、この夢で「生きたい」方向に意識が向いた漱石は、それを乗り越えるための力の回復を感じつつあったのではないだろうか。

第八夜

「床屋の敷居を跨《また》いだら、白い着物を着てかたまっていた三、四人が、一度にいらっしゃいといった。……」


床屋の鏡の前に座った夢の中の自分は、「髭《ひげ》」をひねりながら、「物になるだろうか」と白い服の床屋に尋ねる。「生きる」方向へと意識を広げた漱石が、次なるステップとして「私の人生は物になるだろうか」と問いかけているのだ。「髭」をひねっているので、「恰好《かっこう》のつく生き方」ができるか否かが、夢のテーマであろう。

この床屋の「鏡」は、不思議なことに、往来を行き来する人々の姿を映さない。また床屋は、「髭」に関する問いに答えない。唯一の発言は、「表の金魚売りを御覧なすったか」という「謎かけ」のような言葉だけである。そして鏡の中へ、いきなり人力車や自転車が飛び込んで来る。夢の中の自分は「はっ」とするが、床屋に頭を横へ向けられ、人力車も自転車も視界から消えていく。ただし床屋もそうだが、人力車や自転車も、文明開化の御時世に合致したモチーフだ。

そして床屋は、なぜか「鏡」に映るものを見させようとしない。だが夢の中の自分が、「あるたけの視力で鏡の角《かど》を覗《のぞ》き込む様にして」見えたのは、「髪を銀杏返《いちょうがえ》しに結って、黒繻子《くろじゅす》の半襟《はんえり》の掛《か》かった素袷《すあはせ》」を着て「帳場格子のうちに……坐っている……女」だった。女は札を数えている。不思議なことに、その女が数えると、百枚くらいしかないはずの札数が、「どこまで行っても尽きる様子が」ない。つまり、「いくらでも粥《かゆ》が出てくる鍋」のような状態なのだ。

さらに不思議なのは、夢の中の自分が「鏡」から振り返って自らの背後を見ても、誰もいなかった。つまり女は、「鏡」の中にだけ現れたのだ。では、この「鏡」に映ったものは何か。「あるたけの視力で鏡の角を覗き込むようにして」見えたもの、それは普段は気づかない無意識下の領域ではなかったか。

さて「鏡」の中の女が数えている札は、尽きることがない。これは多分に良い夢だ。意識の上の「物になるだろうか」という懐疑に対し、無意識を映す「鏡」は、「金銭面はこと足りよう」と答えている。つまり夢の語り手である漱石は、深層で経済的な自信を感じ始めていたのだ。

漱石は、『夢十夜』執筆前年の明治四十年に朝日新聞社に入社し、収入を安定させた。生涯にわたり、親戚、養父など、周囲から無心され続けた漱石だが、「札が余るほどあるのではないが、数えると結局は足りてくる」という、「鏡」が映した答えは、漱石の実人生に、合致するようで興味深い。

ところで札を数える「女」のイメージは、一体どこから来たのか。これは、晩年に執筆した随筆『硝子戸《ガラスど》の中《うち》』三十八の「実母の思い出」と重なる。少年時の漱石が「自分の所有でない金銭を多額に消費してしまった」夢を見て、苦しみのあまり大声をあげると、枕元に駆けつけた母は微笑し、「心配しないでも好《い》いよ。御母《おっか》さんがいくらでも御金を出して上げるから」と言ってくれたのだった（第二章七四頁参照）。

親子の名告りもできず、実母の暖かい愛情を受ける機会に乏しかった漱石だが、このエピソードは美しい。この「母の言葉」は漱石の無意識に刷り込まれ、漱石の人生を守ったように思われる。また鏡に見えた女の銀杏返しは、漱石が好んだ髪型だが、自分にとって好ましい女のイメージは、母であれ別の女であれ、銀杏返しなのだろう。

さらにもう一つ、「鏡」が映した良いものは、夢の中の自分の顔で、本人からも立派に見えた。「鏡」の反応は、すこぶる良い。漱石の無意識下では、すでに「物になる立派な自分」が見えていたのだ。

夢の中の自分は、帰りがけに「床屋」に言われた金魚売りを見た。金魚売りは床屋の店先に桶を五つ並べ、その中に多種の金魚を飼っていた。そして、騒がしい往来には殆ど心を留めず、じっと金魚を見ていた。これは「第六夜」の、大きな赤松に集中して仁王を掘り進む運慶に似ている。人力車や自転車を見させようとしなかった床屋の態度は、文明開化の御時世にとらわれずに、内面に集中せよ、と言っているようだ。

そして私は、漱石の講演「私の個人主義」（大正三年）の中の有名なくだり、「私はこの自己本位という言葉を自分の手に握ってから大変強くなりました。……今まで茫然《ぼうぜん》と自失《じしつ》していた私に、此処《ここ》に立って、この道からこう行かなければならないと指図《さしず》をしてくれたものは実にこの自己本位の四文字なのであります」を思い出す。

ところで金魚は、数も種類も豊富だった。つまり漱石の売り物である文才も、多種多様で、充分だと言う意味なのだろう。そして金魚の桶が「小判なり」だったのは、漱石の自信のあるなしが、金銭的な不安と密接だったことを暗示しているのではないか。

第九夜

「世の中がなんとなくざわつき始めた。今にも戦争《いくさ》が起こりそうに見える。……家には若い母と三つになる子供がいる。父は何処《どこ》かへ行った。……」

「第九夜」は、父の不在を案じた母が、夜な夜な神社で「御百度」を踏み、父の帰りを待っていたが、「とくの昔に父は、浪士のために殺されていた」、「こんな悲《かなし》い話を、夢の中で母から聞《きい》た」という、入れ子になった夢である。この夢で注意しておくべきは、夢に登場する父母は、漱石の養父母であろう、ということだ。漱石が、この夢の中の子供と同じく三歳の時には、養父母を実父母だと思っていた。

この夢は、実は大変に恐ろしい。ざっと読み流すと、美しく悲しい陶酔に誘われる魅力に包まれる。だが夢の構造としては別の話で、漱石の深層に沈殿していた巧妙なわなが、顔を出しているかのようだ。

「第六夜」から「第八夜」まで、「明治に生きる」というテーマで夢が展開したのに対し、この夢では一転し、古い時代に戻った。また養母が語る子供の年も、三歳だ。『夢十夜』の前半で、成育歴の中で培われた原風景を眺めることに一段落し、自己実現の方向へと向かっていた夢の流れが、突然に引き戻される。もともと入子式になった設定からも、この夢の心象風景の深さは伺われるが、夢の配列を考えれば、「いざ自己実現するにあたって、まだこれが奥の方で邪魔をしていた」という、無意識の最底辺に巣喰っていた「トラウマ」が、浮上したのではないか。

夢の冒頭に「焼け出された裸馬《はだかうま》」が暴れ廻り、「足軽供《あしがるども》が犇《ひしめ》きながら追掛《おつか》けているような心持がする。それでいて家のうちは森《しん》として静か」という描写がある。裸馬は、「第五夜」で「思う女」が駆けつけて来た時の乗物で、野生的な恋愛衝動のイメージもある。

これは、おそらく養父の浮気をめぐる養母との葛藤の心象風景であろう。つまり養父が作った女のせいで、養父母間に争いがあるのに、家の中では二人とも「知らぬふう」を装う。裸馬が焼け出されたのは、養母の焼きもちのためで、要するに焼け出されて暴れ廻る養父と、それを足軽のように追いかける養母の側の「(無)意識」についての夢のようだ。

この夢には全体に、エロティシズムを感じさせる雰囲気がある。養母が願かけに通う八幡宮の額の八の字は、鳩が二羽向かいあったような書体である。そして八幡宮には、性交や男根的なイメージを伴う、射抜いた金的や太刀が納められている。

一方、養父は「月の出ていない夜中……床《とこ》の上で草鞋《わらじ》を穿《は》いて黒い頭巾《ずきん》を被《かぶ》って、勝手口から」隠れるように、出て行く。これに対し養母は、養父の外出を知りながらも、声をかけずに見送っていたようだ。

夢の中の養母には、倒錯がある。何も分からないはずの三つの子供に、養父の行き先を毎日聞く。そして、ようやく子供が「あっち」と答えるようになると、今度は「何日《いつ》御帰《おかえ》り」と聞き、やはり「あっち」と答えると、養母は笑う。そして「今に御帰り」と、何遍も繰返し教える。しかし子供は「今に」、だけしか覚えない。結局、養父は帰って来なかったことを考えると、「御帰り」という言葉を覚えられなかった子供の方が、無意識的に正確な状況判断をしていたことになる。

養母は願かけに行く時、鮫鞘《さめざや》の短刀を帯の間に差していく。まずは護身用なのかもしれないが、「願かけが叶わなければ死ぬ」、あるいは相手を「あやめる」という、強迫（脅迫）的な緊張をも感じさせる。短刀といえば、「第二夜」の夢の語り手（侍）」も持っていた。漱石の「死ぬか生きるか」のテーマに付随する短刀は、この養母譲りのものであった可能性もあるだろう。血のつながりはないものの、幼年期を一人っ子として育った漱石にとって、養母との密接な母子関係からの影響も、少なくはなかったはずだ。

このような家族にまつわる凶器（＝狂気／強迫的な緊張）は、どこの家族にも、多かれ少なかれ見られるものだろう。ただ見えやすいものよりも、隠し持たれているものの方が、より深刻な影響を子供にもたらすことがある。なぜなら隠されていた場合、子供は何がどう自分に影響したのかを自覚しにくいからである。

この養母は、自分と夫との現実を見つめる力を持ち合わせていない。夫は「色恋沙汰《いろこいざた》」で出向いたきりなのに、「侍としての任務ゆえの不在」であると、強迫的に思い込もうとする。おそらく養母にとって、夫との現実を直視することは、内在する「死ぬか生きるか」という「トラウマ」の痛みに直接に触れてしまうほどの、大問題であったのだろうと推測される。

このような養母に育てられた子供の深層には、知らぬ間にわながかかる。子供は時に、養母が思い込んだ歪んだ現実認識を無防備に、鵜呑《うの》みにせざるを得なかったためである。特に養母との関係において、漱石は一人っ子であった。三つの子供にとって、親の存在は大きいものだ。たとえ養母の方は自分の嘘《うそ》に多少の自覚があったとしても、子供の方は「現実そのもの」を理解することができない。

また夢では、養母は「夫に帰って来てほしいという願掛け」の御百度を踏む間、子供を拝殿の欄干に細帯で括《くく》りつけた。細帯の丈のゆるす限りは、子供は這い回れたし、ひいひい泣けば養母はあやしにも来た。だがその場合、養母は御百度を踏み直す。つまり子供は泣いたとて、結局は養母の行為を根本的に変える力を持ち合わせていない。つまり、この細帯での拘束は、あたかも養母から子供にかけられた「現実誤認のわな」という、この夢全体のテーマを象徴するかのようでもある。

養母は無意識的には、「焼け出された裸馬（夫）」を追いかける、という攻防を繰り返す。しかし子供の前では、美しく悲しい、けなげで一途《いちず》な母が、演じられる。夫の不在も手伝い、笑いながら倒錯したやり取りを仕掛ける養母には、いわゆる母性としての存在感よりも、子供を恋人がわりにする「妖女的な存在感」さえ感じ取れるほどだ。このような倒錯的な環境の中で、現実を把握できぬまま、養母の妖女性に魅かれ、その分、深層を病まざるを得なくなった可能性もある。

漱石は、二歳から八歳までを養父母と過ごした。養母は焼きもち焼きだったというから、「焼け出された馬」というのも腑に落ちる。また、夢の中で「浪士のために殺された」と語られた父は、別の女性（日根野かつ）との関係が発展し、養母と離縁して再婚した。実際に、養父母間に決定的な亀裂が生じたのは漱石が七歳の頃だが、この夢は三歳の心象風景として描かれている。夢によれば、その頃から、父の不在はあったのかもしれない。

一般に、人格形成には七歳くらいまでの体験が大きく影響し、男児にとって母との関係性は、おおむね後の女性関係の土台になるとも言う。この「第九夜」の養母を介すると、「第一夜」の女も違ったものに見えてくる。自分の命を落とし、男の自由を拘束してまでも、「百年の恋」に男を誘いたい女である。それでいて、やけに美しい印象を醸し出すのだから、相当の妖女である。そして男の無意識には、それをあらかじめ「そのまま分かってあげたい」、というわなも仕組まれていた。

第十夜

「庄太郎《しょうたろう》が女に攫《さら》われてから七日目《なのかめ》の晩にふらりと帰って来て、急に熱が出てどっと、床《とこ》に就いているといって健《けん》さんが知らせに来た。」

『夢十夜』の最後は、三人称で語られる庄太郎という男が、妖艶な女に「死ぬか生きるか」の憂き目に合わされ、死んでゆく夢だ。ここまで来ると、夢の語り手である漱石の深層に巣喰っていた女は、とうとう表向きにも自己責任をとり、馬脚を現したように見える。庄太郎の命は助からないが、夢の終わりで健さんが、庄太郎の「パナマ帽」を受け継ぎたいと言う。この「パナマ帽」は、女との交渉を仲介する道具であろう。漱石は『夢十夜』を終わるにあたり、ようやく「現実の女と共に生きる」イメージを獲得しようと格闘するかのようだ。

この夢も「第九夜」同様、夢の中に別の語り手がいるという、入子式である。夢の中で話をするのは健さんで、話の主人公は庄太郎だ。実は「第八夜」でも、庄太郎は「パナマ帽」をかぶって登場した。女連れで往来を歩いている姿が、チラッと「床屋」の「鏡」に映っていた。そういうわけで、夢の時間は、「第九夜」の夢の語り手である漱石の幼年期から、「今」の時代に戻っている。要するに、漱石の『夢十夜』執筆当時の、「今」についての夢であろう。

さて夢の中で、庄太郎の命が助かりそうもないのは、「豚《ぶた》に舐《な》められる」のを避けようとしたためだ。そもそも庄太郎は、水菓子屋で出会った女に魅惑され、ついて行ったあげくに絶壁《きりぎし》に立たされ、「此処《ここ》から飛び込んで御覧《ごらん》なさい」と挑発された。もし「思い切って」飛び込まなければ、「豚に舐められる」と女は言い、本当に次々に豚が向かって来る。庄太郎は「豚に舐められ」るのがイヤで、その鼻頭をステッキで打っては、谷底へ落とし続けた。ところがいくら打っても、数え切れぬほどの豚が、続々と向かってくる。庄太郎は七日六晩、豚を谷底に落とし続けた末に、「とうとう精根《せいこん》が尽きて、しまいに豚に舐められ……倒れた」。

しかし、ともかく「豚に舐められ」て片が付き、絶壁から飛び込む必要はなくなった。だが帰って来た庄太郎は熱を出し、もはや「死」を待つばかりの状態だ。では、庄太郎が助かる方法は何だったのだろうか。一つにはもっと早めに観念し、疲れぬうちに「豚に舐められ」てしまうことではなかったか。

そのためには、「舐められたからといって自分本来の価値に変わりはない」、という根本的な「自己受容」が必要である。この庄太郎を漱石の分身と考えると、「コンプレックス（劣等感）」ゆえに、人間関係に丸ごとの受容を望んだ漱石にとって、「下らない豚（人物）に舐められる」のは、絶壁に飛び込むのと同等に、避けたいことであったようだ。

また根本的には、「舐められても」気にしない自己受容が必要だろうが、ここで二つ目の対策として、もし夢を見ている最中に、これは夢であると分かったならば、思い切って飛び込んでしまうのも、案外よい方法であったかもしれない。

庄太郎は「絶壁の底が見えない」ために、飛び込むのを見合わせたが、これは特に夢であるのだから、「思い切って」飛び込んでしまえば、面白い展開が待っている可能性もあったのではないか。そして「思い切り」の良い行動を取ることにより、「意外な展開」が期待できるというのは、現実においても多かれ少なかれ同様である。

さらに、ここで注目しておきたのは、庄太は飛び込むのをやめた時、「パナマ帽」を脱いでしまったことだ。つまり庄太郎はその時点で、女との交渉をあきらめた。ところが夢の結末では、健さんが「パナマ帽（女性との交渉）」を受け継ぐ方向で終わる。健さんは、夢の中でこの夢を語りながら、「だから余り女を見るのはよくないよ」とは言うものの、庄太郎の「パナマ帽」が欲しいのだ。庄太郎も健さんも、この夢の語り手（書き手）である漱石の分身だと考えられるが、そうだとすれば漱石は、無意識のうちに女との交渉道具としての「パナマ帽」に、関心があったことになる。

そして、この夢の語り手（書き手）である漱石と、庄太郎、健さんとの関係は、ちょうど「第六夜」の夢の語り手である漱石と、運慶と、若い男との関係と同様であろう。つまり漱石は、庄太郎的な部分を自分の中に持ってはいても、意識の上では庄太郎と自分は別のタイプだと思っている。それで、漱石と庄太郎との間の橋渡しをする役割として、夢の中での、夢の語り手である健さんがいるのだ。

また夢の中で、庄太郎はハッとした時には、既に女の術中に捕われていたが、きっかけは「パナマ帽」だった。要するに、庄太郎は一方的に女に関係を「仕かけられた」わけではなく、庄太郎の側も、「パナマ帽」で「仕かけて下さい」というシグナルを女に送っていたのだ。「第一夜」や「第九夜」でも、夢の中の自分は、女から「仕かけられて」いる。養母についての「第九夜」が「女から仕かけられる」原風景であったとすれば、それにより、「女から仕かけられたい」という「癖(自動装置)」が、自らの内にできたと考えてもいいだろう。

だが、この夢では「パナマ帽」が、そのシグナルを放つ自動装置であると、暗示されている。このような無意識的な自動装置の効用は、それについて自覚を持てば弱まるものだ。この夢では、「パナマ帽」という自動装置を意識した上で、夢の中の語り手である健さんは、それを欲しいと言っている。つまり女を避けずに、女からの「仕掛け」に対し、「何とか向き合う」意欲を示している。また現実世界では、「舐めてくる豚」が、女ばかりでないことも容易に推測できる。

ところで庄太郎を魅惑した女は、身分があるくせに、ひどく男の気を引くような色の着物を身につけていた。これは、実は漱石のマドンナだった楠緒子にも共通している。楠緒子は上流の家庭の才媛でありながら、「芸者のようだ」と噂されるほど、粋づくしの身づくろいをしたという。実生活での漱石は、たとえば仲の悪かった三番目の兄が、三度目の結婚で芸者を妻に迎えた時など、猛烈に反対したが、実は「自分も芸者のような女が好きだった」ということになる。

夏目家には、放蕩の血が流れている。町方名主という、町人階級の一番上に位置した家柄を考えれば、それは自然な成りゆきでもあった。祖父は酒の席で頓死し、傾いた家を立て直そうとした父も、若い時には遊女に積夜具《つみやぐ》（馴染《なじ》みの客が、遊女に贈った新調の夜具を店先に積んで飾ったもの）などをした。

また二番目の兄は、父の骨董を売り払って放蕩し、真面目だと思われていた長兄も、学校を出た頃には軟派になった。その上、長兄が独身のまま亡くなった時、以前は芸者をしていたという女が、弔問に来た。ただし漱石自身は、父や生き残った兄に対する反発が強く、シャイで酒も飲めなかったため、芸者に近寄ることは滅多になかった。

要するに、漱石の実人生においては、「芸者のような美しい女」とは縁遠く、若き日には、井上眼科で会った女のことなのか、花柳界に通じる黒目がちな女性との結婚も、また楠緒子との結婚も、女の母に「舐められる」かのように阻まれて、思いは成就しなかったと考えることも可能である。いずれにせよ失恋を契機に、深層の「トラウマ」がパックリと開き、「神経衰弱」に陥った青春期の漱石は、まさに魅惑された女性により、「死」へと追い詰められたわけで、庄太郎とイメージが重なる。

言い換えれば、この夢は、漱石が妖艶な美女に近づこうとする際の、性格的な障碍《しょうがい》がテーマである。以下には推測的な仮定も含まれるが、若き日に「舐められたくない」という深層の「トラウマ」に発した「自分から頭を下げるのはイヤだ」というプライドが、女性たちとの交際や結婚の中し込みへ漱石を「思い切りよく」飛び込ませず、かえって女たちから反発をくらい、「舐められる」ように振られてしまったと言うこともあるのではないか。

庄太郎が助かるためには、「豚に舐められても平気になる」か、「思い切って飛び込むか」であった。要するに、この二点が、漱石が妖艶な美女と交渉を持つための課題であったのだろう。「パナマ帽」の行方を見れば、この夢の語り手（書き手）である漱石は、妖艶な女との交渉にまだ未練を持っている。遅ばせながらも夢の中で、とにかく庄太郎は「豚に舐められた」のだから、次に試してみるべきは「思い切り」である。確かに漱石は、恋愛のみならず、人生全般において、保証のない中で「思い切る」ことは苦手だった。

ともあれ「第一夜」や「第五夜」とは違い、この「第十夜」で、生きている女との深淵を垣間見ることのできた漱石は、この後、『三四郎』から『明暗』まで、いよいよ自分の分身たちと女性たちとの関係性をテーマに、作品を描いて行くことになった。

第五章　『三四郎』の「無意識の偽善」

「無意識の偽善者」たち

漱石は『三四郎』で、弟子の森田草平と心中未遂事件を起こした〈平塚らいてふ〉や〈イブセンの女〉のような、「新しい女」のイメージを下敷きに、美禰子の「無意識の偽善」を描こうとした。だが結局、美禰子は核心において「新しい女」ではなく、また美禰子ばかりか三四郎までもが「無意識の偽善」を作動させ、「迷える子《ストレイシープ》」ぶりを発揮することになってしまう。

そして後に詳しく見るが、三四郎が、憧れや尊敬の念を抱いていた野々宮や広田（先生）にも、やはり三四郎に通底する、女性に対する「無意識の偽善」があった。さらに野々宮や広田（先生）は三四郎の分身的存在であり、三者ともが漱石の分身のような存在でもあるようだ。

つまり漱石は、『三四郎』で、美禰子の「無意識の偽善」を書こうとして、期せずして、自らが内包する「マドンナに対する無意識の偽善」をも描くことになった。

『三四郎』は、『それから』『門』へ続く前期三部作の最初の作品である。『三四郎』を書いた時点で、漱石のうちに三部作の構想があったわけではない。だが『それから』『門』を通し、漱石の深層心理に内在していた三角関係の原風景を「核」とするかのような展開が見られる。それを考えれば『三四郎』は、「恋人の譲渡、奪回、略奪」という前期三部作の『それから』以降に対する、前段階的な心象風景である。

『三四郎』では、特に美禰子の側から結婚を意識した対象であった野々宮と、美禰子と、さらに美禰子に心を奪われた三四郎は、一種の三角関係にある。だが美禰子が、最終的に夫に選んだのは兄の友人で、それも一度は野々宮の妹・よし子の縁談話の候補に挙がった、前述の三角関係の外にいた男であった。つまり、顕著な三角関係のテンションには乏しい。

また「新しい女」のらいてふと言いながら、結果的には兄の結婚に時期を合わせ、兄の友人と結婚することを決めてしまう旧来型で、しかも「引きつけ」型の女性像が、美禰子の潜在的なモデルとなってしまった。と同時に、やはり「引きつけ」型の、漱石の分身のような三四郎、野々宮、広田（先生）が登場し、各々の深層心理から立ち上がる、基本的な男女関係のコミュニケーションのパターンが、『三四郎』において描かれる結果となった。

関係性においては、関係がある限り、一方的であることはまずない。互いに等価の部分があり、そこに互いの「無意識の偽善」があった。また、その各々の「無意識の偽善」の下には、「意中」とも言うべき異性においては、相手の側から「最良の伴侶はあなたである」と決めてくれなければ動けない、という「トラウマ」があったのだと思われる。

美禰子と野々宮

美禰子から見て野々宮は、結婚を意識した親密さの願望の対象となっている。野々宮は、帝大（現・東京大学）を卒業した理学士で、帝大内の理科大学に勤務し、外国にも聞こえるほどの研究をしている。また野々宮は、美禰子の次兄の友人でもあり、美禰子の次兄は、帝大を卒業生した法学士である。

美禰子の長兄は、既に亡くなっていた。その長兄と親友だったのが、高校の英語教師の広田（先生）である。野々宮は、かつてのその教え子で、美禰子も現在、広田（先生）に英語を習いに通う間柄だった。

美禰子から見て野々宮が、結婚を意識した親密さの願望の対象となっているのは、三四郎が初めて帝大内の「池の端《はた》」（現・「三四郎池」の縁《ふち》）で、美禰子に出会った日のことからも推測される。

その日の美禰子は、後に画工の原口が『森の女』と題し、美禰子の等身大の肖像画として描くことになる姿なのだが、単《ひとえ》の着物に鮮やかな帯を締め、髪に白い薔薇をさし、夕日をさえぎるために団扇《うちわ》を額に翳《かざ》した姿で、白衣の看護婦と歩いていた。

そのうち二人は、丘を降り、石橋を渡って、三四郎の方へ来る。美禰子は、団扇を下ろし、手にした白い花の匂いを嗅ぎながら、看護婦に樹木の名前を尋ねている。そして、ちょうど三四郎の目の前を通り過ぎる時、三四郎を一目見やり、白い花を落とす。それは三四郎にとって目を奪われる光景で、同時に恐ろしくもあり、美禰子に対して「矛盾」を感じる光景でもあった。

一方、美禰子にとってはそれは、親戚が世話になっている看護婦を連れ、帝大内にある（帝大）

病院の近くの、野々宮が勤務する理科大学に続く丘の上から、「池の端」へ降りて来た時の一瞬の出来事に過ぎなかったようだ。ただし美禰子は看護婦を訪ねる前に、理科大学を訪ね、実験（仕事）中の野々宮に手渡してもらうための、手紙を言付けて来た可能性がある。

そしてちょうど野々宮が、美禰子たちの後を追うような形で、こちらへ歩いて来ることを知った上で、意識的に自らの魅惑的な姿を露出させた可能性もある。または単に、無意識のうちに三四郎や周囲の者たちの気を引くような素振りで歩いたか、あるいはそのような姿を背後から来る野々宮に垣間見させ、野々宮の気を引こうとした可能性もある。

美禰子は、兄同士が友人の、野々宮の妹のよし子とも仲がいい。美禰子とよし子は、女学生である。美禰子が通り過ぎた後、三四郎は、白い花には匂いがないことに、また三四郎に石橋の向こうから声をかけた野々宮が「女の手蹟《しゅせき》」のある封筒をポケットに差していることに、気がついた。その後、野々宮は小間物屋でリボンを買い、三四郎は後日、そのリボンが季節はずれの秋になるまで、美禰子の髪に飾られているのを見ることになる。おそらく美禰子が、野々宮に「リボンを買う」ことを依頼したのであった。

その後、三四郎が美禰子に偶然に再会するのは、同級生の与次郎に手伝いに駆り出された、広田（先生）の引っ越しの日である。与次郎は、広田（先生）の家の書生である。また美禰子も野々宮も、広田（先生）と行き来があるので、皆が手伝いに集まった。

そこで野々宮は美禰子に、妹のよし子を居候させてもらえないかと打診する。よし子が、学校からの帰り道を不用心で怖がるのと、野之宮の帰りが実験で夜遅くなるのをさみしがるためであると言う。ともあれ、年頃の美禰子と抜き差しならない関係がある上での、依頼である。そもそも野々宮は、美禰子の兄の友人で、広田（先生）を介したつながりもある間柄ではあるが、美禰子を避けるのではなく、つなぎとめる方向で動いている。

だが野々宮は、美禰子のためにリボンを買い、よし子の居候を依頼するが、なかなかそれ以上には美禰子に近づこうとしなかった。それを美禰子から見ると、「野々宮は（結婚に対する）責任を逃れようとする人」ということになる。

また野々宮が、「菊人形を見に行く」ことを妹のよし子にせがまれると、美禰子が「私も見たいわ」とそれを受け、結局、次回の集まりの予定が立つ。その後、皆より早く帰ろうとする野々宮を追いかけ、話し込むのも美禰子の側からだった。

菊人形見物の当日、三四郎が広田（先生）の家へ行くと、すでに美禰子と野々宮は口論をしている。これには、美禰子が野々宮に対し求愛的な態度に出ながらも、それが成就しないためのいらだちを含んでいたようだ。「死んでも、その方がいいと思います」という美禰子の言葉は、挑発的である。そこには「愛の成就か、死か」というテンションが暗示されているように、聞こえる。

しかし美禰子は、「死」を選ぼうとするわけではなく、野々宮から相手にしてもらえない不満を募らせ、三四郎を誘い、皆から離れて迷子になる道を選んでしまう。

おそらく美禰子は、誰からも本気では愛されない気がしてさみしいのである。「私そんなに生意気に見えますか」と三四郎に問う言葉には、そのようなさみしさが現れている。それで、自分に魅惑されているらしい三四郎の情愛に、頼りたくなってしまうのだ。

つまり美禰子は、三四郎を対抗馬に、意中の野々宮に対して嫉妬をあおり、また周囲に対して魅惑的に振舞うことで、さみしさの鬱憤を晴らそうとする。また野々宮と三四郎の間に位置取り、どちらに対しても求愛的なスタンスを保ち、両者を引き付けておきたいと願う。まったく美禰子は、「誰からも唯一の女性として愛されないかもしれない」という怖れを持つゆえに、愛を得ようとして、逆に「唯一の女性として選ばれる磁場」を失ってしまうのだ。

その状態こそが、美禰子の言う「迷える子《ストレイシープ》」であり、漱石が意図した「無意識の偽善」であろう。その不安とさみしさから生じる行為を逆側から見ると、「心底唯一の人として愛そうとする決心ないに、無意識的に、異性に対して求愛的な気持ちを抱き、不特定多数の異性の気を引こうとする態度」ということになる。ただし漱石には、そのような女性たちの、「無意識の偽善」の底にある「トラウマ」までは、見えていなかったようだ。

野々宮は、おそらく美禰子の性格をどこかで嫌悪している。野々宮に対して求愛的でありながら、三四郎が初めて美禰子に出会った日の身づくろいに見られるような、他の男をも魅惑する美禰子の態度、また菊人形を見物した日に、「野々宮が冷たいのならば、三四郎がいる」とでも言うかのように、二人で皆から離れてしまう態度、そして後に、原口の絵の展示会に三四郎と連れ立って現れ、三四郎に内緒話をするふりをしたことなど。これらは反発的ではあるが、美禰子が必死で、野々宮の気を引こうとした行為ではないだろうか。だが、それらのすべてが、野々宮からは逆に「自分が唯一の人」と美禰子から考えられていない証拠になってしまうのだろう。

このような関係性において、どちらか一方が、相手のコミュニケーションのパターンに気づき、自分の方から相手を「唯一の人」と決めてしまえば、相手も安心して「決めることができる」ということもあるだろう。ただし野々宮も美禰子も、それを自分の方から決めることができない者同士のようである。

秋になり、よし子に縁談が起きた頃、美禰子が野々宮に、「文芸協会の音楽会に連れて行って」と、よし子を通して依頼する。そこで野々宮は、よし子に「御前も一緒に行くのか」と尋ねる。これは「よし子も一緒の方が、美禰子との間に距離が取れてよい」というようにも聞こえる。また「野々宮とだけ行きたい」という誘いでないことが、野々宮にとっては、美禰子が二人で行きたいのか、よし子も一緒がいいのかを自分では選択せずに、安全圏に身を置こうとする態度しか示していないように、感じられてしまった可能性もある。

ところが美禰子の方から見れば、これほどに野々宮に対して求愛的な態度を取り続けているのだから、あとは相手が決めてくれるのを持つばかりなのであり、打ち捨てられたままだという焦燥感がある。また、そこに気づくことができない野々宮の側には、「相手から唯一の相手」として選択されない限り動けず、愚弄されていると感じてしまう「トラウマ」があるのだろう。

だが野々宮は、その思いを明確に表現するという「責任を取ることなしに」、美禰子からの好意を持続させたまま放置してしまう。それも、「無意識の偽善」であると言えるだろう。

原口が言うように、「女が偉くなる」と「離合聚散《りごうしゅうさん》、ともに自由にならない」せいなのか、原口も野々宮も、また広田（先生）には別の理由もあるが、彼らは結婚に対して関心がないようにさえ見える。このような傾向は、現代では珍しくないが、当時にあっては、かなり新しく、ハイカラな傾向だった。

いずれにせよ、よし子が断わった縁談の相手（美禰子の兄の友人でもある）と美禰子の結婚が決まり、やはり野々宮は、「自分は美禰子にとって唯一の求愛相手ではなかったのだ」という感を深めたことだろう。だが美禰子にとっては、よし子の縁談の相手だった男と結婚するという意志表示こそが、野々宮への最後の求愛行動であり、あるいはその結婚を成就させることで、野々宮の周辺に、なお自分の存在の余韻を残そうとする行為であった可能性を感じるのは、私ばかりだろうか。

また美禰子の結婚話が急に進展した背景には、美禰子の兄の結婚がある。この兄は、原口や野々宮が結婚を避けるのに対し、早々と結婚を決める。また美禰子に対し、放任的で、自由を与えているように見えながら、旧来の考え方に従い、妹の美禰子が小姑になるのを避けさせるかのように、妹の結婚を早急に決めてしまうのを当たり前だと思っているらしい。

これらを見ると、一見自由に見える美禰子の方が、結婚を急がず、外国にも聞こえる研究者である近代的な野々宮を兄に持つよし子よりも、「新しい女」として生きることに対し、有形・無形の束縛に囲まれているようだ。

そして前述のように、美禰子の夫となる人は、兄の友人でもあった。それを考えれば、美禰子の選択は、野々宮の妹のよし子の見合い相手だった男との結婚を通して、野々宮の周辺になお自分の存在の余韻を残そうとする行為であると共に、肉親として「唯一の存在」である兄の結婚に時を合わせ、その友人と結婚することにより、今後も兄から、「唯一の妹として愛されようとする」欲求を同時に叶えようとする行為であったようにも見える。

ところで美禰子の亡くなったもう一人の兄（長兄）は、広田（先生）の親友だった。要するに、美禰子が、広田（先生）やその教え子の野々宮に傾倒するのは、美禰子と長兄との、気質的な和合の結果でもあったようだ。そう考えると、美禰子と野々宮の結婚を長兄が望んでいた可能性は高く、すると次の小説『それから』の三千代の兄が、代助と三千代の結婚を望みながら他界したことに重なって来る。

美禰子が育った家には、長兄によって代表された近代的で新しい気風と、下の兄によって代表される旧来型をよしとする気風が同居していたようだ。

また当時の結婚には、家長の許可が必要であったから、野々宮にしてみれば、現在の里見家の家長である美禰子の下の兄が、自分と美禰子の結婚を望んでいる気配がないこと、またその兄を説得しようとしない美禰子の態度にも、やはり「自分が唯一の存在」として選ばれていない、という思いを強くさせられたのではないか。

平塚らいてふの視点から

漱石は、美禰子の「無意識の偽善」を描こうとするにあたり、もともとは「平塚らいてふ」の言うイプセンの女のような、「新しい女」のイメージを考えていたので、ここで一度、そちらに話を移したい。

『三四郎』は、明治四十一年九月から『朝日新聞』に連載された。それに先立つ三月に、漱石の弟子の森田草平と平塚らいてふの「心中未遂事件（「煤煙」事件、塩原事件）」が起きた。らいてふが通う成美女子英語学校で、森田が課外講座「閨秀文学会」の講師を務めたのが、始まりだった。やがて、らいてふが書いた処女小説『愛の末日』に心酔した森田が、らいてふに接近し、五十日もたたないうちに、事件は起きた。

当時すでに「新しい女性」としての恋愛観や生き方を内包していたらいてふは、潜在的に、そのような生き方を貫くことの困難を予測し、そのために森田との死を求めたように見える。女性解放運動の象徴的な雑誌となる『青踏』の発行は、事件から三年後の、明治四十四年である。

らいてふは、森田と塩原に出発する前、遺書のつもりで家族あてに手紙を書いた。そこには、「我が生涯の体系を完結す、われは我がCauseによって斃《やぶ》れしなり、他人の犯す所にあらず」とあった。つまり森田のせいで死ぬのではなく、いわば妥協することなく「自分の生き方をまっとう」したいがために「死」を求める、と表明したのである。

一方、森田にとっては別だった。らいてふに対し、「一度くらい、〈愛している〉と言えないのか」と迫り、土壇場で「僕はとても意気地のない人間だ。僕を愛してもいない人を殺すことはできない」と言った。森田は、愛のために死にたかったのである。

漱石はこの「心中未遂事件」の後始末として、「森田はらいてふと結婚するべきである。結婚することによって、平塚家および御両親に詫びるべき」、と常識的な線に沿《そ》う提案をしたが、らいてふには受け容れられなかった。らいてふは後に、五歳年下の青年画家と結婚する。すべてにおいて旧来のしきたりにとらわれない、漱石の想像の範囲をはるかに超えた「新しい女性」であった。

しかし、これを漱石の側から言わせれば、「男と心中を企てておきながら、その男と結婚する気がない」というらいてふは、さらに言い換えれば「唯一の人と決意した愛に基づくことなしに、相手に自分と心中する気を起こさせ、また自分も心中しようとした」らいてふは、「無意識の偽善者」であり、男を愚弄している、という解釈になるのではないか。

らいてふの生家には、当時としてはまだ大変にハイカラだった洋間があった。それは会計検査院長に随行し、欧米を巡遊した父の趣味によるものだった。『三四郎』に戻ると、美禰子の家にも、洋間がある。しかし兄の結婚に時期を合わせ、自分も友人（よし子）の縁談相手として現れた男と早急に結婚をしてしまう美禰子は、旧来の道徳内に生きようとする女でもあった。漱石は、美禰子を通し、漱石から見たらいてふの「無意識の偽善」は描くことができたのかもしれないが、それは「イプセンの女」のようではなかった。

また英語ができる美禰子は、クリスチャンのようでもある。楠緒子やらいてふも、英語や西洋文学を学んだが、クリスチャンではない。だが当時は、女子に英語を習わせるのには耶蘇《やそ》（キリスト）教の学校に通わせればよい、などと言われた時代で、美禰子の教会通いは、あながち不自然ではない。

『三四郎』の中で、美禰子が、自分や三四郎を指して言う「迷える子《ストレイシープ》」、また美禰子の結婚が決まり、三四郎が美禰子に借りていた金を返しに行った教会の前で、美禰子が言う「われは我が愆《とが》を知る。我が罪は常に我が前にあり」という言葉は、旧約聖書の一節である。

前述の「迷える子《ストレイシープ》」については、前にも触れたし、この後でも再び触れる。後者の一節は、美禰子が「無意識の偽善」を介して魅惑・求愛・愚弄した、野々宮や三四郎に対する謝罪の念を含む可能性もあろうが、ここでは特に、夫となる人への「無意識の偽善」、言い換えれば「唯一の愛」の自覚のない結婚に対する罪の意識の告白ではないだろうか。これを逆から見れば、美禰子は心の内では野々宮を唯一の人として選んでいたのであり、すでに近代的な恋愛観に基づく結婚を本意とする意識があったことを示している。

らいてふもまた、英国の女性解放の先駆的な思想家エレン・ケイの『恋愛と結婚』から、「いかなる結婚でも、そこに恋愛があれば、それは道徳的である。たとえいかに法律上の手続きをへた結婚でも、そこに恋愛がなければ、それは不道徳である」という一節を含む部分を翻訳し、旧来の古い結婚観への反駁として、『青踏』誌上で紹介した。ちなみに、これは当時の英国でも、十分に大胆な発言だった。

美禰子は、そのような近代的な恋愛と結婚への意識を持ちつつも、結局は、旧来型の結婚をする。生きている兄よりも、さらに自由で近代的であったであろう長兄の早世が、家族内のバランスを崩し、美禰子に不利に働いたとも言える。だが最終的に、旧来型の生き方を選んだのは、美禰子自身である。

おそらく美禰子には、「唯一の人として愛され得ないかもしれない」という「トラウマ」と共に、「自分を生かしきれずに抑える」癖がある。その不満が殻を破りたいがごとく、常に内面から美禰子を突き上げており、それが広田（先生）の美禰子に対する「イプセンの女は露骨だが、あの女は心《しん》が乱暴だ」という印象や、三四郎が初めて美禰子に会った日に感じた「矛盾」というイメージを生み出す原因なのだろう。

また広田（先生）は、「野々宮の妹の方が、ちょっと見ると乱暴のようで、やっぱり女らしい」と言う。それはよし子の場合は、兄の野々宮が、美禰子の兄より自由で近代的であるため、美禰子のような鬱屈や反発を持たずにすむためなのではないか。さらに広田（先生）は「今の一般の女性はみんな（イプセンの女に）似ている。女ばかりじゃない。苟《いやしく》も新しい空気に触れた男はみんなイプセンの人物に似た所がある。ただ男も女もイプセンのように自由行動を取らないだけだ」、と続ける。

三四郎と美禰子

さて、次は三四郎である。三四郎は上京する汽車の中で、広田（先生）の「こんな顔をして、こんなに弱っていては、いくら日露戦争に勝って、一等国になっても駄目ですね。……（日本は）滅びるね」という言葉を聞き、「（故郷の）熊本でこんなことを口に出せば、すぐ擲《な》ぐられる。わるくすると国賊取扱《こくぞくとりあつかい》にされる」と思った。また「熊本より東京は広い。日本より頭の中の方が広いでしょう」という言葉を聞き、「真実に熊本を出たような心持がした」と言う。そのような三四郎の女性観および美禰子との関係性は、どのようなものであったか。

三四郎は上京時に汽車で出会い、名古屋の相部屋で同宿した女から、別れ際に「あなたは度胸のない方ですね」と愚弄される。それに対して「元来あの女はなんだろう。……行ける所まで行って見なかったから、見当が付かない。思い切ってもう少し行ってみるとよかった。けれども恐ろしい」と述懐する、初心《うぶ》な青年である。この女との顚末《てんまつ》を思い出し、学内の「池の端」にしゃがんで赤くなっていた時に、おりしも通りがかったのが、前述のように初対面の美禰子だった。

汽車で出会った女との間に起きたことが、ゆくゆく美禰子との間にも再現される。「池の端」での出会い、広田（先生）の引っ越しでの偶然の再会、菊人形の見物先から二人で迷子になった日を経て、秋の運動会の会場から逃れ、よし子と三人で崖の上を歩いた時に、象徴的な美禰子の言動があった。

よし子が言った「サッフォーでも飛び込みそうな所」という言葉を受けた美禰子が、「あなたも飛び込んで御覧なさい」と誰にともなく言う。これは『夢十夜』で、女に見とれた庄太郎が、「豚に嘗められるか、崖の下に落ちるか」の選択をしなければならなかったことにも似ている。庄太郎は「豚に嘗められて」熱を出し、命を取られそうになったが、もし「思い切って飛び込めば」、関係性をめぐる「場」が変わり、「舐められず」に命が助かった可能性もある。

よし子は、この後、美禰子と三四郎を残し、以前の入院中に世話になった看護婦に礼を言いに行く。ここで、与次郎と一緒に運動会に行き、実は美禰子との逢瀬を期待していた三四郎の望みは叶ったわけだが、さらに思い切って二人の関係に飛び込めば、どうであっただろうか。

もし、この時、三四郎が意識的に二人の関係に飛び込めば、その思い切りが、美禰子にとっては、「唯一の存在」として選ばれたという衝撃となり、美禰子も三四郎を「唯一の存在」として、意識し始めた可能性もある。だが三四郎には、そこまでの勇気も準備もなかった。

一方、その日の美禰子を振り返れば、そもそも運動場では、フロック・コートを着て運動会の計測係をする野々宮との会話もはずみ、満足げだった。そして、いつもは「矛盾」を感じさせるその目も、「この時に限って何物も訴えていなかった」。

それなのに美禰子は、「崖の上から飛び込む、飛び込まない」という三四郎の気持ちを試すような暗示的な問いかけをし、さらによし子が席を外すと、美禰子は、三四郎と初めて「池の端」で出会った日のことを話し始める。そして、菊人形の見物先から三四郎と迷子になった日のことを描いた絵葉書の返事を三四郎に打診しつつ、返事に対する予防線を張るかのように、野々宮についての賛辞を述べる。

それまでは美禰子に酔った気持ちにさせられ、美禰子の苦悩に対しても、アフラ・ベーンの小説を脚本化した中の一節「pitiʼs《ピチーズ》 akin《アキン》 to《ツー》 love《ラッヴ》（可哀想だた惚れたって事よ）」に象徴される気分に支配されて来た三四郎が、美禰子から「愚弄されているのか」と疑い始めたのは、この日からだ。

やがて広田（先生）が、引っ越しの際に野々宮から借りていた金を返済する段になる。だが、その金を預かっていた与次郎が、その金を競馬で擦ってしまい、その分を三四郎から借金したまま、三四郎への返金ができない。そして与次郎は、返金のかわりに、美禰子が三四郎に金を貸す談判を取り付ける。そこから、三四郎と美禰子の間に「金の貸し借り」が入り込む。原因を作ったのは与次郎だが、それを受け入れた美禰子は、あたかも再び「無意識の偽善」を発揮し、自分を疑い始めた三四郎を引き留めておきたいがための策を労したようにも見える。

思い返せば三四郎は、美禰子に出会って魅惑され、美禰子が広田（先生）や野々宮と関係があるのを知る以前から、野々宮と美禰子の関係について、「夢」による〈ある予感〉を得ていた。つまり、上京当時の三四郎が野々宮を訪ね、野々宮が妹の見舞いで外出するために「女中の用心を考え」、そのまま三四郎に宿泊を求めた夜に見た「夢」のことだ。

ちょうどその晩に、甲武線で女の轢死があった。「夢」は、「轢死を企《くわだ》てた女は、野々宮に関係のある女で、野々宮はそれと知って帰って来ない。……（また）轢死のあった時刻に妹も死んでしまった。そうして妹は即ち三四郎が池の端《はた》で逢った女である」というものだった。

野々宮の妹は美禰子ではなく、よし子であることを三四郎は後に知るが、ここで「夢」を要約すれば、「野々宮には、野々宮のために轢死するほどの女があり、その女が死んだ時刻に、三四郎が野々宮の妹だと思い込んでいた美禰子も死んだ」ということになる。そこには、野々宮に対して死んでもいいほどの恋愛感情を抱く女と、野之宮の妹との関連が暗示されている。さらに三四郎にとっては、電車に飛び込んだ女が美禰子ではなく、美禰子が野々宮の妹であってほしい、という願望が同居していたようだ。

このように、野々宮や美禰子の関係に対する〈ある予感〉と共に、美禰子に愛されたいという願望を抱いた三四郎に対し、美禰子は終始、「無意識の偽善」を含んで接した。その美禰子の心が変容し、美禰子が「迷える子《ストレイシープ》」という言葉を口にしたのは、前述のように菊人形の見物の日に、野々宮と口論になり、その後も放っておかれたことに業を煮やし、三四郎を誘い、一行から離れた時のことである。

そして後日、美禰子から三四郎の下に絵葉書が届く。そこには、二人が小川のほとりで休んでいる姿と、そこへ通りがかった広田（先生）ほどの年の男が、憎悪を浮かべ、二人を睨みつける姿が描かれていた。

通りがかった男に「悪魔《デヴィル》」、美禰子と三四郎には「迷える子《ストレイシープ》」とただし書きがある。美禰子と三四郎が、一行《いっこう》から「迷子」になったのも事実だが、美禰子の気持ちは野々宮から離れ、三四郎に向かった。三四郎は美禰子に魅かれながらも、美禰子が心を開いて「私そんなに生意気に見えますか」と言うと、「霧が晴れ（て）明瞭な女が出てきた。晴れたのが恨めしい」気がして、「（押し）戻して」しまう。そのような三四郎と自分自身の曖昧さを含め、美禰子は「迷える子《ストレイシープ》」と称したようである。

このように、「いざとなると受け入れることを恐れて押し戻す」くせに、求愛的なスタンスを保持し続ける三四郎も、美禰子に対し、「無意識の偽善」を発揮していたということになる。

美禰子が三四郎に送った絵葉書の絵は、このような二人の関係について、暗示的である。というのは、「無意識の偽善」を発しつつも、相手を「唯一の人」として飛び込めない二人は、男女の関係を作るにあたり、か弱い「子羊」のようである。それに対し、「悪魔《デヴィル》」と称された男が有していたのは、「強い」男性性（リーダー・シップ）であろう。もとより広田（先生）から「まだ結婚は早い」と言われる三四郎だが、三四郎自身、飛び込めないばかりか、「自分から進んで人の機嫌をとったことはない」と告白している。そして最終的に美禰子と結婚した男には、リーダー・シップがあったのであろう。

運動会の日にも、まだ菊人形の日の絵葉書の返事を出さずにいた三四郎は、その後、美禰子から金を借りた二日後に、ようやく、「書き過ぎた」と思うほど熱を込めた返事を出す。だが、美禰子からの返事はもらえず、「せんだってはありがとう」で済まされてしまう。

それでも美禰子は、原口が描いた等身大の自らの肖像画である『森の女』の身づくろいが、三四郎と初めて「池の端」で会った日のものであることを強調する。そして、それはまさに、本気でない相手（三四郎）に対しても「無意識の偽善」を発揮し、自らが嫁いだ後も三四郎の気を引き続け、野々宮からも三四郎からも「唯一の人として愛されなかった」気持ちを埋めるために、逆に「私が愛したのはあなたであった」という印象を残すことで、相手の記憶の中に自らを留めようとする行為になってしまったようにも見える。

後に漱石の『それから』を読んだ楠緒子は、「これ程にあの方を迷わしたのは我が処女の誇りである」（明治四十二年『最近の日記』）という一文を書く。そこから考えても、相手を迷わせた、相手が愛のために苦しんだという事実は、おそらく美禰子の側の誇りになるのだ。

ここで野々宮にも触れると、三四郎は春休みの帰省中で、美禰子の結婚式には出席できなかったが、野々宮は美禰子の結婚式に出席した。それは、楠緒子の結婚式に出席した漱石と重なる。

広田（先生）の「夢」

最後は、広田（先生）である。広田（先生）の年齢について言えば、文部大臣だった森有礼の明治二十二年の葬儀の際、高等学校の生徒で、道に整列して参列を見送ったと言うのだから、まさに漱石の世代である。漱石も、同様にこれを見送ったが、その時に「美しい娘を見染め」た、とも言う。また、ちなみに、三四郎のモデルは小宮豊隆、野々宮のモデルは寺田寅彦とされる。

広田（先生）には、美禰子の等身大の肖像画の題である「森の女」を彷彿とさせる、「森の中にいた少女」の思い出があった。その思い出の少女は、三四郎が訪問した時、広田（先生）が見ていた昼寝の「夢」の中に、二十年ぶりに現れた。それは広田（先生）が、森有礼の葬儀の日に見て心魅かれた少女である。少女は「夢」の中で、二十年前と同じ姿であった。

広田（先生）が「あなたはどうして、そう変らずにいるのか」と聞くと、少女は「夢」の中で、「二十年前、あなたに御目にかかった時」の「この顔の年、この服装の月、この髪の日が一番好きだから」と言う。そして、広田（先生）が年を取ったのは「あなたは、その時よりも、もっと美しい方へ方へと御移りなさりたがるから」で、広田（先生）が少女に「あなたは画《え》だ」と言うと、少女は「あなたは詩だ」と言った。

広田（先生）は独身なので、三四郎は広田（先生）が「その時の少女のせいで結婚しないのか」と訝《いぶか》った。それに対し広田（先生）は、その少女との出会いが結婚しない理由になるほど自分は「浪漫的《ロマンチック》な人間」ではなく、「君より遥《はるか》に散文的に出来ている」と言う。

そして結婚しない直接の原因は、父亡き後に母一人に育てられた末、その母が息を引き取る間際に、「お前の本当の父は別の人だった」と告白したため、結婚に信仰を置かなくなったからだ、と言う。またその少女に出会った後、その人を自分の側からは探さなかったが、「もしその女が（嫁に）来たら……貰ったろう」とも言う。

これらを総じて考えれば、広田（先生）の「森の女」は、広田（先生）独自の「時間の濾過《ろか》装置」によって美化された「永遠のマドンナ」である。そして少女が「夢」の中で広田（先生）に「あなたは詩だ」と言ったことを考えれば、広田（先生）は、自分で考えているよりも深層は「詩的」で浪漫的なのであり、その浪漫性を失わないために、「永遠のマドンナ」に現実的には近づかず、自分の側からは探さず、独身を通している可能性もありそうだ。

この「現実から距離を取り美化する」コミュニケーションのパターンは、おそらく広田（先生）が「母の婚外交渉を知り、父母の夫婦愛にダメージを受けた」時に、形成された。つまり「それを知るほどにまで母の真実に近づきたくなかった」、という「トラウマ」に発したのではないか。おそらく漱石の場合は、親子の名告りさえせぬまま早世した、距離のある実母からの愛を浪漫化した。それは最愛の母へ容易には近づけなかったための浪漫化でもあるが、それが愛する女性との関係性の無意識的な基盤となり、後に、直接には結婚を申し込むこともできないままに失恋した、楠緒子をあるいは楠緒子のイメージを伴う女性像を「幻想のマドンナ」として、深層に君臨させる要因となったのではないだろうか。

三四郎にとっての美禰子は、そこまでの浪漫性を有する女性とはなり得なかった。三四郎は、広田（先生）よりも若い分だけ現実的で、自分と同世代の女性に関し、よく見えている部分があったのではないか。あるいは四十代に突入した漱石であったからこそ、一世代下の三四郎に「無意識の偽善」を知らしめることができた、ということもありそうだ。

それで三四郎は、美禰子の肖像画である『森の女』について言う。「『森の女』は、題が悪い」。つまり「美禰子は、誰にとっても永遠のマドンナではない」、「無意識の偽善」に彩られた「迷羊《ストレイシープ》」である、と。

ただし、漱石が美禰子を描く上で意識したのは、らいてふであり、楠緒子ではなかった。

第六章　『それから』の「自分の自然」

代助の「抑圧」

『それから』の主人公・代助は、かつて恋人だった三千代を「自分の自然」としての三千代への「愛」を受容することなく、友人の平岡に譲渡してしまった。そして数年後、平岡の妻になった三千代を奪回することで、「自分の自然」を取り戻そうとする。漱石が描こうとしたのは、そうした物語であったが、期せずして、「友情による恋人の譲渡」というのは錯覚に過ぎず、相思相愛の恋人を取り戻すことが、「自分の自然」を取り戻すこととイコールにはならないことを証明することになる。代助の「自分の自然」の喪失は、さらに父子関係に由来する根深いものであったからだ。

代助は、三十路《みそじ》を前にした「高等遊民」である。大学を卒業後、仕事に就かず、父の援助で一家を構え、ぶらぶらとしている。その生活は、読書や散歩、そして時々の放蕩に費やされていた。

代助には、自分が働かないことについての持論があった。それは「日本対西洋の関係が駄目だから働かない」、また「食うための職業は、誠実に（は）出来《でき》悪《にく》い」から、というものである。それに対して人は、「そうすると（食うために困らない代助にこそ）……神聖の労働が出来（そうだ）」

と言うが、代助は働く気にならない。要するに、モラトリアムの中にあり、自分のしたいことも見えていなかった。

しかし、本人にとっては無意識的であったのかもしれないが、代助が働かない第一の理由は、父との関係にあったと考えるべきである。代助は、子供の時は大変な「癇癪持ち」であった。十八、九歳の時には、父と組み打ちをしたこともあったほどだ。ところが学校を卒業する頃には、「怒り」もせず、喧嘩もせず、口答えもしない代助に変容した。それを父は、自分の教育の成果だと考えたが、その頃から代助は、すでに「自分の自然」を失っていたのである。

そして、これが後のモラトリアムの原因となった。つまり代助は、持前の「癇癪」を父に押さえ込まれると同時に、他の感受性も閉ざしてしまい、そのために自分のやりたいことも分からなくなったのだろう。このように、代助が「自分の自然」を失ったのは、三千代を失うよりも、ずっと以前のことだった。逆に言えば、そのような代助だからこそ、「自分にとっての自然」の選択であった三千代との結婚を逃してしまったのだ。代助が、時折感じていたアンニュイの原因もここに帰結するだろう。代助は「自分の自然」を実感できなくなっているため、何をしたいのか自分で察知できず、心身が晴れず、身体がだるく、退屈な思いにとらわれるのだと思われる。

父との関係に話を戻すと、とにかく父は、無理にでも自分の考えを押しつけ、教育するのが愛情だと考えた。だがそれにより、代助は「自分の自然」をすっかり押し込められ、父への情愛も冷却した。また同時に、反抗する気力そのものまでもが「抑圧」され、世の中に対する気持ちも冷却した。こんな具合に、人はしばしば、親に対する気持ちと、世の中に対する気持ちとが、無意識のうちに重なり合うものである。

代助には、兄がいた。兄は、父と価値観を同じくする「勝ち組」だった。それとは逆に、父との組打ちにより「抑圧」された代助は、幼年期から「負け」に廻る性質を備えていた。たとえば父が、息子二人に先祖の武勇談を聞かせると、兄は「勇ましい」と素直に聞くが、代助はいつも怖がった。おそらく代助は、手柄を立てた先祖の側ではなく、「負けた」側に感情移入して話を聞いた。そんな所にも、代助の「負け組」の資質を見ることができるのである。

そして「勝つ側」に感情移入する「勝ち組」の兄は、父と同じく、実業家として成功した。この兄と代助との鮮やかな明暗は、父が内面に「勝ち負け」の強いモードを抱える支配的な性格であったことを推測させる。つまり父と似た資質を持ち、同じ生き方ができる兄は「勝ち組」で、資質の違う代助は、完全な「負け組」なのだ。

それは小説の最終場面の、代助と兄のやり取りを見ても明らかだ。代助は、自分なりに「自分の自然」を取り戻そうと、平岡から三千代を取り戻す決心をする。それに対し平岡は、代助のその世間の規約を超えた行為（姦通罪もあった時代の、人妻への愛）の制裁を目的に、代助の父に手紙を書く。その時、兄は父の代理で、内容の真偽を正した上、次のように代助に言い放つ。「御前は平生から能《よ》く分からない男だった。……今度《こんだ》と云う今度は、……おれも諦《あき》らめてしまった。世の中に分からない人間ほど危険なものはない」。

こうして兄は、父からの代助の勘当を決定的なものにしてしまったのである。

母は、早く亡くなった。また代助には兄の他に、外交官に嫁ぎ、外国で暮らす姉もいた。その他にも、二人の兄がいたが、すでに早世している。つまり代助は漱石の実人生に似て、どうやら家族の中の、「負け組」の生き残りであるらしい。外国で暮らす姉にも、家の中の「負け組」だった可能性が見て取れる。なぜなら、家から距離を取りやすい、外国勤務のある外交官に嫁いだからである。

そして生きていれば、「負け組」の資質を後押ししてくれたはずの母は亡い。「負け組」の代助は、残る父と兄と自分の、男同士の競争に押しまくられた結果、深いところで「何もしないこと」を選択してしまったのではないか。それは、表立って抵抗することをやめてしまった代助の、内向きの抵抗であっただろう。

代助の自己実現

代助の父は成功者であったから、代助が押しつぶされた「自分の自然」を回復し、父に太刀打《たちう》ちするのも、容易ではない。しかも実業家であるため、金の儲かり具合が、勝負の基準になりがちだ。それで代助は、自分が実業以外の資質で世に出ても、どうせ金銭面で歯が立たない、という気持ちにさせられる。要するに代助は、「どうせ何をしても負ける」気がして何もできなかった。それで、「金のために働く」ことを拒否するという理論を構築し、「負けまい」としたのではないか。

実は代助は、自分では認めにくいようだが、執筆に関心を持っていた。貧窮しながら原稿生活をする友人の寺尾に、つい代助が金の援助をするのは、おそらくそのためだ。その上、代助は、寺尾の勧めで、ある雑誌に一度、原稿を書いたこともある。だが大した評判を得られなかったと知るや、すぐに「どうせ父に勝てはしない」と無意識の内に判断し、蓋《ふた》をしてしまったようだ。

父に対する「怒りも悲しみ」も、十代で早々と「抑圧」し、父から月々の援助を得て生きることが可能な代助には、「やりたいこと」のために身を削るより、それに蓋をする方が、容易で自然な成りゆきだったのではないだろうか。

また代助には正直なところ、寺尾のような貧窮に耐える自信もなかった。だが最近の父は代助に、「実業や、金を儲ける」のが「厭なら厭で好い」。「金は……補助して遣る（から）……何かするが好い」と言うようになった。だから父の援助を得ながらの執筆生活や、「やりたいこと」を仕事にする生活も可能なわけだが、ここで障害になるのが、代助の「内なる反抗心」である。

反抗家の代助は、おそらく深層でこう考える。「父は体裁を繕うためにそう言うだけで、本当に自分を理解してくれたわけではない。だからやはり何もしたくない」、と。

しかし父が、心底代助を理解できるのかは別にして、それを盾《たて》に何もしない代助には「逃げ」がある。またそれほどに、一度「抑圧」されてしまった「自分の自然」（内発的な欲求をキャッチするためのセンサーと、それを支えて自己実現するためのエネルギー）を取り戻すのは大変なのだろう、と思えなくもない。

ところで文筆に勤《いそ》しむ寺尾が、貧窮に耐えられるには理由がある。代助ほど育ちが裕福ではないことに加え、代助と父との間に存在する「勝ち負け」の葛藤を抱えていないことが考えられる。金が儲《もう》からず、文名が上がらずとも、代助が感じるまでの敗北感はないのだ。そして、実業家の父に対する反抗心を持つ代助と違い、寺尾は「金のために働く」ことを嫌悪しないから、「金のため」

になる翻訳もする。その上で、どうしても困れば、代助のような友人の世話になるのも厭《いと》わなかった。

つまり寺尾は、代助とは違う力を持っている。では代助は、代助だけが持つ力を使えばよいはずだ。たとえば父からの援助である。だから、もし代助がその援助を受けつつ、書きたいもの（やりたいこと）をやるのなら、日頃からの持論の通り、「神聖な」仕事ができるだろう。父は代助を全面的に理解してはいないが、インテリの代助に投資し、名誉がもたらされるなら、それもいいと考えている。また代助は、父の金が濁っていると言うが、代助がその金でいい仕事をすれば、金の浄化の一助にもなるはずだ。

また代助は仕事のみならず、実家からの縁談についても断わり続けて来た。それは、三年前に平岡に譲った三千代のことを、いまだに引きずっていたからだ。

三千代の喪失

三千代は、もともとは代助の親友の妹だった。いつしか二人は、相思相愛になった。だが、二人の結婚を望んでいたであろう三千代の兄は、卒業間際に急逝した。そこへ、やはり三千代とも兄とも付き合いのあった平岡が、三千代との結婚を望み、なぜか代助はその仲介役を引き受けてしまった。

当時の代助は、前述のように、父から押さえ込まれ、すでに「自分の自然」を「抑圧」してしまった後だった。後年、代助は三千代を失ったために「自分の自然」を失ったように感じたが、そうではなく、あらかじめ「自分の自然」を「抑圧」していたために、三千代を失ったのである。

代助は、三千代との結婚を求めた平岡に対し、「自分の自然」としての不快感や本能としての「怒り」を十分に受容し、平岡の要求を遮《さえぎ》ることができなかった。すでに「自分の自然」を「抑圧」していたために、三千代への愛情さえも、十分には受けとめることができなくなっていたのだろう。

代助の「抑圧」の状態は、ダヌンチオの「青色と赤色の部屋」に対する、代助の反応からも、理解することができる。ダヌンチオは、「興奮」を要する音楽や書斎は「赤」で塗り立て、「安静」を要する睡眠のための部屋などは「青」で飾った。だが、代助は「赤」が嫌いで、「緑」や「青」が好きである。おそらくダヌンチオの考えでは、音楽には「情動」やリズムがあり、書斎では思考や文章を「創造」するという理由から、その根源のエネルギーとしての「興奮」につながる「赤色」が必要だ、と言うのだろう。

また「情動」やリズムは「自分の自然」をキャッチするための大切なセンサーの一つであり、「創造力」は、それを生かした自己実現の形成に不可欠な要素である。代助の中では、生存本能の一極である「赤色」に象徴される「興奮」が、「抑圧」されていたのである。

要するに、代助にとっては、三千代との相思相愛が「自分の自然」の一つだった。だが、そもそも自分が、それを深く受け止めることができなくなっていた。悪意はなかったとされるものの、その二人の関係に横やりを入れた平岡に対し、「情動としての怒り」と「三千代への愛」を深く感じ、それを遠ざけることこそが、代助にとっては「自分の自然」を支えることであったのに、それに気づくことができなかった。

ここでダヌンチオに戻れば、「怒り」に限らず根本的で本能的な「興奮」の「赤色」は、「自分の自然」を体現するための、つまりここでは代助が三千代との結婚を実現するための、行動力の源の一つでもあるはずだった。

だが代助には、それがなかった。だから若き日の二人は相思相愛ではあったものの、結婚を現実のものにすることができなかったのだ。また当時の代助の父子関係を詳細に考えると、代助には潜在的に、三千代との結婚に対し、父の賛成を取り付ける自信がなかったとも推測される。

たとえば代助は、すでに学生時代から父や兄と共に、社交界に出ていたので、そこで出会う女性たちと比べ、三千代がとても地味なことに気づいていただろう。つまり三千代は、おそらく当時の父が考える代助の結婚相手の枠外の存在だった。代助の深層には、そのようなことに対する怖れがあり、自分一人では父を押し切る力はないと、判断してしまったのではないだろうか。

それでも代助は、三千代を愛していたので力になりたいと思い、平岡との結婚を仲介したのだろう。おりしも三千代は兄を亡くしたばかりか、母も亡くし、父も財産上の失敗で国を離れてしまい、身寄りのない、寂しさのどん底にいる状態だった。そのような三千代にとって平岡との結婚は、代助から見てもよい選択だったに違いない。

結婚の記念に、代助は三千代に真珠の指輪を、平岡は時計を贈った。その指輪には、代助の平岡に勝る三千代への愛が込められていた。代助と三千代は、数年後には、それを互いに確認することになる。そして平岡は後年、代助に白状したが、この時、代助ほどには三千代を愛していなかった。

しかし、平岡が三千代との結婚を望んだのは本当だった。なぜかと言えば、それは代助に対する無意識的な「怒り」と「嫉妬」のためではなかったか。つまり、平岡にあったのは、代助の境遇と比較した場合の自分の不遇を「分かってほしい」、という欲求である。平岡は卒業後、代助のように「高等遊民」として暮らす余裕はなく、すぐに「食うため」に働かなければならなかった。

普通に考えれば、多くの者が「食うため」に働くべき平岡と同様の立場であり、代助の方が少数派である。だが平岡には、その不公平を許せない卑屈さがあり、人生の不公平に憤り、代助をうらやんだ。自分は「食うため」に働かなければならないのに、そうではない友人がいて、しかも美しい女を妻にするのを「許せなかった」のではないだろうか。

もしかしたら、平岡も漱石同様、維新の瓦解により経済的に損をした没落組で、それを受け入れることができなかったのかもしれない。とにかく平岡は、自分の人生に対し、「怒り」を抱えて生きて来た。

結婚後の平岡は、酒を飲んでは三千代に暴力を振るった。その平岡の暴力は、父親譲りの可能性もある。暴力で支配されて育った結果、「怒り」を内面にため、その反動として後年、自分よりもさらに「抑圧」的に育った代助や三千代をその「怒り」のはけ口にしたのかもしれない。

また学生時代の平岡には、内在する「痛みと怒り」を代助にも「分かってほしい」、自分のために「泣いてほしい」、という気持ちがあったようだ。少し形は異なるが、代助も自分と父や社会との間に、「痛みと悲しみ」を抱えていたわけで、無意識的には、誰かに自分を理解し、「泣いて」ほしかった。だが代助には、すでに感情一般の「抑圧」があったために、おそらく自分にしてほしいことがよく分からず、自分にしてほしいことを平岡に投影することで、その代償にしたのではないか。そして、その延長線上に、三千代の譲渡があったとも言えるだろう。

これを別の観点から見れば、代助が、「痛みや怒り」を「抑圧」し、「何もしない」という、内向的な反抗の道を選んだのに対し、平岡は、「痛みや怒り」を「分かって」ほしい、と行動する道を選んだ。言い換えれば代助は、平岡を「分かる」ことで自分を感じようとし、平岡は、本来は自分が求めるものを持つ代助を破壊することで、自分の「痛み」を「分からせよう」とし、また「怒り」を発散させたのではないか。

だが、それらは二人の無意識下での出来事で、あたかも表面上は友情に導かれたように、代助が三千代を平岡に仲介し、三千代は平岡の妻になった。当時、三千代は、代助が自分を平岡に仲介したことにショックを受けたに違いない。だが三千代も代助同様、「自分の自然」を支えることが苦手であったようで、それを代助に訴えることもないまま諦めてしまい、せめて代助が仲介してくれた平岡と結婚することにより、自分の人生を支えようとしたのではないか。

当時すでに、「怒り」をすっかり「抑圧」していた代助は、淡々と三千代を平岡へ仲介した。だが平岡が得意気に三千代を連れ、京阪地方の銀行に勤めるために出発するのを見て、はじめて代助の中に「憎しみ」が生まれる。

そして、その後の代助は、平岡から幸せをほのめかす手紙をもらうたび、今度は「不安」に襲われた。とおの昔に「自分の自然」を「抑圧」していた代助ではあるものの、平岡に揺さぶられ、ようやく自分の内面の不調和に気づき、「憎しみ」を感じた。だが、再びそれをすぐに内向させたものが、「不安」であったに違いない。

代助が、平岡に結果として三千代を譲渡した前後のこれらの記述からは、十八〜十九歳で、父に打ち負かされて以来、大きく「自分の自然」を「抑圧」された代助が、同じことをたび重ねるように、青年期に再度、無自覚のうちに「自分の自然」を「抑圧」したことが見て取れる。

後に、三千代への愛を確認しようと行動に出た代助は、そこで「味わうことを知った心の平和」という言葉を使うが、それはかつて一度、感情と共に「抑圧」されてしまった「味わう」という心のセンサーが、再び開放されたことを物語るのであろう。

平岡と代助

話は平岡に移るが、三千代との結婚を果たし、あたかも代助への復讐劇が完了したようにも見えたが、それで平岡が幸せになったのかというと、そうではなかった。

平岡は、就職した当初こそは、学生時代の知識を生かそうと、青年らしい熱意を仕事に傾けた。だがそれが、淀《よど》みを持つ周囲に受け入れられないのを知ると、すぐに周囲に迎合した。平岡にすれば、それは「食うため」の迎合だった。しかし、それにより平岡も「自分の自然」を失った。これについては、もう一つの理由もある。平岡も、代助に似て「痈癀」持ちな上に、一度「分かって」もらえないと、すぐに「引いて」しまう性質もあり、周囲との調整力に欠ける所があった。

つまり、平岡が「食うため」に身につけざるを得なかったという処世術も、実は深層の「トラウマ」により支配されたものであっただろう。平岡は、「食うため」と称した迎合的な処世術のために、かえって職場を追われ、東京に戻らなければならなくなった。部下に大きな使い込みをされ、その借金の責任を上司から呈よく押しつけられ、辞職に追い込まれたのである。要するに「自分の自然」を支えず、自分や仕事に対する誇りを失い、「食うため」だけに生きようとする人間には、周囲からあなどられやすい落とし穴があった、ということだろう。

しかし、自分より恵まれた者に対する強い「嫉妬」を持つ被害者意識の強い平岡は、この件に関しても被害者意識を先行させ、悪い状況を引き寄せた自分を見つめることができなかった。その結果、かえって以前よりも「食うため」に働くのは大変なのだ、と思い込み、再び「食うため」の苦労を知らない代助に、「怒り」の矛先《ほこさき》を向けた。そして、帰京した平岡による、代助への第二の復讐劇が始まった。

帰京した平岡は、すぐに代助を訪ね、代助の兄の会社に就職を依頼する。だが、それは叶えられなかった。そして代助への「嫉妬心」や、代助を慕う三千代への嫌がらせもあっただろうが、やがて三千代と代助をないがしろにするようになる。

死産で子供を亡くし、心臓の持病を持つ三千代を放ったまま、平岡は夜遅くまで戻らない。また、三千代から代助に借金を依頼させる。代助は、兄嫁から工面した金を三千代に渡すが、平岡は、代助が働かないことを批判し、ようやく手にした新聞社の仕事を盾に、代助の父や兄の会社の不正を暴露すると脅し、借金についての礼も言わない。

代助は、三千代から依頼された前述の五百円の貸与を兄から断わられ、やっとの思いで兄嫁から二百円を工面した。だが、その辺りから代助にも、父の経済に依存する自分の生き方の不自由さが明確に見えて来る。そして、代助に対する最後通牒《さいごつうちょう》のような形で、父の命の恩人の、孫娘にあたる資産家令嬢との見合い話が、提案される。代助の気持ちは三千代にあるが、友人の妻が好きだとは言えず、その見合いをせざるをえない所へ追い込まれてしまった。

だがとにもかくにも、見合いの相手との結婚に踏み切れない代助は、ついに自分の心積もりとして、「自然の昔に帰る」決意をする。そして三千代に愛を告白し、三千代の気持ちを確かめ、父から独立し、社会から疎外された者として生き抜くべく、職業を持つことを考え始めた。

そうこうするうち、順調だった父の事業が、不景気の煽《あお》りで難しくなる。父は、病と老齢に苦しみ、それを補うためにも、代助と資産家令嬢との結婚を心底願う旨《むね》を、代助に打ち明けた。代助は、素直に内情を告白し依頼する父を見て、その縁談を受けてもいいと思うほど動揺した。要するに、代助の深層で、父と自分との「勝ち負け」の図式が崩壊し、親子の情愛が戻りかけた。それこそは、三千代への気持ちと共に、「今の（その時）代助の自然」の一つであっただろう。

しかし、三千代を取り戻すことだけが、「自分の自然」だと思い詰めていた代助は、またしても今の「自分の自然」を生かすことができず、父との和解の機会を逃してしまう。内情を告白した父に感動したにもかかわらず、代助は父に、三千代や平岡のことを打ち明けないまま、縁談を断わってしまった。

つまり「自分の自然」を「抑圧」されて育った代助は、ここでもまた、今の「自分の自然」を支えて、父に本心を打ち明けることができなかった。そしてこれが結局、その後の代助父子に、大きな不利益をもたらすことになる。

その後、平岡は代助からの談判を受け、「代助に三千代をやる」と言う一方で、代助の「世間の規範に反する三千代への愛」を材料に、代助の父に「脅迫状」を送り付ける。だが考えるに、このような狡猾な平岡を撃退する力を持っていたのは、世間に通じた父や兄ではなかったか。代助は再び、完全に平岡に先回りされてしまった。

平岡は、代助から三千代との相思相愛を打ち明けられると、すぐに絶交を言い渡した。夫としてのプライドもあっただろうが、病床に伏せるようになった三千代が回復するまで、代助に会わせることはできず、引き渡すこともできない、と言う。

姦通罪も存在する男女間の厳しい道徳に縛られていた当時の世俗的な規範と、平岡への再びの「罪悪感」に苛《さいな》まれつつ、代助は「三千代が死ぬまで会うことはできないのではないか」、と落胆する。そして、平岡が父に送りつけた「脅迫状」により、最終的に勘当された代助は、いよいよ平岡による復讐劇が完遂《かんすい》する中、職業を求めて町に出る。

とにもかくにも三千代への愛という「自分の自然」を回復しようとした代助ではあったが、さらにその土台部分に、かつての父との価値観の抗争に端を発した、より大きな「自分の自然の抑圧」をあらかじめ内包していた。

だから、町に駆け出した代助の目には、その「抑圧」して来た「興奮と怒り」を象徴する「赤い色」が、次々に飛び込んで来た。そして「仕舞いには世の中が真赤」に見え、「頭を中心としてくるりくるりと焔の息を吹いて回転」する、と感じられたほどである。

それでも代助は、「自分の頭が焼き尽きるまで電車に乗って行こうと決心」する。それは、代助が長い間「抑圧」して来た、「赤い色に象徴される興奮（生命エネルギー）」を大きく心身に取り込み、これまでの「自分の自然を抑圧した上でのパーソナリティー」を、消滅させようとするほどの志を持った、ということではないか。

第七章　『門』の「罪悪感」「死の影」

「死の影」と「冒険者《アドヴェンチュアラー》」

漱石は、『それから』と逆側の世界を『門』に書こうと試みた。つまり三角関係の敗者であった『それから』の代助と違い、『門』の主人公は、三角関係の勝者になり、漱石の憧《あこが》れだった「和合同棲」の結婚生活を妻・御米《およね》と送る宗助である。だが描いてみると、それは単に幸せなものではなく、「罪悪感」と「死の影」に彩《いろど》られた世界だった。

漱石は『門』の中で、「人に見えない結核性の恐ろしいものが潜《ひそ》んでいる」と書いたが、それはおそらく宗助と御米の内面に、あらかじめ「罪悪感」と「死の影」が横たわっていたためである。それらは両者各々の生育歴に由来する〈トラウマ〉、また出会いと結婚に関する〈トラウマ〉、それに加え、後の生き方の問題とも絡まっている。しかし「罪悪感」と「死の影」は、人生を決定する運命的なものではありえず、よりよく自分を生きようとする営みの中で、癒されて行くべきものであろう。

『門』の主人公で、京都の大学に通う宗助は、初めての夏休みに、早くも学校生活に退屈し切っていた。だが、すぐに退学するほどの勇気も持たない宗助は、友人・安井が横浜から連れて来て同棲していた御米と、恋愛関係に陥る。そして次の春には、御米と結婚し、退学せざるを得ない所へ自分を追い詰めた。

おそらく御米は、そもそも自分の生まれ育ちから脱出したくて、安井についてきた。また早く結婚の形を整え、脱出を決定づけてほしかったのではないか。それで自分を妹としか紹介せずに、ぐずぐず同棲を続ける安井よりも、ちょうど人生に変化を求めていた宗助の方が、魅力的に見えたのに違いない。

宗助は、御米との結婚を契機に中退し、前途をつぶした。そして父から、半ば勘当された。だから、はじめ御米が、安井や宗助を見て憧れた、カシミアの靴下をはくような生活はできなくなった。けれども、もとより贅沢に育っていない御米には、案外、我慢のできることであったと思われる。だが御米が宿した子供は、「流産、早産、死産」により、三度とも育たなかった。それは小説『門』の世界では、宗助と御米の無意識下に、「罪悪感」が巣喰っていたためである。

宗助の本質は、本来、父譲りの「趣味の人」ではなかったか。子供の頃は、父の骨董の虫干しをよく手伝った。また学問や立身出世には、それほど関心を持たなかった。それなのに大学へ行ったのは、御維新の世の中だったせいである。宗助の生家は、瓦解を機に、それまでの収入を得られなくなったようだ。それは、父の死後、思いがけない借金が残ったことからも推測ができる。

それで父は、これからは以前と同様では、財産を食い潰《つぶ》すことになるのを怖れ、息子には、時代の勝者になるべく、帝大卒のエリートとしての生き方を期待したのに違いない。ちなみに、これは実家に復籍後の、漱石と父の姿にも重なる。

だが、本来、「学問の人」ではなかった宗助は、すぐに学校生活に退屈してしまった。人は、どこか自分の「真実（夢）」に触れていないと、力が出にくいものである。職業選択を迫られる最終的な大学生活という場で、いよいよ宗助の自己矛盾が明確になりつつあった。

そのような時期における宗助の三千代との結婚は、おそらくエリート的な生き方を期待した父への反発でもあっただろう。父は、宗助に失望した。それは家の将来への失望でもあった。そして、まもなく父は亡くなった。

ところで宗助の学友だった安井も、多かれ少なかれ、似た境遇に生まれついていたようだ。だから、おそらく御米との結婚に躊躇《ちゅうちょ》せざるを得なかった。御米のような女との結婚は、親の喜ばないものであり、相当な「冒険」に匹敵することであったのだろう。だが安井は御米を失った後、自分には宗助のような「冒険心」がなかったことを悔いたのではないか。

そして安井は、大陸で活躍する「冒険者《アドヴェンチュアラー》」（ルビ＝漱石）になった。だが振り返れば、学生時代に宗助と馬が合った安井も、学生生活に虚偽と退屈を感じており、それを無意識のうちにも打開しようとして、里帰りの折りに御米を横浜から連れて来たのではなかっただろうか。もちろん御米に同情と、好意を寄せていたのは事実だろう。だが御米は、宗助と共に去ってしまった。

被害者的立場にまわった安井は、病床についてしまう。そして、やはり学校を辞めた。その後、体が回復した安井は大陸に渡り、「冒険者《アドヴェンチュアラー》」になったのだ。

言い換えれば、宗助も安井も時代の推移の中でもがき、結局は、大学を退学する選択をした者たちであった。そして漱石自身、大学をやめずとも、英文学に将来を見出せずに悩んだ末、失恋の憂き目にもあったようだ。

漱石が英文学を選んだのも時代の趨勢《すうせい》に合わせた立身出世のためであり、当初の志向は漢文や「自分の文学」であった。そして失恋の後、漱石が西へ西へ、松山および熊本を介し、ついにはロンドンにまで辿り着いたことを考えれば、安井もまた漱石の分身であるように見えてくる。

ところで漱石には、自由恋愛による女性との「和合同棲」の経験はない。宗助と御米の生活は、電信局に勤め、転勤先の岡山で妻帯して帰京した、漱石の次兄の結婚生活と重なる部分があるようだ。次兄は、反抗的な放蕩の末、父に勘当されながらも、「和合同棲」の生活を手にした。

『門』の主人公・宗助の場合は、御米の心臓病や、三人の子供が育たなかったことに加え、宗助の身の振り方に落胆した父の死去にも、「死の影」が見られる。一方、漱石の次兄も三十過ぎに肺結核で命を落とし、その死後に岡山に帰郷し、再婚した小勝も、数年後には亡くなった。次兄夫婦も、子供がなかった。そして若き日の次兄は、父の骨董を売り、放蕩の費用にあてた。この骨董は、宗助と御米が、宗助の父の形見の骨董の屛風を介して、大家の坂井とのコミュニケーションを活性化させ、弟の小六を下宿させてもらう話を取付けたことと、イメージが重なる。

宗助と御米の「罪悪感」

とにかく漱石は、宗助と御米の子供が育たない原因を、安井に対する二人の過去の裏切りに由来する「罪悪感」に帰して、『門』を書いた。しかし作者・漱石に、父から植え付けられた根深い

「罪悪感」があったように、宗助と御米にも、安井との過去に対するのみならず、さらに生育歴に由来する「罪悪感」があったようだ。

宗助の「罪悪感」は、父との関係から生じたものだ。父が、父譲りの宗助の持ち味である「趣味の人」としての性質を支持しないために、宗助は「罪悪感」を抱かされた。それはすでに父自身が、自分のその部分について、時世に合わない生き方であると考え、「罪悪感」を感じていたためである。また大学の中退も、宗助の「自然」にとっては理にかなう選択だっただろうが、やはり「罪悪感」を抱かざるを得なかった。

人は、内在する「罪悪感」のために、さらに「罪悪感」を重ねなければならないような出来事を積み重ねがちなものである。宗助は、学校生活に関心を持てない自分に「罪悪感」を感じたために、自発的に中退することができなかった。だが「友人の同棲相手を奪う」という、新たに「罪悪感」を積み重ねざるを得ない事件を引き起こして、自分を退学に追い込んだように見える。

加えて、父から半ば勘当され、さらに自分の「罪悪感」を決定づけた。またそれらにより、社会から不道徳者として葬られ、父の遺産を相続する立場が微妙になり、それに関する叔父夫婦への交渉力を発揮できず、叔父に財産を横領される。そのため弟の小六の前途までが暗くなり、弟に対しても「罪悪感」を抱かざるを得なくなった。

一方、御米の「罪悪感」は、さらなる大きな「無力感」と同居していたように見える。おそらく生まれ育ちに由来する、何らかの後ろめたさに裏打ちされたものであろう。当時の身分制度や、家柄のようなもの、もしくは社会的偏見により「抑圧」された弱者としての立場に関するもの、あるいは出生の秘密や、家族の特別な事情などにより、「自分の存在自体がよいものではない」という、「罪悪感」を抱かされることがある。

だが、そのような「無力感」や「罪悪感」は、一種の偏見に支えられた錯覚であり、人間の真実ではありえない。だからおそらく御米は、そこからの脱出を意識的に試みた。それが御米の、駆け落ち的な同棲の原動力ではなかったか。

しかし結局、御米も宗助同様、深層の「罪悪感」による再生産から逃れられなかった。御米は、最初に力を貸してくれた安井を裏切り、次には結婚により宗助を勘当の身に追い込み、「罪悪感」を深める結果を作り出した。また、それが小六の学資にも響き、小六に対しても「罪悪感」を抱かざるを得なくなった。そして、そのように積み重ねた「罪悪感」のために、子供が三度も育たないという悲しい結果になってしまったのかもしれない。御米は易者の「門」をくぐり、「貴方は人に対して済まない事をした覚《おぼえ》がある。その罪が祟《たた》っているから、子供は決して育たない」と言われたこともあった。そして三度の子供たちの喪失により、宗助への「罪悪感」を重ねることとなった。

だが漱石が描く「和合同棲」のモデルを考えると、こうした悲劇性が不可欠であった可能性もある。なぜかと言えば、宗助と御米は、『夢十夜』の「第一夜」に現れた、漱石の深層の願望である〈永遠の男女〉に付随する、「死」と「分かってほしい」のわなを内包しているからだ。

その「死」が反映されたのが、三度の子供の「死」であり、御米の心臓病であっただろう。そして御米は、常に依存的だが、その代わりに「分かってくれる」妻であり、また御米自身も結婚により勘当が決定づけられたのか、現実の漱石が頭を痛めた「分かってくれない」親戚など、存在しない女であった。

つまり、この夫婦には、いさかいの要素がない。漱石が描く「和合同棲」が、このような形になったのは、根本的には「健全で前向きな」いさかいが苦手だったためだろう。そしてこの夫婦には、夫婦間にいさかいがないために、「生きて行くためのいさかい」が、夫婦と世間との間にあるのだとも言えよう。また「罪悪」を犯してまでも一緒になった夫婦であるという、後ろめたさと秘密を持つ喜びが、夫婦関係の気付薬にもなっていたようだ。

「夢」の生成

そのような二人が、「死の影」を払いのけるには、「罪悪感」の解放と共に、各々の「夢」の続きに取り組むしかないだろう。結婚に際して御米は、おそらく社会に対し強い立場を持つ男との結婚により、生まれ育ちの環境から脱出する「夢」を叶えようとした。だが、それは少々短絡的で依存的な、他人まかせの解決法であったのかもしれない。そのため、二人の男の人生を狂わせてしまったとさえ見えるほどだ。

だが安井や宗助にとっては、退学により、本来の「自分の自然」を生かす生き方を探し始める方向へ、移行するきっかけができた、というのも真実であっただろう。

そして結局、御米の「夢」の発掘には、御米自身が、無意識的に内包し続けて来た「後ろめたさ」を払拭する他はない。御米の参考になり得る例として、たとえば漱石の次兄の妻だった小勝を挙げることができる。小勝は、やはり勘当された男の妻でありながら、近所の子供たちに手習いを教え、夫を助けた評判の良い女性であった。御米は、自分たち夫婦の後ろめたさを気にし、閉じ籠もっているが、後述の屏風を道具屋に売る交渉に成功し、大家の坂井も快く近づいて来るなど、彼女に人と付き合う手立てがないわけではない。

一方、宗助には、父からの勘当が響いていた。つまり父は、退学した宗助の将来に期待ができないために勘当したが、それが裏目に出て、死後、叔父に財産を横領されてしまった。そして、弟の小六の学資にまで事欠く事態を招いた。父は、宗助が家に災いをもたらすのを避けようとしたが、実際は、時代の変化に対する「怖れ」に足を取られ、かえって家に経済危機をもたらしてしまった。

そして父は、家に流れる「趣味の人」としての生き方を否定しようとしたが、結局は皮肉なことに、宗助夫婦と小六が経済危機を回避できたのは、やはり父譲りの宗助の「骨董への造詣」のおかげだった。わずかに残された父の遺品の屏風が、大家の坂井との交流を確かなものに導き、「宗助の趣味人としての風情」が気に入られ、小六を書生として、置いてもらえることになったのだ。

さらに、この屏風を道具屋に売り込む際には、いつもは依存的な御米も発案や交渉に関わり、宗助の「趣味の人としての風情」は、二人の希望を開く鍵であることが暗示されている。漱石の実家も武士や商家ではなく、町方名主であった。だから漱石自身も、官僚や教授よりも、小説家として花を咲かせる素地があったと言えるのではないか。そもそも漱石は、「趣味を持った職業」に就きたいと思っていた。

「冒険者《アドヴェンチュアラー》」の二重性

宗助と御米の生活は、よく見ると、かなりの危機に瀕していた。もう子供は授からないと怖れる御米は、とにかく日常の生活に突破口を見出さない限り、生命力を失うばかりのようで、小六を引き取った際には、気遣いもあったせいか、心臓を悪化させた。一方、宗助は、折からの役人の人員整理のため、解雇の憂き目に合うことを怖れていた。

そこへ、安井が大陸から一時帰国する。それを宗助が聞いたのは、意外にも、大家の坂井からだ。宗助夫婦と安井の、結婚前の経緯など知るよしもない坂井だが、偶然にも坂井の弟と安井は、大陸での仕事仲間であった。宗助は、安井との再会を避け、十日も仕事を休み、「不安な弱々しい自分」の「心の実質を太くしたい」と、山門《さんもん》に座禅を組みに行く。それは宗助自身が言うように、ささやかな「冒険」でもあった。

宗助は、坂井が、自分たち夫婦の結婚前の安井への裏切りを知り、小六への援助を打ち切られるのを怖れ、また自分たちの裏切りに傷ついて、自暴自棄になった安井に対する後ろめたさのために、彼を怖れた。

だが、おそらく宗助が無意識下で最も怖れたのは、安井自身の「冒険者《アドヴェンチュアラー》」としての生き方ではなかったか。言い換えれば、「罪悪感」を言い訳に、御米との生活の「行き詰まり」を打破するチャレンジをなし得ない宗助は、無意識的には「冒険者《アドヴェンチュアラー》」そのものを怖れたのだ。また御米が安井に会った場合に起きる、自身の「嫉妬の情」をも、無意識的には予測していた可能性もある。

つまり、もし御米が安井と再会すれば、今度は安井と共に去り行く可能性もあった、と言えなくもない。現在の安井は、宗助が思っているよりも充実しているかも知れず、もとより今の宗助に欠けている「冒険者《アドヴェンチュアラー》」の要素を体現している。かつて御米が、安井よりも宗助を選んだのは、まさに宗助の方が「冒険者《アドヴェンチュアラー》」だったからなのだ。

宗助が架空の漱石の分身であるとすれば、安井もまた、恋に破れ、西へ西へと放浪した、漱石の分身である。漱石は文名が上がり、「朝日新聞社」に入社後、大塚楠緒子に小説の執筆を依頼した。それを考えれば漱石も、大塚家を脅かす「冒険者《アドヴェンチュアラー》」の要素を持っていた。

安井との再会を恐れた宗助は、「不安な弱々しい自分」の「心の実質を太くしたい」と考え、山門をくぐった。しかし、もし安井と対等な立場で会おうと言うのであれば、これまでの人生についての自己受容と、「夢」の発掘が必要だったことだろう。そのためにも、まずは「罪悪感」の解放が必要だった。またおそらく、それが「心の実質を太くする」ことの本質でもあっただろう。宗助も御米も、最終的には、成育歴の中で抱え込んだ、根元的な「罪悪感」を手放すしかないのである。

生まれつきの人間に「罪悪」があるはずはなく、親が認めることのできなかった子供の本質が「罪悪」であるはずもない。また、もともと親が、自分に抱え込んでいる「罪悪感」に対し、無意識的で野放図であったからこそ、子供も「罪悪感」を感じなければならないという、「罪悪感」の再生産もある。また子供は無意識のうちに、親から譲り受けた「罪悪感」を下敷きに、さらに「罪悪感」を感じざるを得ない出来事を積み重ねてしまうものだ。

そして「罪悪感」を抱えた人間は、自己規制をするばかりか、人からもコントロールされやすい。若い時は、カッとしてすぐに談判に行くような性格だった宗助が、すっかり淡白になり、父の財産を横領した叔父の未亡人である叔母に対し、必要な談判ができないのは、友人への裏切りと、勘当されたことで積み重ねた「罪悪感」のせいだろう。また叔父や叔母の側も、宗助をコントロールする手段として、積極的に、宗助の「罪悪感」を利用したに違いない。

　このような場合、面白いことに、叔父や叔母も、自分に内在する「罪悪感」ゆえに、宗助の「罪悪感」を刺激せざるを得ない、という一面もありそうだ。つまり彼らには、宗助の父の財産を横領した「罪悪感」があった。だが、それを感じずにいたいがために、逆に宗助の「罪悪感」を刺激して対抗し、自らの「罪悪感」を紛らわせようとしたのではないか。

　ところで宗助は、「心の実質を太くしたい」と参禅に赴いた山門で、「父母未生以前本来の面目」という公案をもらう。これは実は、青年期の漱石が参禅した際にもらったものと同じである。宗助は、これは自分の役に立たない、と退けた。だが宗助は、この公案を、「罪悪感」を手放して希望を見出すために、用いることもできるのではないか。

　つまり宗助の、「本質を押さえ込まねば、今の時代には生きられない」と考えた父譲りの怖れに由来する「罪悪感」を手放し、先祖から自分に流れ込む「趣味の人」としての才能や特質を生かせ、という意味を読み取ることも可能であろう。すでに大家の坂井との交流が、それである。また、必ずしも職業を変えることを考える必要もないだろう。とにかく宗助本来の「趣味の人」としてのセンスは、対象が骨董でなくとも、幅広く生かすことが可能なはずである。

　さらに、この問題は、実は宗助の一族の問題としてもとらえることができる。たとえば亡き叔父の息子の安之進は、いまだに実業家としての成功をなし得ておらず、宗助の父の財産が横領されたのも、もともとは事業による損失の穴埋めのためだった。そこから考えるに、先祖代々から伝わる宗助の「趣味の人」としてのセンスと、安之進の実業を組み合わせることで、この家系の突破口を見出し得る可能性もあるだろう。

だが宗助は、そのような心の整理をすることもないまま、「安井がもし……当分満州へ帰らないとすれば……どこかへ転宅するのが（よい）」などの自己流の気づきを得た程度で、山から帰る。それは結局、安井との再会をこれからも避けようとする態度であり、内包された「罪悪感」を引きずるままの、その場しのぎの対処法だった。

一方、現実には、宗助が山門で十日を過ごして帰宅すると、万事、好都合な方向へ、事態が動いていた。既に、すっかり「冒険者《アドヴェンチュアラー》」になり切っていた坂井の弟と安井は、颯爽《さっそう》と蒙古に戻り、当分、帰京の様子もない。また宗助は、役所の人員整理から逃れ、昇給があった。そして小六は坂井の家の書生になり、宗助と安之進が学費を折半することも決まった。

このように、現実のいくつもの「怖れ」は自ずと回避された。そして、何より安井の人生は充実していたのであり、いよいよ安井への「罪悪感」を手放す時を迎えたのではないか。

『門』脱稿後の「修善寺の大患」

明治四十三年六月、漱石は、宗助と御米を「罪悪感」に裏打ちされた「死の影」から救い出せなかった創作上の現実を、自らの現実に重ね合わせたかのように、『門』を脱稿後、いよいよ胃潰瘍を悪化させ、長与胃腸病院への入院を余儀なくされた。そしてその八月には、療養先の伊豆・修善寺で、大量吐血による三十分の仮死状態に陥った。いわゆる「修善寺の大患」である。

漱石は、この臨死体験の後、敬太郎に「冒険」を託す所から始まる次の小説『彼岸過迄』の執筆を開始するまでに、一年半の休養を要した。その間さらに、漱石が仮死状態に陥った二カ月半後の明治四十三年十一月、前述のように、大塚楠緒子が病で他界する。また明治四十四年の十一月には『門』執筆中に生まれた漱石の五女・ひな子が、食事中に急死した。ひな子の死後、ようやく漱石は、『彼岸過迄』の構想に取りかかった。

こうして『門』に描かれた、漱石がそれまで抱いていた「和合同棲」のイメージに伴う「死の影」が、あたかも現実の漱石の足元を脅かしにやって来たような日々を体験する。それと並行し、ついに漱石は、それまで自分が抱き続けてきた「和合同棲」のイメージに合致する「マドンナ」型の理想的女性像を手放さざるを得なくなる。それは、「漱石が抱き続けてきた和合同棲のイメージ」の、一つの「死」でもあった。

ただし、この後も一度だけ、漱石の旧来のマドンナ型である理想的女性像との「和合同棲」が、『門』と同様に「罪悪感」をテーマにした『こころ』において、復活する。そして、そこでは主人公の先生および友人Kが命を落とすという形で、「死の影」も同時に復活する。

とにかく漱石は、「死の影」に彩られた『門』を脱稿後、臨死体験をした。そして、その後の作品で、これまでの理想的女性像とは別のタイプの女性たちと、自分の分身たちとの、「和合同棲」の新しい可能性を追求する「冒険」に出なければならなくなった。

第八章　『彼岸過迄』の「癒着」「嫉妬」

「冒険」の挫折

漱石が「死の影」から再生するためには、「冒険」が必要だった。だが、へびの頭が付いたステッキを授かった敬太郎の「冒険」は、結局、人の体験談を聞き出す程度の中途半端なもので終わってしまう。その「冒険」というのは、親友である市蔵の、叔父の田口から依頼を受けた「探偵」だった。そして、敬太郎の「冒険」の挫折と同様に、市蔵が、職業を持って社会に出る「冒険」も、許嫁《いいなずけ》の千代子をめとる「冒険」も、逆に千代子を手放す「冒険」も、出来ないままでいた。それは、無意識的に「冒険」の必要性に気づいた漱石が、「冒険」小説の形式を取り入れてはみたものの、やはり根源を癒さない限り、登場人物たちに、新たな自己実現や男女関係における「冒険」の道は開けないことを示す現象であったようにも見える。

ただし市蔵は、この物語の終わりに旅に出る。それは市蔵にとって、将来の「冒険」を準備するための自己解放と「癒し」への一歩であったと言えるだろう。

さて漱石は『彼岸過迄』の中で、市蔵の「嫉妬の情」と、出生の秘密に由来する「母子癒着」の問題が、市蔵の「冒険」を阻《はば》んでいるように描いた。ただし究極的な問題は、それらの根底に横たわる、市蔵の「負け組」気質の痛みにあっただろう。そしてこれらは、当時の漱石が、自分自身に必要な「冒険」をなし得なかったことと関連が深かったように見える。

「死の影」と「癒着」

とにかく漱石が、明治四十三年八月の「修善寺の大患」(胃潰瘍の吐血による三十分の仮死)と、その療養中に起きた楠緒子、ひな子の「死」という、幾重にも連なるダメージをくぐり抜けて再生するためには、是非とも「冒険」が必要だった。だが、この頃に実はもう一つ、漱石の周囲に重要な「死」があった。それは、明治四十五年二月の、池辺三山の「死」である。池辺は、『東京朝日新聞』の主筆を務め、漱石にとっては、「朝日新聞社」に入社する際、この人を信頼して決心した、という人であった。

これら三人の「死」は、当時の漱石の肉体的ダメージにつながる内面的な「死の影」の性質を各々に暗示するかのようである。

まず楠緒子、ひな子の「死」が暗示する「無力感」は、『門』では子供が育たず、また具体的な問題解決への見通しが得られない作品の終わり方としても現れ、楠緒子型のマドンナを「相思相愛の理想の女性像」とする文学世界の「終着点」となった。

おそらくそのために、漱石は、この『彼岸過迄』で、新しいタイプの千代子というマドンナを市蔵の許嫁として作り上げた。千代子は、市蔵の結婚に対する責任を追及する積極性を持ち、強烈な目の光をたたえた女性であった。そして漱石は、千代子と市蔵の間に漂う浪漫性を極力、排除した。それは楠緒子型のマドンナが、漱石にとっては一つの浪漫性の象徴だったためだろう。これらの試みは、漱石の新しい創作上の「冒険」だったように見える。

だが結局、漱石は、主人公の市蔵に「冒険」させることが出来なかった。それは『彼岸過迄』の真のマドンナは千代子ではなく、実はその影に隠れていた市蔵の母だったためである。市蔵には、血のつながりのないこの母を敬愛した上での、「母子癒着」の問題があった。そして、このような「癒着」の問題を描かざるを得なかった漱石の現実にも、『朝日新聞』との「癒着」の問題が浮上していたことを暗示するのが、池辺の「死」であったように思われる。

池辺の「死」は、池辺自身の「朝日新聞社」辞職の五カ月後のことだった。死因は心臓麻痺だが、自殺かと思った者も少なくなかったほどの、四十八歳という若さでの急死で、ちょうど漱石が『彼岸過迄』を書き始めた頃だった。池辺の「死」の一カ月前には、母一人、子一人だった池辺の母も、あたかも心労がたたったかのように、亡くなった。

その池辺の辞職の直接の原因は、漱石主宰の下で「文芸欄」の編集をしていた弟子の森田草平の小説『自叙伝』(『朝日新聞』に掲載)の内容が、不道徳とされたことに端を発した。その時、まだ漱石は療養中だったが、当時の「朝日新聞社」には派閥闘争があった。政治部長の弓削田精一や、弓削田派の渋川玄耳らは、漱石を入社させた主筆の池辺が支持する「文芸欄」を嫌っていた。「文芸欄」は、連載小説とは別の二段のスペースに、演劇や美術・文芸評論などを掲載するもので、『それから』が終わった後、明治四十二年十一月に開始された。

森田の『自叙伝』(明治四十三年)は、平塚らいてふとの心中未遂事件を題材にした『煤煙《ばいえん》』(明治四十二年)の続編で、事件の後日譚がテーマである。だが森田自身、らいてふの母から「もう娘のことは、書かないでほしい」と申し入れを受けていた。

「文芸欄」廃止の議論が出たのは明治四十三年九月で、その直前には、らいてふが創刊した『青鞜』が発行された。ただし『青鞜』二号も、さっそく発禁の憂目に合うなど、当時は当局の検閲が、全般にきびしくなった時期だった。

もともと「朝日新聞社」の側は、森田に「文芸欄」の編集をさせることに難色を示した。だが漱石は、年間一本以上の長編小説を書くという契約による多忙と、心中未遂事件で社会的地位を失った森田を援助したい気持ちから、森田と、同じく弟子の小宮豊隆を「文芸欄」の編集係にあてがった。

だがそれは、「朝日新聞社」の要望と基本的に食い違い、加えて「文芸欄」の傾向が、政治部の主張と合致しないこともあり、「文芸欄」は無断で休載されることもあった。建て前は、他の記事が多いための休載だが、明治四十三年年の末からは、近県の地方版では割愛された。

そのような中、「文芸欄」廃止の議論が起きた。そして「文芸欄」をかばった池辺が、辞職に追い込まれた。漱石も、池辺の辞職の理由を聞くと、すぐに辞表を出した。これまでの池辺への恩義に加え、森田の小説が発端である以上、責任は監督者の自分にあると判断したからだ。ところが「朝日新聞社」の側は、漱石を引き止めた。池辺を辞職に追い込む以上には、事を荒立てたくなかったようだ。

だが漱石は納得がいかず、「文芸欄」の廃止を提案した上、一カ月半の間に、三度にわたり辞表を出した。漱石には、渋川が中心となった新しい人事への不満もあった。

しかし漱石は説得され、とうとう辞意を翻《ひるがえ》す。自分が責任をとって辞職しても、もはや池辺の復職がないことを知ったのも、理由の一つだった。だがこれは、自分がすでに「本当には求められて」おらず、読者に対する飾りにすぎないと感じざるを得ない出来事でもあった。この時は、普段は意見が食い違う鏡子までが、「(あなたは)ただの看板なのでしょう」と理解を示した。また愛児・ひな子が食事中に、思いもよらない突然の死を迎えたのは、それから十日後のことである。

漱石は、ひな子の「死」を殊《こと》に悼《いた》んだが、なぜか池辺の「死」を深く悲しむことが出来なかった。そして、この時期の漱石を眺めれば、それが『彼岸過迄』の市蔵に、「母子癒着」の問題を与えたまま、「自分の自然」を生かすための「冒険」をさせることができなかった遠因のようにも見えて来る。

つまり、この時の漱石は、三度にわたり辞表を提出したが、結局は引き止められ、「自分の自然」である「感情」を強く「抑圧」せざるを得なかった。そして結局は、一介の小説家になるよりは、どこか安泰な「朝日新聞社」に残る道を選んだ。

それまで漱石を慕っていた森田や小宮が離れて行くのは、彼らの活躍場所であった「文芸欄」が廃止されたためのみならず、この時の漱石の選択が、苦渋に満ちていたことを示す指標のようにも見える。

池辺が、辞職して半年もしないうちに急死した時、漱石は『彼岸過迄』の執筆に入ったばかりだった。そして池辺の葬儀の二、三日後には、くしくもひな子の死を悼んで書いた「雨の降る日」に取りかかる。それは『彼岸過迄』の中で、やはり幼子の宵子（市蔵の叔父・松本の末子）が急死する場面である。

その後、すぐに池辺追悼のため、「中央公論社」が企画した池辺の著作集『明治維新三大政治家』に、序文を寄せてほしいとの依頼を漱石は断わった。表向きの理由は、「亡友に心をこめたものを書きたいのだが、『彼岸過迄』の執筆に忙しく、心ならずも」というものであったが、そこには池辺の「死」をもはや正面から受けとめるのが困難で、無意識的にそれを避けてしまった漱石の姿、あるいは「朝日新聞社」に残った漱石の、もはや池辺には触れたくないという、怖れを含む「保身的」な身の振舞いが、感じられなくもない。

だが繰り返すが、三度の辞表を出す前には、鏡子に「朝日新聞を辞めると経済的にはどうだろうか」と、相談した。それに対し鏡子は、「印税か何かで、まあまあやってゆけましょう。どうか名分の立つように自由にやって下さい」、と答えた。このようなやりとりが、交わされたこと自体、「朝日新聞社」を退社する選択をしてもよい時期であったようにも見える。

ただし、漱石の最終的な選択は、「文芸欄」を廃止して責任を取り、自分は社に残って発言権を取り戻そう、というものだった。だが発言権が強まった感はなく、「文芸欄」を取り下げた限りになってしまう。

そして、この「癒着」の関係が、漱石の内面の「死の影」のみならず、肉体的ダメージを増長させたようにも見える。この年、前年に引き続き、二度目の痔の手術を受けた。また次作『行人』執筆中には「神経衰弱」が再発し、さらに「胃潰瘍」による再びの「執筆中断」(「帰ってから」を休載)と、不調は続く。

このような漱石に、次なる良い関係が見えて来たのは、次作『行人』休載中のことである。その次なる相手とは、「岩波書店」であった。「岩波書店」の創業者の岩波茂雄は、東京帝国大学選科の卒業生で、ちょうど漱石の教え子というほどの年齢だった。まず、大正二年に古本屋を開いた時には、漱石が看板用の大書の労を取った。その後、出版資金を貸すなどの援助をする仲になる。

そして漱石は、援助の一環として、「岩波書店」から『こころ』を自費出版し、その後の作品をみな「岩波書店」から出版した。『こころ』が執筆されたのは、池辺の「死」の二年後だった。『こころ』執筆の前には、池辺が辞職した翌年の明治四十五年十一月、池辺と争った渋川が、愛人関係への批判を含む新たな排斥運動を起こされ、辞職に追い込まれた。

そこでようやく漱石にとっては、池辺の辞職に関する一連の問題にケリがついた感が、あっただろう。そして、無意識のうちにも、池辺の「死」を落ち着いて悔やむことができ、「癒着」の関係の下で「冒険」が出来ずにいた自分の深層に巣食う「死の部分」を、『こころ』のKおよび先生の「死」により、表現出来たのではないか。

しかし、そうは言うものの、『こころ』以降も、『朝日新聞』に連載したものを「岩波書店」から出版したのであり、「朝日新聞社」内で軽んじられがちな、「癒着」的関係は生涯続く。そして、その影響は『明暗』の主人公・津田の吉川夫人との「癒着」の問題へまで連なり続け、『明暗』が、「暗から明の方向へ」貫かれつつも、完成を見ることができなかったことと、無関係ではなかったようにさえ見えて来る。

「癒着」と「嫉妬」

ここで「癒着の関係」と「嫉妬の情」の関係について、見ておきたい。まず「癒着の関係」だが、それは最低限の安心感だけは保障されているように見えながら、実は知らぬまに自分を害し、「死」の方向へ引きずってしまうものである。それは、安心材料としての利害関係が優先され、本当には尊敬を払わない関係になりがちだからだ。

そのため「癒着の関係」を生きる者は、正当な自尊心を持ちにくくなり、また等身大の自分の才能を制約しがちになると言えるだろう。そして、そのような「癒着の関係」の下に拘束され、自尊心を引き下げられている状況にこそ、「嫉妬の情」が入り込むものだ。

おそらく漱石は、池辺辞職の一年ほど前から、池辺と対立する弓削田派の、渋川が目をかけた石井柏亭に対し、「嫉妬の情」を感じさせられた。石井は画家だが、「パンの会」(明治四十一年より自然主義に抗し、新芸術運動を展開した)の創設者の一人だった。筆も立ち、池辺辞職の二年ほど前から、美術評論や随筆を『朝日新聞』にも執筆していた。

池辺が、その十月に辞職する明治四十四年の正月、渋川は、「文芸欄」に掲載予定だった石井のスケッチを急遽《きゅうきょ》、社会面に掲載した。それは、前年の年末からついに「文芸欄」が近県版から外され、市内版のみの掲載になった矢先のことだった。また石井の正月のスケッチは、二年間の欧州視察に旅立つ途上の、上海からのものだった。

そして、この上海こそは、『彼岸過迄』の市蔵が、「嫉妬の情」を掻き立てられる対象であった高木に関連する。高木は、市蔵の血のつながらない育ての母が決め置いた、許嫁の千代子の交際相手として、千代子の家の関係筋から出現した青年である。彼は、仕事で上海に逗留しており、千代子に手紙を送って来る。これは、石井の上海便りが、『朝日新聞』の紙面を賑《にぎ》わせたことにリンクしていた、と見ることもできるだろう。

つまり漱石は、「朝日新聞社」との「癒着の関係」を保持するゆえに、石井に「嫉妬」させられ、漱石が書いた『彼岸過迄』の市蔵は、育ての母との「癒着の関係」ゆえに、千代子をはさんで恋のライバルとなる高木に、「嫉妬」せざるを得なかった。

渋川らには、渡欧中の石井への資金援助の目的もあったようで、この年、石井が海外から送った記事は、頻繁に紙面を賑わせた。その回数は、「文芸欄」で三十回以上、その他の紙面でも三十回以上で、内容は、主に旅行記や美術博覧会の評だった。石井の文章は、独特の視点を持つ上に、歯切れもよく、漱石の『吾輩は猫である』を思わせるような、西洋と日本の文化を比較しての言及も多かった。

また漱石も絵画を好んだが、まさにそれは画家の石井の専門分野で、美術に関する造詣で、漱石に勝ち目があろうはずはなかった。そして、石井の大きな魅力の一つに、日本の美術を西洋に紹介することに、いつも積極的だったことがある。それに対し漱石は、たとえば自作の翻訳が海外に出ることについて、それほど積極的ではなかった。

もちろん漱石は、西洋の近代文明にいち早く触れた日本の知識人としての、確固たるアイデンティティーを持つと同時に、意識の上では日本文化が西洋文化にひけをとるものではないと考えていた。だが一方で、西洋をどこか上に置きがちだったようにも見える。それは内面の「負け組」気質の「トラウマ」にとらえられがちだった漱石が、西洋を学ぶことにより、自分を周囲に勝たせようとする無意識な防衛を身に付けていたためではなかったか。これは、石井とは別の資質だった。

このような一連のことを考え合わせると、漱石にとっての石井は、まさに『彼岸過迄』の市蔵にとっての高木のように、「自分が持てない魅力」を兼ね備えた人物であった。その上、渋川は「文芸欄」に圧力をかけるために、石井を持ち上げたのだろうから、この関係において、漱石に勝ち目があろうはずはなかった。

それでも、もし漱石が「屈辱は嘗《な》めたくないので辞めたい」と、すぐに言い出すような性格ならば、「勝ち」に出ることもできただろう。だが、前述のように三度辞表を提出しつつも、結局のところ引き止められてしまう「負け組」気質の漱石にとっては、それは難しかったわけである。

まったく、この時期の「朝日新聞社」での漱石の状況と、市蔵の許嫁の千代子の両親が、おとなしくて社会に飛び出せない市蔵を嫌い、わざわざ高木という青年と千代子を交際させ、千代子の本来の許嫁である市蔵を軽んじたことは、リンクしているように見えてくる。

市蔵の「母子癒着」

市蔵の血のつながらない育ての母は、市蔵との血脈的な欠落を自分と血のつながる姪《めい》の千代子と市蔵の結婚によって、補おうとした。そして市蔵は、母への感謝と愛情から母をかばい、母の願いを叶えなければならないと思い込んで生きて来た。だがそれゆえに、市蔵は母に対して「癒着」せざるを得なくなり、痛みも生じた。

そもそも市蔵は、父と小間使いの間に生まれた子であった。生みの母は、市蔵が生まれると、すぐに暇を出され、まもなく亡くなった。父も、市蔵が子供の時に亡くなった。そして父は死の床で、「(お前は母の本当の子供ではないのだから、)今の様に腕白じゃ、御母さんも構ってないぞ。もう少し大人しくしないと」と、市蔵に出生の秘密を暗示した。その後の市蔵は、無意識のうちにも天涯孤独を怖れ、また言い換えれば最低限の愛情の保障を得るために、母の思う通りに生きて来た。

母は、優しい母だった。だがおそらく、夫の婚外子の市蔵を一人息子として育てなければならないという被害者的な立場に身を置くことで、逆に市蔵や、周囲さえをも、無意識のうちに支配した。また、市蔵の出生の秘密を市蔵に対して明らかにせず、もし真実が露見すれば、もろくも崩れ去る親子関係であるかのような演出を無意識のうちに施し、市蔵を萎縮させた。

また市蔵が、好きな植物学や天文学の分野に進まず、母の守備範囲であったと思われる法学に進んだ根底にも、前述のような母との関係があっただろう。そして、その選択は「自分の自然」を「抑圧」したものであったから、もともと引っ込み思案な市蔵は、なおモラトリアムに陥り、社会に出ずに過ごしてしまったようにも見える。

母の弟にあたる叔父の松本は、仕事に就かずに気ままに過ごす「高等遊民」だった。市蔵には父の遺産があったから、母は思いのほか市蔵のモラトリアムには困らなかった。ただ市蔵が、何かで家名を上げてくれたらよい、との思いが漠然とあった。しかし許嫁の千代子の両親は、市蔵のそのような生き方には否定的だった。

　また母は血脈の欠如を補う理由から、自らの一存で、千代子を市蔵の許嫁にした。だが今や、千代子のみならず彼女の両親からも、積極的に結婚を望まれない市蔵は、周囲から敗北者の扱いを受けなければならなくなった。それなのに母は、そのような市蔵を取り巻く人間関係に気づかない振りをし、自分は無力な位置取りを決め込んでいる。

　さらに言えば、その市蔵のがんじがらめの苦悩と痛みは、母との「癒着の関係」により増幅したが、そもそも内面で痛んでいるのは、市蔵のいわゆる「負け組」気質の「トラウマ」だった。

　市蔵は、亡き父の家庭内の位置取りを引き継いだ「負け組」のようである。父は、婚外子を作り、母を被害者に陥れた張本人でもあるが（また不幸にも、母には子供ができなかったのだろうが）、早世した。それに対し母は、そのような父を決して許さないことにより、勝とうとした「勝ち組」だったとも言えるだろう。その母の態度は、市蔵に対する接し方にも引き継がれた。母は、市蔵をかわいがりながらも、血のつながらないことを決して許す気になれず、血のつながる千代子との結婚を熱望する。

　そのような母の、市蔵に対する不足感と、ありのままの市蔵を愛せない気持ちが、市蔵の「負け組」気質の「トラウマ」を増幅させたようにも見える。市蔵は、天涯孤独を怖れる不安と、ありのままでは不足だという、母の眼差《まなざ》しにより形成された「トラウマ」により、母に「癒着」し、千代子を手放すこともできなかった。

　そして市蔵は、千代子と結婚できない自分を責めるが、そもそも千代子は市蔵を愛しているというより、市蔵の母になついていた。であれば、市蔵の母には、姪の千代子を養子にして、婿をもらう選択もあるはずだ。その場合、市蔵は、誰とでも好きな人と結婚すればよいのであって、千代子から気に入られなければならないという「抑圧」から、解放される。

ただし、そのためには、市蔵は家督を継ぐ権利を手放さなければならないかもしれず、そのような場合には、自立のために仕事につく必要もあるだろう。そこに再び横たわるのが、「自らの自然」を生かした進路選択をし損《そこ》ねて来たという事実である。あるいは母が、血のつながりを補うことよりも、ありのままの市蔵を愛してくれるのならば、市蔵が家督を継ぎ、市蔵に見合う嫁をもらう道も、開かれるはずだ。

千代子は、あきらかに家族の中の「勝ち組」である。家族全体が、千代子の意向を重視しつつ、結婚問題を支援しようとする。そして「勝ち組」であるがゆえに、自分を「勝たせて」くれる所に嫁ぎたいと考える。千代子にとって市蔵の母は、自分を求めてくれる貴重な味方であり、自分と相性が合わない市蔵の持ち味に対し、「それは市蔵の欠点なのだ」と実家ぐるみで批判できる関係性の土台を担ってくれる人である。

それに対し「負け組」の市蔵は、自分と千代子の相性の不一致や、高木に対する「嫉妬の情」について、自分を責める。そして、このような状況を作り出した母との「癒着の関係」から逃れ、母に「血のつながりを補うというとらわれ」からの脱出を求めるまでには、なかなかに至れない。市蔵の深層に、「ありのままの自分では、母から求められるには不足である」、という「トラウマ」があるからだ。

そのような市蔵は、「なぜ自分は、千代子の目から出る強い光を怖れるのか」を気にするが、それは千代子が実家のみならず、市蔵の母が作り出した、市蔵の許嫁という人間関係の機構の中の「勝ち組」だからであり、また「抑圧」されて育った市蔵よりも、感情が解放されていたからだろう。

千代子は、市蔵と高木との間で、実は、自分がどちらからも求められないことを無意識的には怖れていただろう。千代子の家系を見れば、実業家の父がいて、「高等遊民」の松本の叔父がいる。今、千代子の前には、実業家の卵である高木と、インテリで探究型の市蔵が並んでいる。千代子にとって、父のようなタイプの高木と、叔父の松本のようなタイプの市蔵は、両者とも好意を感じる対象でもあるのだろう。

ただし千代子は、市蔵の側からの求婚を待つために、また自分から市蔵との許嫁の関係を解消することもできないために、高木からのアプローチをさし置く形になっている。そして、市蔵が「負け組」の「トラウマ」を飛び超え、また高木が「千代子は市蔵の許嫁である」という事実を超越し、求婚し得ないことにいらだち、傷ついている可能性もある。

だが「勝ち組」の千代子は、自分の「トラウマ」に触れる前に、市蔵を責め、自分の「勝ち」を確保する。それが「勝ち組」の自己防衛の仕方であり、最近は市蔵も、千代子と一緒にいると、自分がそうした「負け」の立場に立たされていることに、気づくようになった。

おそらく、これが市蔵が千代子を怖れる真の理由であっただろう。だから市蔵が千代子を怖れるのは、一概に市蔵が弱いからではなく、「勝ち組」の位置を確保することにこだわり、自らの痛みである「求められない」孤独を打ち明けようとはしない千代子に対する、一種の正当防衛としての一面でもあったのではないか。

市蔵が癒されるには

市蔵が自分の「負け組」の「トラウマ」を癒すには、「ありのままの市蔵では不足がある」と考える母の眼差《まなざ》しを起点とする自己卑下の絡繰《からく》りを解放し、そのような家庭環境を形成した両親に対する「怒り」の層を開き、その上で、自分の「痛み」を悲しむことが必要であるだろう。

そして「ありのままの自分に不足はない」という自己受容が成立するに従い、「負け」の度合いは弱まり、千代子に対する怖れも薄れ、千代子との相性も、良いものになるだろう。また千代子の両親から見ても、頼もしい市蔵になり得るだろう。だが、そのためには、母が望む千代子との結婚をいったん放棄することが必要なのではないか。

また市蔵は、千代子の純粋な感情の吐露を美しいものとして尊ぶ。それが美しいのは、千代子が市蔵よりも、子供の頃から感情を感じたままに表出することが許される環境に育ったためである。市蔵の父の性格からの影響は不明だが、少なくとも市蔵は、母が自らの「怒りや悲しみ」という感情を表面的に「抑圧」し、無意識的に父や周囲に「勝とう」としたことに影響されて、感情を「抑圧」したままに育ったようだ。

さらに母の感情について見て行くと、「抑圧」ばかりか、同時に「すり替え」があったことにも気づかされる。つまり、母が夫を亡くした時に感じたのは、夫に先立たれた「悲しみ」のみならず、血のつながらない市蔵と過ごさなければならない自分の人生に対する「怒りと悲しみ」ではなかったか。その時も母は、夫に対する「怒り」を「抑圧」したように見える。しかし、その「怒り」は「抑圧」されたままでは納まらず、ありのままの市蔵を許さずに、市蔵の人生を自分に合わせ、支配しようとする力にすり替えて、発揮されて来たのではなかったか。

市蔵は、このような母の微妙な感情の「すり替え」と、感情の複雑な「抑圧」に翻弄され、父の死後から感情を堅く閉ざしたに違いない。市蔵から見れば、母に愛されているのか否か、分からないような所があり、純粋に自分の感情を感じるには危惧される環境だった。また出生に関しての出来事が秘密にされていることで、何に対し「怒り」、何に対し「悲しむ」べきか、分からないままに育っている。

このような経緯を経て、市蔵は、「怒りも悲しみ」も「抑圧」せざるを得なかった。だから今の市蔵は、鬱々とするだけで、心を開いて奥底の「悲しみ」を感じることができない。おそらくこれが、叔父の松本の愛児だった宵子の葬式で、市蔵が泣けなかった理由である。千代子は、求婚してくれない市蔵への反発もあり、泣けない市蔵を責めたが、市蔵は冷たいのではなく、のっぴきならない感情の「抑圧」を内包していたのであった。

市蔵は、自分の感情の「抑圧」を近代教育のせいだと考えた。だが市蔵には、まずこれだけの個人的な事情があったのだ。しかし理性重視の近代教育の中に、「抑圧」された感情について学び、回復するためのカリキュラムがないというのも事実である。

さて、これで千代子からの問いかけには、ほとんど答えが出たが、それでもなお市蔵が、まだ

「癒着の関係」から脱出しにくい理由がある。それは天涯孤独への怖れである。生みの母の詳しい事情も、その墓さえも分からない市蔵は、文字通り天涯孤独の身の上であるとともに、育ての母には育ててもらった恩義もあり、育ての母から物理的・精神的に独立するには、困難が伴う立場であった。

このような意味において市蔵に遠慮され、正面から心のあり様の正体を暴《あば》かれにくい点においても、市蔵の育ての母は、まさに「市蔵から人生を支配することを許されたマドンナ（聖母）」であった、と言うことができるだろう。

叔父の松本と、市蔵の旅

一方で、市蔵には、よき理解者である叔父の松本との「癒し」の時間が訪れる。松本は血のつながらない叔父ではあるが、誰も市蔵に教える者のなかった出生の秘密を明かした。その上で、市蔵が千代子と結婚しなくてもよいと、市蔵を大きく許容した。市蔵は、松本から出生の秘密を聞かされた時、「淋《さび》しい」ともらした。それは、「抑圧」されていた「悲しみ」が、解放され始めた証《あかし》だった。またそれは、松本と市蔵の双方にとって、「凡てを打ち明け合うことが出来た」美しい体験となり、市蔵には「生まれて初めての慰藉」となった。

その後、市蔵は旅に出た。まず、京都の穏やかな言葉にホッとする。そしてしだいに心を開き、くつろいだ後、今度は「怖ろしい」と言いながらも、旅先で耳にした狼籍者の話を松本への手紙にしたためた。これは間接的ではあるが、そのような話を綴ることにより、市蔵は外向きに「怒り」

のパワーを解放したのであろう。

松本との交流で、「悲しみと怒り」に触れ得た市蔵は、母へのわだかまりを解き始め、母から押しつけられたものとは別の、純粋な感情と感謝の情を感じ始める。そして、ついには母から一歩自立し、自分に「愛人が出来たなら」などという方向へ、想像力を羽ばたかせる。市蔵は、明らかに松本を支えに、母の望む結婚の形から脱出し始めていた。

市蔵が、必ずしも母が望む結婚をしなくてもよいことを自己肯定する過程で、家督を継ぐか否かの問題を含む母との関係は、開放的な方向へと変容し、ゆっくりと自分の道を探す時間が確保できるのではないだろうか。

もし母との「癒着の関係」から脱出すれば、今まで通りの援助が得られるかは不明だが、「自分の自然」を生きることで、かえって母が望んだ何らかの名誉が手に入る可能性もある。松本によれば、「市蔵は社会を教育するために生まれた男」であると言う。そこから、今までの何もしなかった市蔵とは異なる何かが、始まるに違いない。

そして最後になるが、千代子の新しい交際相手である高木が、市蔵に対して「嫉妬」しないのは、千代子や市蔵の人間関係の輪の中に、「癒着の関係」を持たないためである。市蔵は、高木に対し「嫉妬の情」を持つために、千代子から責められ、自らも自分自身を責めたが、その「嫉妬の情」は、「マドンナ」性を保持する母との「癒着の関係」に支配されていたことから生じたことを忘れてはならないだろう。

第九章　『行人』の「疑心暗鬼」と「死への欲求」

一郎の「疑心暗鬼」

『行人』の一郎は、妻である直《なお》の自分への愛を疑い、家族での旅行中に、弟の二郎と直を和歌山に一泊させる。なぜなら一郎には、直が自分よりも二郎を好いているのではないか、という「疑心暗鬼」があったからだ。ところが直は、壮烈な「死への欲求」を持っていた。直は、一郎からの愛と日常生活に、「絶望」していたのである。

ところで、このような「疑心暗鬼」や「死への欲求」は、もともと何らかの理由で個人の深層に、内包されていたものである。それが何かの機会を得て、強く浮上する。一郎と直の場合は、結婚生活の「行き詰まり」、および拡大家族におけるコミュニケーションの歪みなどが、そのきっかけであった。家族には二人の他に、一郎の父母、弟の二郎、妹の重《しげ》、そして二人の娘の芳江がいた。

また『行人』執筆中の漱石と同じく「神経衰弱」の一郎は、家の中で一番の「負け組」として育ち、さらに妻を迎えて拡大された家族の中でも、やはり一番の「負け組」だった。それは妻の直が、おそらく本来は「技巧派（策略家）」の「勝ち組」だったためである。そのためか娘の芳江は、一郎よりも直になついている。もちろん直にとっては、芳江だけが血がつながる者なので、気難しい一郎との関係が容易ではない以上、芳江を味方につけることは必然であっただろう。

父は、「昔堅気で、長男に最上の権力を塗《ぬ》り付けるようにして育てた」。母も、一見、長男の一郎を立てて育てた。だが実際は、一郎には腫《は》れ物にでも触るかのごとく接し、心の底では変人扱いにして来た。それが母にとっては、自分とは性質の異なる一郎を抑えるための方法であったのだろう。一郎が気難しく、人を疑うようになったのは、このような母の「技巧的」な策略により、外見上は持ち上げられながら、実は見下されて育った結果のようである。

母に最も気質が近いのは、二郎だった。だから二郎も表面的には兄を立て、内心では「気難し屋」扱いにした。そして、いつも二郎は影で母にかわいがられた。一方、妹の重は、大学で教鞭を取る学究肌の一郎を心情的に好いていた。また父は、重をかわいがった。

要するに「技巧的」で「勝ち組」の母と二郎に対し、父と重は「真正直」が基本の「負け組」であったようだ。ただし父と母は、それほど拮抗していなかった。なぜなら当時の風習から、家長には権威を置いていたからだ。つまり母と一郎の関係には、父母間の、潜在的で慢性的な不和の代理戦争的な要素も、重なっていた。こうして一郎は、ひたすら家族の中の「負け組」の位置取りを押し付けられたのであろう。

また母と直は「勝ち組」同士のようだが、母は、直が一郎の妻であることを理由に、また姑としても嫁の直を牽制した。母はずっと以前から、一郎が気難しいのを知っていたが、今やその原因を巧妙に直に押しつける。母によれば、一郎が「気難し屋」の度合いを増したのは、直に愛嬌がなく、一郎の機嫌を取らないためなのである。

つまり直は、本来は「勝ち組」のようだが、この家では母に牽制され、はなはだ「負け組」に近い存在になっていた。だが、それでもやはり直は「勝ち組」だったから、「負け組」の重は、直と一緒にいるのが辛《つら》かった。また好いた兄の妻である直への、嫉妬もあったかもしれない。それで重は、その反動として、直になついている芳江を無理に兄の一郎になつかせようとした。また自分も、芳江をかわいがった。

直は、口数の少ない「勝ち組」だった。そして自分の言動に責任を取りたがらず、提案や選択を回避した。直は、「妾《あたし》馬鹿で気が付かないから」「妾《あたし》女だから……解らない」という言い訳をした。だが当時の嫁という立場から、彼女には提案や選択の余地がないように見えたのも、この責任回避のための、都合のよい言い訳だっただろう。その態度は、一郎の母がいつも自分からは何も言い出さないままに、一郎や二郎を巧みに利用し、結局は自分の思い通りに事を運ぼうとするのと、基本的には酷似している。

それが一郎の家の「勝ち組」の一つの癖であり、弱みでもあった。一郎の母や直は、失敗して人からやり込められることを怖れ、いつも優位な立場に身を置こうとした。そのため自分から何かを発案するのは苦手で、失敗しても人のせいにできる条件が整わない限り、「自分から動くことのできない不自由さ」を持っていた。

直は「勝ち組」の、母にかわいがられる二郎に対してのみ、一郎に促されて二郎と共に出た旅先で、「魂の抜殻《ぬけがら》」、「猛烈で一息な死に方がしたい」、「今から一所に和歌の浦に行って飛び込んでもいい」と、自らの痛みを表現した。そして後に、家を出た二郎の下宿を訪ねた際には、自らを「立ち枯れの鉢植え」と称した。だが、その「立ち枯れ」の究極的な根源は、直自身の前述の「勝ち組」としての行動パターンにあった、と言うことになる。

一郎は、直を冷淡で残酷だとは言うものの、そのくせ直を「綾《あや》成せない」自分を責めた。母や直が自分を責めないのに対し、一郎が自分を責めるのは、一郎が「負け組」であった証でもある。しかし、とにかく一郎は、直の「知らない、分からない、忘れた、どうでもいい」という、相手を「はぐらか」す応答パターンの前に、なす術《すべ》もなく打ちひしがれてしまう。

それは幼年期より、母から一貫して変人扱いされた一郎が、その「真っ直ぐな気性」を「はぐらか」され、大切に取り扱ってもらえなかったことに対する、「怒りと悲しみ」を「抑圧」させた「トラウマ」を持っていたからではなかったか。「勝ち組」の二郎には、逆に嬌態《きょうたい》にさえ見える、直の「はぐらかす」応答が、一郎には冷淡で残酷にしか感じられないのは、成育歴に由来する「トラウマ」に触れてしまうせいなのだろう。

一方、「勝ち組」の直は、「トラウマ」に裏打ちされた痛みを相手に曝《さら》さず、勝とうとして「はぐらかす」無意識の癖ゆえに、一郎を萎縮させ、遠ざけてしまう。その結果、今度は孤独に閉じこもる。「立ち枯れの鉢植え」の癖を持つ直は、人から声をかけて暖めてもらう必要があるが、「はぐらかし」により、一郎を遠ざけてしまうために、「絶望感」を深めざるを得ない。

一郎は、そんな直に対し、自分よりも二郎を好きなのではないかという「疑心暗鬼」に陥った。だが真相は、夫婦仲が、互いの「トラウマ」に触れた所で行き詰まったに過ぎないだろう。つまり母により形成された一郎の「トラウマ」が、大人になり、最も身近な妻との間で再現されたのだ。

ところで『行人』執筆中の漱石は、妻の鏡子が、自分よりも、弟子の小宮や、近所に住む兄（直矩）に、信頼を置いているのではないか、という「疑心暗鬼」に陥った。そして、それはある程度、真実味のあることだった。鏡子にとって、夫の弟子で七歳年下の小宮は、おそらく御しやすい存在だった。また鏡子は、小宮とのパイプを持つことで、夫が作った一大勢力である弟子たちや取り巻きを、自分の傘下に納めることができる安心感を得たに違いない。

そして鏡子と漱石の兄は、生家における「勝ち組」同士である。それで漱石を御すために、互いに必要な共同戦線を張った。父からは「頼りない」と認知され、周囲からは父に似ていると言われた兄であったが、出生前後の事情ゆえ、母はかわいがった（第二章七〇頁）。そして、漱石とは反《そ》りが合わなかった。それで鏡子は、漱石に対して困ると、兄を頼ったのであろう。

『行人』執筆中の漱石の「神経衰弱」に手を焼いた鏡子は、「虫封じ」と称した札を漱石には内緒で、毎日壁に打ち付けた。また漱石がそれを見つけ、「癇癪」を起こすと、今度は近くの兄の家に通い、札打ちをした。これは漱石の側からすれば、まったく出し抜かれる思いのする出来事だった。

つまり漱石に対する鏡子と漱石の兄の関係と、『行人』の一郎に対する直と二郎の関係は、似ている。双方とも「勝ち組」で、共感しやすい関係である。だから当然、二郎も直に対し、同情心を持っていたことだろう。これと同質の関係性は、「負け組」同士ではあるが、『行人』の他の部分にも見られるものである。

三沢の「負け組」同盟

たとえば、二郎と大阪へ旅をする予定だった「負け組」気質の友人・三沢は、やはり「負け組」気質の芸者に共感し、二郎が「勝ち組」気質の看護婦と作り出す関係性の対岸に位置した。三沢は旅の途中、胃を悪くして入院する。入院前夜の宴会で出会い、偶然にも同じ胃潰瘍で、同じ病院に入院した芸者も、「負け組」気質だった。

芸者は若くて美しいが余命はなく、身寄りもない。人の痛みを正面から受けとめる「負け組」気質の三沢は、この芸者に心から同情する。それに対し、「勝ち組」の二郎は、その三沢を茶化し、その芸者の病室付きの、美人だが「不親切で冷淡」な看護婦に、関心を寄せた。

その他にも、三沢の「負け組」同士の関係に、「出戻りの精神病の娘さん」があった。娘さんの葬式で、娘さんのことを良く言う者はなく、法事で涙を流したのも三沢だけだった。その上、三沢に出会う前から娘さんは精神病であったのに、その病の責任を「負け組」の三沢が押しつけられる。娘さんは何も、周囲に迷惑をかけたわけではなく、病死である。当時は精神病に対する偏見が強かったから、娘さんの精神病から周囲が目を背《そむ》けようとした可能性はあるが、要するに、ここまで周囲から理解されなかった娘さんは、おそらく相当の「負け組」だったわけである。

娘さんは一時期、三沢の家に同居した。すると娘さんは、三沢の外出時に必ず玄関に出て、「早く帰って来て頂戴《ちょうだい》ね」と言った。しかし、これは娘さんが本当は先の夫に言いたかった言葉で、「病気のせいで後から三沢に言った」というのが事実だ、と三沢は聞かされる。だが三沢は、娘さんが自分に言ってくれたのだと信じたかった。

おそらく娘さんには、常に人が傍にいて、自分に関心を示してくれないと惨《みじ》めな気持ちになってしまう、という「トラウマ」があった。成育歴などの中で、「自分は人から必要とされ、愛される価値があるのかどうか」という「不安と怖れ」に苛《さいな》まれる体験があったのだろう。

そして多分、娘さんから見て、先の夫は、娘さんの「トラウマ」から発する気持ちを受容できそうもないタイプの、いわば「勝ち組」に見えたために、声をかけることができなかった。しかし、受容してもらえそうな「負け組」の三沢には、言うことができたのだ。だから、娘さんのその部分の癒しを担う相手として、三沢は選ばれたのだ。

だが三沢の「負け組」同盟では、この娘さんは亡くなり、前述の芸者も余命はなかった。このように三沢はいつも、「死」に瀕する人を好きになった。それは、おそらく三沢自身が、実は大きな内なる「死の影」を抱えていたためだろう。

三沢は、胃潰瘍を抱えながら懸命に生きていたが、周囲の「負け組」の娘たちに生きる力を与えるまでの援助をするには、まず自らの内なる「死の影」を癒し、解放することが必要であっただろう。要するに、三沢の内なる「死の影」は、娘さんや芸者と比べて、さらに慢性的である。だから三沢は、胃を悪くしたが、まだ自らの内なる「死の影」にはさほど意識的ではなかった。だが無意識的には、それに「取り組む必要を感じている」ために、身近な「死」について関心を持ち、それを通して考えざるを得ない現実を引き寄せた。それが、娘さんや芸者への関心であったと思われる。

そして面白いことに、そのような三沢が結婚相手として選んだのは、どうやら「勝ち組」の女性で、逆に二郎は、三沢から「負け組」らしい女性を紹介される。一般に、「勝ち組」あるいは「負け組」同士では、共感はしやすいが、関係を進展させるのは難しいのだろう。なぜなら「負け組」同士では推進力に欠け、「勝ち組」同士では、相手とつながるための受容的な気遣いが、不足しがちになるからだ。

そこで互いの不足を補い、結びつきやすいのが、「勝ち組」と「負け組」の組み合わせのようだが、それもやがて互いの「トラウマ」に抵触し、そこから先へ関係を進展させるのは、大変に難しいポイントが出現する。そして、そこを上手に通過し、関係を深めるためには、互いに「勝ち」「負け」の程度を癒し、逆側の性質へも、自分を広げることが必要になる。

直の「死への欲求」

今まさに、そのような難しいポイントに差しかかったのが、一郎と直の夫婦であっただろう。そして二郎は兄に、直と一泊して直を試すように依頼され、最終的には、直の「死への欲求」を知るが、それを兄に報告することはできなかった。なぜなら、兄から無理に依頼されたことへの「反発心」に加え、暴風雨で電話も通じないほどの悪天候に見舞われたための一泊とは言え、独身の二郎にとって、「勝ち組」同士で気の合いやすい直との同宿が、一種の甘く愉快な思い出になったことに対する、兄への「罪悪感」を感じたからだ。

直はクリームを塗っただけとは言うが、二郎にはそれが寝化粧を施した誘惑であったように感じられ、とても兄に報告のできるものではないと思った。だが、一泊せずとも温泉に入るのは予測の範囲であったから、直がクリームを持っていても不自然ではなく、日常から離れる小旅行そのものが、直にとっては晴れがましく、心浮き立つ体験ではなかったか。

そして直が、「魂の抜殻」という思いや「死への欲求」を二郎に伝えることができたのは、一郎に促《うなが》されて出た旅先でのことであり、そこには夫である一郎の力が働いていたことに注目するべきである。つまり直は、一郎の力により、それらを二郎に告白する機会を得たのだ。

また一郎も、二郎と直が旅から戻った後、二郎に対し、自らの思いを打ち明ける。それは、次のようなものであった。「己《おれ》は自分の子供を綾《あや》成す事が出来ないばかりじゃない。自分の父や母でさえ綾成す技巧を持っていない。それどころか肝心のわが妻さえどうしたら綾成せるか未だに分別が付かないんだ。この年になるまで学問をした御蔭《おかげ》で、そんな技巧は覚える余暇《ひま》がなかった……」。

ここには一郎の深い自己洞察と共に、直の思いと同等の、深い「絶望感」の吐露がある。しかし、続けて一郎が述べたように、「学問をした御蔭」だけが、その理由なのかは疑わしい。と言うのは、その後、二郎自身も認めたように、父と重と一郎には、共通する気質があり、それは母や二郎とは異なる気質だからである。

それゆえに、そもそも母が、自分とは異質のグループの筆頭者として、一郎をつい集中的に「抑圧」してしまった結果が、母による一郎の「気難し屋」扱いだった。その母子関係が潜在的には熾《し》烈《れつ》で、その上「真正直」な愛情を欠いた「綾成され方」をされたため、一郎は人を「綾成す」ことに対して素直になれず、それを学びそこなってしまったようにも見える。

一方で一郎は、自分の思いを二郎に打ち明けたものの、かえって深い「疑心暗鬼」に陥った。それは直ばかりか、素直に報告をし得ない二郎までをも、疑わなければならなくなったからである。

だが一郎と直の夫婦仲は、一郎が二郎に疑いを向けたために、あるいは直が小旅行により一息ついて余裕を得たためか、一時は接近したように見えた。しかし後に、二郎が家を出て下宿を始めると、たちまち以前にも増して悪化した。

そして一郎の「疑心暗鬼」は、ついに父の上にも広がった。本来は自分と同じく「負け組」で、共感しやすいはずの父に対し、「二郎と同じく不実な人間だ」と批判を加える。そのきっかけは、父の知人が、昔、一度は関係ができたものの、すぐに捨ててしまった女を何十年かぶりに見かけ、父が知人の代理として、その女に金を持って会いに行く話を聞いた時に始まった。

父の知人が、その女と関係を持った当時、女は父の知人の家の下女だった。女は、仕えていた家の坊っちゃんであった父の知人に、かじりかけのせんべいを手渡した。そして男と関係ができた女は、将来を誓われる。

そこで女が、「貴方《あなた》が学校を卒業なさると、私も同じ位に老《ふ》けてしまう。それでも御承知ですか」と確かめたのに対し、そこまで考えていなかった父の知人は、誓いの破棄を申し入れた。ただし「罪悪感」のため、本当のことは言わず、ごまかして断わった。

その後、女は別の男と結婚し、幸せに暮らした。だが、今は未亡人となり、盲目である。そこへ父が代理で、会いに行く。女はやはり、昔、自分が男から捨てられた本当の理由を聞きたがった。だが父は、知人が昔、女にごまかしを語ったのと同様に、「男に不実はなかった」と重ねてごまかした。これが一郎にとっては、直と一泊した際の報告を率直になし得なかった二郎の不実と、同一視される原因となった。

だが、父の話の中で、批判されるべき人がいるとすれば、父に依頼した知人の方だろう。過去のごまかしを謝罪する気持ちを持たず、しかも友人の父に代理で行かせるのなら、女を放っておいた方がよかったのではないか。

ところで一郎も、直を自分で問いつめる「冒険」ができず、二郎と一泊させて直を試すことしかできなかった。それは、おそらく直の本音を聞こうとする過程で、自らの「トラウマ」に触れる答えが返って来るのを怖れたためである。

一郎は、たとえば直が、「時には」自分よりも二郎に好感を持つという、考え方によってはごく自然な本音を聞くことをおそらく怖れた。なぜなら一郎は、家族で一番の「負け組」で育った、自己肯定力の弱い人間だったからだ。だから、もし一郎が直の本音を聞けば、「やはり自分は愛される価値のない劣った人間である」と、誤解して苦しむのだろう。

けれども直が、二郎に好感を抱いたとしても、それは一郎を差しおいてのものではなく、一郎との夫婦仲が難しい時期に差しかかった時に、たまたま二郎とは「勝ち組」同士でコミュニケーションが楽にでき、馬が合ったということに過ぎない。しかも直が告白したのは、「魂の抜殻」になった自分や、「死への欲求」であり、後には「立ち枯れの鉢植え」の「絶望感」であった。

だが、そうした直の真実を知る「冒険」ができないために、なお「疑心暗鬼」を募らせる一郎の姿は、やはり当時の漱石を彷彿とさせる。いつも一郎は、家を実質的に切り盛りする母に、一見、大切に扱われながら、巧妙に貶《おとし》められた。それは漱石にとっては、鏡子との家庭生活のみならず、「文芸欄」廃止後に新体制を取った「朝日新聞社」においても、同様に感じられたことではなかったか。

そもそも漱石は、「朝日新聞社」を辞職する「冒険」をなし得なかった（差し止められた）がゆえに、『行人』で、一郎に直を直接に問い詰める「冒険」をさせえず、二郎に代理の「冒険」をさせるという段取りしか書き得なかったのではないか。そのように考えるのは、作者の深層に巣食う世界と、創作物に展開される世界が類似形になることは、珍しくないと考えるからだ。

『行人』は、『彼岸過迄』を春に脱稿した大正元年の十一月に起稿され、十二月の初めから紙面に掲載された。だが、『行人』を起稿する直前には、前述のように、前年の池辺の辞職に続き、池辺と対立していた渋川も、失脚したような形で辞職した。そのような流れの中で、漱石は孤独感を深めた。

そして翌大正二年二月の終わり、直と二郎が旅から戻った後日譚から書き始めた「帰ってから」の掲載が始まり、漱石はあと三十回ほどで完結すると考えていた。だが一郎が、二郎に託した直との「冒険」の結果を聞くことができず、苦悩を深めた「帰ってから」の三十八回を執筆した三月、漱石は胃潰瘍を再発させ、執筆を中断した。

やがて執筆を再開した後、一郎に小さな変化が訪れる。つまり一郎は、苦悩しながらも、実は、家族内に横たわる力学を大きく動かした。一郎の「疑心暗鬼」の念は解けず、直の「死への欲求」も知り得なかったが、二郎との反目を契機に、二郎に家を出ることを促《うなが》し、二郎の下宿生活が始まる。要するに、母と二郎、二郎と直という、「勝ち組」連合の力を削《そ》いだ。

このような変化については、各々に相応の必然性があったように見える。従来の二郎は、母に守られた家庭内の「勝ち組」だったが、いつかは家を出るという今後に備え、経験を積むべき時がやって来たのだ。また母にとっても、二郎が家を出ることで、一郎や直と改めて関係を結び直し、世代交代のための再編を促す可能性が見えて来る。またこの変化を起こす発端が、一郎であったことも、次代の家長として、順当であったと言えるだろう。

　また一郎と直は、相も変わらず、互いの痛みを共感し合うことはできないものの、各々が目の前の課題を乗り切るために必要なパートナーを手に入れた。それは直にとっては二郎であり、一郎にとってはHさんである。そしてHさんに、一郎との旅を依頼したのは、父母に相談を受けた二郎だった。その旅のことを耳にした直は、「私は愛想を尽かされている」と打撃を受ける。だが直は、またしてもその気持ちを二郎にのみ打ち明けた。それに対し、一郎とHさんは、心の内で相手方（直と二郎）を突き放し、物理的にも距離を取る旅を続けることで、応戦する形になった。

一郎の「自分の自然」

　ところが一郎は、このような一連の変容を引き起こした「自分の自然」を認めることができなかった。だから二郎が、家を出て下宿する際にも、かえって「己がお前を出したように皆から思われては迷惑だよ」、と批判の目を気にした。では一郎の、そこまでの自己否定はどこから来るのか。それは昔、母から受けた溺愛と、その後の、精神的子捨てのせいではないか。

　つまり一郎が生まれた時には、おそらく「勝ち組」の母は一郎を溺愛して合体的な立場を作り、父に対する「勝ち」を確保した。そして数年後に二郎が生まれ、また「自分の自然」を発揮し始めた一郎と気質が合わないことを知った母は、二郎を味方にして溺愛し、一郎に対しては、精神的な子捨ての状態になってしまった。

その結果、家族の内で一番の「負け組」となった一郎は、激しく傷つき、三沢の精神病の娘さんに共感するほどの孤独を感じる人間となり、自分の価値も感じられなくなったのではないか。

要するに一郎は、母から溺愛されたのが自分の原風景であるにもかかわらず、二度とその状況は戻って来ずに、母から愛される二郎を横目で見ながら、自分は母から長男として形式的に尊重されるも、陰では「気難し屋」の烙印を押され、精神的に受容されることなく、過ごさなければならなかった。

こうして本来、母よりも感受性が豊かな一郎の「自然」は、受け入れてもらえずに脅かされた。これが、一郎が「自分の自然」を肯定できなくなった原因だろう。成人してからの一郎は、感情家だとは言われるものの、そこで言う感情とは、深い「怒りや悲しみ」に行き付けないための「不安や怖れ」、またはそれにまつわる「鬱屈した思考」と「癇癪」であった。

Hさんと旅に出た一郎は、この「不安や怖れ」の層から逃れるかのように、外部の「自然」に意識を向けようとする。一郎を理解するHさんは、一郎を心から思いやることのできる人だった。また芸術や美人、自然など、何であれ一郎の心を奪うものをあてがい、一郎を「不安と怖れ」から隔離しようと試みた。だが、根本的には、「抑圧」された感情を掘り起こし、「自分の自然」を意識的に取り戻し、肯定することが必要だったのだろう。

家督を継ぐはずの一郎にとって、二郎を今、家から「排斥」するのは、自分にとっての「自然」

だった。またそれは、家庭内で一郎を「排斥」しがちな機構に対する、深い「怒り」に裏打ちされた対抗措置の一つでもあった。だが一郎は、おそらく母からの溺愛の原風景を回復したいと無意識のうちに願うがために、「怒り」を肯定するのが苦手だった。つまり、これまで「抑圧」していた「怒り」を肯定すれば、なお周囲から非難され、愛されている二郎との比較の内にも、やはり「自分はどこか不足のある人間なのではないか」と卑下し、「罪悪感」にとらわれる癖が、一郎の深層に巣喰っていたからだ。

だが振り返れば、二郎は、平気で一郎を心の中で「排斥」し、妹の重とも、平気で言い争って来た。二郎が「自分の自然」に対して肯定的なのは、母が二郎には肯定的だったためだろう。

だから最終的には、一郎は「怒り」を受容して肯定しない限り、「神経衰弱」が快方に向かうのは難しいだろう。そして、母との間を整理する過程で余裕が生まれ、「疑心暗鬼」の念もやわらぎ、母や妻子を綾《あや》成せるようになるだろう。また、この場合の「怒り」の受容とは、「怒り」を爆発させることではなく、深い感情を感じ尽くした上での、「きっぱりとした決断や行動」のことである。

作画と津田清楓

さて、ここで再度、『行人』が起稿された大正元年十一月に戻ってみたい。漱石が、この時期の心身の不調に、どのように対処したかを見るためである。起稿当時から年明けをまたいで漱石は「神経衰弱」が悪化し、女中を追い出し、鏡子に別居話を持ち出した。それらの症状は、ロンドンからの帰国直後と比較すれば、穏やかで短期間であったが、前述のように大正二年の三月下旬からは、胃潰瘍で二カ月間を床で過ごした。

そのため最終章「塵労」を書き始めたのは、七月半ばであった。ちなみに、前章「帰ってから」の三十回で書き終えるのが当初の予定だったから、漱石は『行人』の最終部を明らかに、書きあぐねたのである。

執筆中断以降でまず注目されるのは、ロンドンから帰国直後の「神経衰弱」の時と同様、水彩画を試みたことだ。帰国直後の「神経衰弱」の時、漱石が思うままに描いた水彩画の絵葉書を送った知人に、橋口貢がいた。その弟が、後の画家・橋口五葉である。『行人』執筆中の漱石は、橋口兄弟と度々交流した。五葉は、見舞いとして屛風を漱石に届け、さまざまな絵を漱石に見せた。

それに続き、『行人』を書き終えるまでの作画を導き、次作『こころ』の執筆に向かい、漱石の「創作力」を耕して支えたのは、画家の津田清楓であった。まず津田は、漱石が病床で描いた水彩画二十枚を批評する。

津田の質素な生活は漱石を驚かせたが、当時の津田は、三年間のパリ官費留学から帰国したばかりの三十三歳で、漱石より十三歳ほど年下だった。そして、津田と前述の橋口五葉は、同い年の画家である。ここから考えるに、『行人』のHさんという呼び名は、漱石のイメージの中で、同年同士の画家として、津田と結ばれていた橋口の頭文字から思いついた可能性もあるのではないか。

ここで津田が、漱石を支え得た理由を考えてみたい。まず津田が、漱石を文学的および人間的に敬愛する弟子的存在の一人であった、という点は重要であろう。ただし他の弟子たちとは違い、津田は画家である以上、「作画」については明確に漱石の上に立ち、漱石を指導できる立場にあった。

「コンプレックス（劣等感）」が強く、そこを刺激されやすいため、本来は人の指導を受けるのが苦手であったと思われる漱石にとって、津田は貴重な存在であったに違いない。津田は漱石にとって、最も気が置けない存在でありながら、「作画」については師であり、いつもなら受容しにくい進言を受けることもできた。

その点において、漱石と津田との関係は、おそらく「溺愛や癒着」を超えた、より対等な立場を持つ人間同士の「敬愛や愛情」に裏打ちされたものであったと思われる。この津田との「作画」を通して、漱石は回復する。

そして漱石は、ここで少しばかりの「冒険」をした。それは、未経験だった油絵への挑戦である。その試みは、大正二年七月半ばから九月初めまでの約一カ月で終わったが、それが、さらなる本格的な作画へのきっかけとなった。漱石は、『行人』脱稿後、津田から宗達《そうたつ》流の作画を勧められ、大きな南宋画風の絵を描き始める。

よい絵を描くには、津田の教えを請わねばならず、漱石は時には反発しながらも、成育歴に由来する「トラウマ」を乗り越え、従来の弟子たちとの関係とは少し異なる対等な人間関係に、向き合った。これは小さいながらも本物の、漱石の「冒険」に付随してやって来た贈り物であったに違いない。人は、正面から向き合い、敬愛し合う中で、癒されるものなのである。

そのあと漱石は、「生涯に一枚でいいから、人が見て崇高なありがたい気持ちのする絵を描きたい」と、津田に書き送る。それは、大正二年十二月のことだった。そして描いたのが、漱石が生涯にわたり、漱石山房に飾り続けた大きな南宋画風の達磨図であった、と推測される。

漱石は、『行人』の一郎に「自分が幸せである人が、人を幸せにすることができる」と言わせたが、水彩画で思いのままに「自分の自然」を発散し、津田との関係において、少し幸せになることのできた漱石は、この作画を通し、崇高なありがたい気持ちを「人々に与えたい」という心境に達することができたのだろう。

そして、この時の気分は、最晩年の漱石の造語である「則天去私」、また次の長編『こころ』の作風にも、引き継がれたように感じられる。

だが、この時に漱石が得た「癒し」は、深層の「死の影」をすっかり癒すには、至らなかったのだろう。だから『こころ』は究極、再び「死の影」に彩られた世界になった。しかし、そこに登場する先生もKも、互いに大きな「トラウマ」を抱え、時に無器用で歪んだ対応を相互にしつつも、「崇高なありがたい」気持ちをもって、自らの人生を終える努力をしようとした人々ではなかったか。また先生の、奥さんも、先生を敬愛し続け、「崇高なありがたい」気持ちを保持して生きようとした人として、描かれたのではないだろうか。

Hさんとの「癒し」の旅

ここで再び『行人』の世界へ戻りたい。Hさんと旅に出た一郎は、前にも触れたように、時折何かに見入ることで、無意識のうちに「不安や怖れ」から逃れようとした。その時、明確に意識化し得ていたかは不明だが、一郎が見入った対象には、「自分の自然」を取り戻すための重要なヒントが隠されていたようだ。

一郎は、「松や百合」「山や谷」「森」に見入っては、そのたびにHさんに向かい、「あれは僕の所有だ」と繰り返した。一郎が、それら一々を自分の「所有」にしようとした理由は、それらが持つ性質を自らに統合し、体現したいと願ったためではなかったか。それは、たとえば「松」に感じられる「優雅な気品や力強さ」、「百合」の「純白な清らかさ」や「高香なエロス」、「山や谷」の「雄大さや荒々しさ」、「森」の「静けさや崇高さ」などのことである。

それは、言い替えれば、「トラウマ」を伴う「抑圧」による硬直をほぐし、生来の一郎が「自分の自然」の中に持つべきであったそれらの性質を回復し、体現しようとする試みであったように見える。

『行人』の中で、最後に一郎が「所有」しようとしたのは、「蟹《かに》」である。それは親指の爪ほどの小さな生き物ではあるが、身を守るための「甲羅とハサミ」を持っていた。また、幾多の「蟹」が、すすきの根には這っていたが、一郎が「所有」しようとしたのは、群から離れ、一匹だけで葉を渡っている「蟹」である。

この描写は、一見、孤独に打ちひしがれていた一郎が、実は深層には、一匹だけで葉を渡る、極めて「冒険」的で、独自性を持つ「蟹」への志向を隠し備えていたことを示すかのようである。そして、それは漱石その人の、本来の姿とも重なるように思えるのだ。

またそれは、人が生きるためには「蟹」の「甲羅」のような正当な自己防衛と、「蟹」の「ハサミ」のような正当な攻撃性を必要とすることに、一郎が無意識のうちに気づいた証《あかし》であったようにも見える。

第十章　『こころ』の「死へのナルシシズム」

「人間不信」と「死」

人の心（身）にはいつも、「生の部分」と「死の部分」が同居している。そして「死の部分」が「生の部分」を超えた時、人は「死」に向かい始める。人は誰でも、いつかは死ななければならない存在である。だから「死」はいけないものではないが、その人の「夢」や「愛情」が実を結ぶことなく「死」を迎えるのは、残念なことである。そうした意味において『こころ』のKも先生も、生ききることなく「死」を選んでしまった人だった。

おそらくそれは、漱石が自分の中に、「生の部分」を超えてしまいそうな「死の部分」をいつも抱えていたことを示している。そして、この「死の部分」に漱石の「ナルシシズム」があったのではないか。だからKも先生も、「ナルシシズム」の中で自らの「死」を完成させてしまう。漱石は先生に「私の過去を善悪ともに他の参考に供する積りです」と言わせたが、先生の遺書はその思惑とは異なり、結局、「死へのナルシシズム」への賛同者をふやしたのではないだろうか。

一方、漱石は、死のうとしたことのない人だった。つまり、自らの「死の部分」について無意識的だった。しかし「生の部分」を超えてしまうほどの「死の部分」を抱えていた。それが表層化したのが「修善寺の大患」であり、神経と胃は密接であるから、「神経衰弱」が内側にとぐろを巻いた状態が、胃潰瘍の一因となったと言うこともできるだろう。

また漱石は、もともと自分の中に多くの「トラウマ」を抱え、それを相思相愛の女性によって癒したいと夢見るロマンチストだった。ただし、そうした漱石の小説中の分身たちに、心底から共感できる女性とは、やはり同じような「トラウマ」の持ち主なのである。だから相思相愛のマドンナたちはみな、「死の影」を引きずっていた。しかし漱石は、ついに自らの「死の部分」に直面する。だから『こころ』では、相思相愛の結婚を手に入れた先生自身が、今度は、自ら「死」を選ぶという結末がやってくる。

深層の「トラウマ」は、生きる力を妨げる。「夢」や「愛情」が育まれるのを妨げる。そして、「トラウマ」により、それらが妨げられているのが「死の部分」である。先生もKも、「人間不信」という「トラウマ」を負っていた。そして先生は、自分の「トラウマ」、つまり父母から譲り受けるはずの財産を叔父に横領されたことに由来する「人間不信」を癒さないままに、Kを助けようとした。人のことを助けようとする人は、自分の「トラウマ」を人の中に見て、共感する人である。

自ら志す進路を養家に容認されず、実家からも勘当され、精神的にも経済的にも追い詰められたKを先生は、御嬢さんの母が切り盛りする自分の下宿に連れて来た。その頃の先生は、御嬢さんへの愛を意識しつつも、叔父に財産を略奪されたのを機に、深層に巣喰った「人間不信」の「トラウマ」が、御嬢さん母子に対して、疼《うず》き始めていた。結局、先生はKを助けることは出来ず、Kの自殺を見なければならなくなった。そして何年か後には、自分も自死する。

だが「人間不信」だったKと先生は、もともと「死」に近い人であったと言うことができるだろう。人は他人に対して不信感を抱けば、そのうち自分自身にもそれを向けざるを得なくなる。そして、人を信じないということは、厳格すぎるモノサシを相手にあてているのであり、やがて同じモノサシで自分を測らざるを得なくなり、自分を苦しめ「死」に追い込まれやすくなる。

Kの深層

Kは、真宗の寺の息子であり、継母《ままはは》に育てられた。やがて兄が寺を継ぎ、姉は嫁ぎ、自分は医者の家に養子に出される。Kが厳格すぎるモノサシを人や自分に当てるようになったのは、おそらく実父との関係に由来した。また後には「医者になるはずの養子しかいらない」という義父が、それに拍車をかけた。

兄は寺を継ぐため、（実）父と同じモノサシを手にする生き方を選択したのだろう。姉は、嫁ぐことで生家に対して距離を持った。そしてKは、父とは別の種類の厳格すぎるモノサシを父にあてがい、対抗しようと試みたように見える。

Kは、子供の頃から宗教や哲学が好きだった。医者の家に養子に出されてからも、密かにそちらの方面に進みたいと考えた。そのような志向においてKと僧であった父は、よく似た資質を持つ親子であったと言えるだろう。継母に育てられたKは、おそらく継母になついていなかった。父の下に嫁いだ継母は、やはり父と同じようなモノサシでKを育てたのではないだろうか。

Ｋの実母は、そうした母になり切れなくて、命を縮めた可能性もある。そしてＫは、父と継母に対し違和感を覚え、「真宗の妻帯思想そのもの」を憎むようになった、と推測される。また、父への反抗をすべて結晶させたのが、「道のためにはすべてを犠牲にするべきだ」というＫのモノサシではなかったか。Ｋは、恋や女を道の妨げとして退けた。また養家との進路についての交渉も、「道のためにはすべてを犠牲にしてもよい」との考えから退けた。

Ｋのモノサシは、すべてを見下し、勝ちに出ようとするかのような強烈なものであった。それは、父の厳格すぎるモノサシに対抗するために、必然的に形成された過激さでもあっただろう。Ｋは父に勝とうとして、真宗のみならず、古今東西の思想や聖典の研究にいそしんだ。

振り返れば、先生がいつもＫに対し勝ち目がないように感じていたのは、このようなＫのすべてに勝とうとする癖にもよっていただろう。先生は、よくＫが周囲や先生に対し、軽蔑するような眼差しを向けていたことを記憶している。

Ｋは、人を許せない人だった。その根源は、父を許せないところにあっただろう。許せないからこそ、反抗した。人を許せない人は、「悲しみ」を「抑圧」した人である。先生の下宿に来る前のＫは、「怒り」のエネルギーをバネに、学資および生活費の捻出と勉学に邁進した。だが、無理がたたり「神経衰弱」に陥った。それを「癒す」ためには、父への反抗を生きるのではなく、父を許し、純粋に「ただ自分のために生きること」が必要だったに違いない。

父との確執を核に、無意識のうちにすべてを「見下し」、勝つために精進しなければならない所へ自分を追い込んだＫは、「死にやすい人」でもあった。なぜならＫは、結局、自分が負けた時には、すべての人に「見下された」ような敗北感を抱かなければならない無意識の機構に、自分を追い込んでいたからだ。

そしてKは、自分が御嬢さんを好きになった時、「道のためにはすべてを犠牲にする」という自分で作ったモノサシの前で、自分を粉砕せざるを得なくなってしまった。それが、Kの自殺であっただろう。

しかし、この危機を別の側面から見れば、Kは古いモノサシを手放し、自分の「今の現実（自然）」から再出発するべき時期であったということだ。ここで言うKの現実とは、「御嬢さんに恋した自分」のことである。だが勝つために生きてきたKは、おそらく最後まで「勝ち負け」にこだわった。それは、基本的には父との「勝ち負け」であったが、先生に対しても、内在する自動装置が、同様に作動してしまったようだ。もし、この恋に対する自分の気持ちを合理性をもって、先生に説明できなければ、先生に負けてしまうことになる。

一方、以前から御嬢さんへの愛を意識していた先生には、このKの新しい変化を受容し、Kに「古いモノサシを捨てさせる」という、「癒し」への覚醒を支援する余裕がなかった。逆に先生は、以前にKから言われた「精神的に向上心のないものは馬鹿だ」という言葉をテコに、Kの恋の行手を塞ごうとすることしかできなかった。

そしてKは結局、恋に落ちた自分を許すことができなかった。Kは、先生に「恋に落ちた自分をどう思うか」と尋ねる以前から、自分で作ったモノサシからはずれた自分を許せないために、「死」の覚悟を固めつつあったようにも見える。

加えて、おそらくKは、Kを出し抜くようにして御嬢さんとの婚約を成立させた先生の裏切り的な行為への「怒り」と、自分に対して本気でなかったお嬢さんへの「悲しみ」を自分の感情として受容できなかった。そのために負けた振りをして、「負けたけれども、本当は道のために生きたかった人」として死に、永遠に勝とうとする道を選んでしまったようにも見える。

なぜならKの自殺は、下宿先の御嬢さんの家で、先生と御嬢さんの婚約を知った後に、遂行されたからだ。Kは自殺により、無意識のうちに二人の結婚生活そのものを台無しにする暗い思い出を彼らの住み家に記憶として残し、自らの「恨みと悲しみ」を晴らしてしまったようにも見える。

ただし生前のKは、こうした自分の気持ちを認めていなかったに違いない。そして「道のために生きよう」として果たせず、覚悟の死を選んだ美しい孤高の人として、自らをとらえたのではないだろうか。そこに、Kの「ナルシシズム」があった。

先生の深層

そして先生も、おそらく「ナルシシズム」のために自殺した。先生はKのように「道のため」ではないが、「人間不信」を口実に、人や人生と向き合おうとしない人だった。そのような先生には、人を自分勝手な「幻想中の理想像」か、あるいは「悪人」に仕立て上げてしまう癖があった。つまり少しでも嫌な所があれば、「悪人」に見えてしまう。すると世の中に良い人はいなくなり、その補償として、対極的な「幻想中の理想像」が必要になる。

そのような心の経緯を経て、先生は、御嬢さんを「幻想中のマドンナ」に仕立て上げたように見える。そして生涯、御嬢さんの（Kと自分に対する）潔白を正面からは暴《あば》かずに守り、また逆に、その御嬢さんに愛される自分に「ナルシシズム」を感じようとしたのではないか。だが、御嬢さんの結婚生活を本当には幸せなものになし得ないことに対する「罪悪感」は、なかったのだろうか。また、それに対し、責任を取ろうとする気持ちはなかったのだろうか。それらと向き合おうとしないのも、先生の「ナルシシズム」ではなかったか。

話は戻るが、一方で先生は、「見下し」て勝とうとする癖のあるKの前に「跪《ひざまず》いて」、自分の下宿に連れて来た。それは意識の上では、勘当され、経済的・精神的に弱ったKの援助を意図してであったが、本来の目的は、御嬢さんとの結婚の延期にあったようにも思われる。

当時の先生は、父母の遺産を横領した叔父に端を発した「人間不信」のために、御嬢さん母子の求愛を信じることができず、財産目当ての「策略」を疑うがために、結婚に踏み切れないでいた。叔父に財産を横領されたとはいえ、先生には一生働かなくてすむだけの財産があったからだ。

先生は、「平生はよい人も、いざという間際に急に悪人になる」と叔父を評し、「人間不信」に陥った。だが悪人になったと見えた時でさえ、叔父は叔父なりに懸命に生き、愛情を示そうとした可能性もある。先生と叔父のことを考えるためには、生前の父と叔父との関係を見る必要があるだろう。

先生の父は、先祖代々の家を守って暮らす「趣味の人」だった。一方、弟の叔父は、闊達《かったつ》な事業家で、県会議員も勤めた。生前の父が、叔父を「頼もしい」と評して尊敬し、二人の仲が良かったのは、父が弟に対し、「負け組」の位置取りを決め込んでいたためだろう。ただし、叔父の新しい時代に即した「冒険的な」生き方は、評価に値するものであったが、すべて「叔父の方が上」だと見なすのは、行き過ぎだった感がある。事実、叔父は事業に穴を空けていた。

　叔父は、先生の父の死後、その遺産を傾きかけた事業の足しにした。おそらく叔父は、「いつも兄は、こちらの生き方を支持していたし、本当に事業の経営に必要なのだからこれでよい」と判断したのではないか。つまり先生の父が、自分を差し置き、叔父を支持していた分だけ、先生は叔父から自然と軽んじられる結果となった。

　叔父は先生に、先祖代々の家を継ぐことを勧め、自分の娘を嫁の候補に挙げた。それは事業に使った金をすぐに返却できないための、苦肉の策でもあったようだが、先生が考えたように、金の横領だけが目的だったのかは分からない。叔父なりの愛情をもっての、娘を先生に嫁がせるという対処法であったとも考えられる。

　叔父のやり方は確かに支配的で、先生はそれを嫌い、また叔父が勧めて来たような生き方は、とても先生の意にかなうものではなかった。しかし、だからといって叔父を全面的に悪人であると見るのは、一方的ではなかったか。先生は、叔父なりの善意と愛情と、人間としての弱さをまったく無視して、「人間不信」に陥った。

　そして先生は結局、叔父との確執を理由に故郷を捨てた。だが本当は、すでに先生の中には、都会への志向が芽生えており、父母が生きていても、遅かれ早かれ、結婚や生き方に対する対立が生じた可能性はある。その後、先生は生涯にわたり、親の墓参りを拒否したが、叔父に対する「人間不信」から帰郷したくないのをその口実にした。

そもそも先生は、対立や交渉が苦手で、そのような必要性に、ふたをしたくなってしまう人でもあったようだ。それは父が「負け組」の位置取りを決め込み、それ以上の打ち開けた話をするのは苦手で、母もそれに準じる人柄であった上に、先生は、溺愛された一人っ子で、親との対立がなく、対立や交渉の仕方を学ぶ機会がなかったことも一因であっただろう。

　叔父との決裂後、かなり減ってしまった財産を前に、先生は「憤《いきどお》り」ながらも、時間が惜しいことを口実に、訴訟をしなかった。そして、その「憤り」は出口のないまま「恨み」として先生の内面に沈殿し、人間一般を嫌う「厭世観」として定着した。対立や交渉が苦手な先生には、訴訟で醜いやりとりをするよりも、訴訟をしない方が「ナルシシズム」を保持するためにも、良い解決法であったのだろうと思われる。

　おそらく先生は、叔父が悪人だったからという以上に、財産を横領した叔父に対する「憤り」を「抑圧」したために、「人間不信」に陥った。そして、そのような精神構造が、下宿の奥さんと御嬢さんに対する金銭的な猜疑心《さいぎしん》を呼び、結婚を躊躇《ちゅうちょ》するための言い訳となったのではないか。

　その上に先生は、表向きは「人間不信」を理由に、その実、無意識下では、御嬢さんを神格化し、そして近づかず、自分のボロが出ないようにして、自らの「ナルシシズム」を守ろうとしたようにも見える。ところが結婚話を延期させ、自らの「ナルシシズム」を守るために連れてきたはずのKに、逆に先生は、自らの「ナルシシズム」を破壊されることになった。

　それは、先生の煮え切らない態度にいらだった御嬢さんが、Kに接近する態度を見せたからだ。そこには、先生の気を引くための「技巧」も含まれていたようだ。だが、そのような「技巧」は、先生への「愛情の裏返し」のようなものである。また結婚を決意してくれなかった先生に対する、「怒りと悲しみ」の表現でもあっただろう。

しかし、ともかくも「技巧」を嫌い、御嬢さんを神格化しておきたい先生にとっては、それは耐えがたいことであったに違いない。その時のお嬢さんの「技巧」に対する反発が、後の結婚生活に「死の影」（子供がさずからないことと、Kの死の記憶）としてつきまとい、幸せな生活を運び得なかったことに対する、先生の無意識的な言い訳になった、とでも言うのだろうか。

先生とK

その後、Kに御嬢さんへの気持ちを打ち開けられた先生は、もともと打ち開け話や交渉が苦手なために、自分は御嬢さんへの気持ちをKに対して打ち開けられないままになってしまった。不意討ちを食らった先生は、Kに恋の道を諦めさせるだけで精一杯になってしまったのである。そして、Kの「覚悟ならない事もない」という言葉を「死への覚悟」とは思いもよらず、Kが恋の道へ突き進むことではないかと思い込んだ先生は、ようやく御嬢さんとの結婚を決意する。

Kを下宿へ連れて来るまでは、金銭的なもくろみから結婚を迫られているのではないかという猜疑心にとらわれていた先生にとって、もし御嬢さん母子が金のないKを選んでしまえば、先生は人間性においてKに敗れたことになる。もはや結婚を決意しないことの方が、「ナルシシズム」を破壊されるという状況に追い込まれた先生は、ようやく決意ができたのではなかったか。

そして先生は、Kを出し抜くように、奥さんへの直接の談判で、結婚を決めてしまった。後に先生は、その時、Kのことを思いやらず、単なる利己心の発露からKの恋路を牽制したことを悔いた。しかしKが、「見下し」「見下される」という侮蔑の強いモードを伴う癖を持っていたため、先生も同様に、相手を抑えつけるようなモードで対抗する必要があったのではないか、とも思われる。

振り返れば、先生が「跪いて」、Kを同じ下宿に連れて来なければならなかったのも、このKが相手であったことを忘れてはならないだろう。

また、先生が、奥さんに御嬢さんとの結婚を申し込んだ後に興奮のあまり散歩に出かけて町を彷徨した際、Kのことを一度も思い出さなかったということも重要だろう。つまりKとの関係にかかわらず、先生の御嬢さんへの愛は「先生の自然」から発せられた、かけがえのないものであったように見える。

それと同時に、ここで気になるのは、Kが真宗の妻帯思想を疎んじ、「道のためにはすべてを犠牲にするべきだ」と称し、「霊のために肉を虐《しいた》げる」ことに敬意を表していたことと、先生が当初、御嬢さんに対し「信仰に近い愛」を持ち、「全く肉の匂いを帯びていなかった」ことである。

だが結局は、御嬢さんをめぐり、双方の肉体的な本能をかけた闘争が繰り広げられたのも、「人間としての自然」だったのではないか。二人で旅に出た夏の房州で、Kは「精神的に向上心のない者は馬鹿だ」という言葉を用いた。それは、肉を超越するために苦しんでいる自分を明かし、それを理解しようとしない先生を責めることで、無意識的には、すでに先生の御嬢さんへの愛を牽制しようとしたようにさえ見える。先生は、御嬢さんに対する感情をKに打ち明けてしまえばよかった、と後に後悔したが、その時には「人間らしい」という言葉を用いて、Kに反論するのが精一杯だった。

　そしてKが、先生の御嬢さんへの気持ちに気づくことがなかったのも、また先生がKに内密に結婚を決めた後、自分からはKにそれを話さぬまま、奥さんから先にKに伝わり、悩みながらも、「明日こそ」はKに打ち開けようと決心した矢先の夜に、Kが命を断ったのも、理性とは別の、肉を伴う人間の「闘争心としての直感」が、Kにそう命じたのではなかったか。

　Kは、最終的に下宿先であった御嬢さんの家で自害し、肉を持つ人間としての血潮を残した。そして、その痕跡は先生と奥さんによって処理され、御嬢さんの目に触れることはなかったが、結果として、その後の先生と御嬢さんの結婚生活に、生身をかけた大きな闇を残した。それはKの先生への反駁的な表現であると共に、ままならない人生の「悲しみ」の表現であったようにも見える。

　一方で先生は、Kの死の数日前に、Kを下宿に連れて来る以前から培って来た、御嬢さん母子との人間関係を基盤に、Kには内密に結婚の話をまとめることができた。そして、Kの死後にお嬢さんを娶《めと》ったが、そこには当然のことながら肉体関係が包括されていた。だが、それに対してKは、先生と御嬢さんの結婚生活に対し、先生が「天罰だから……子供は何時まで経《た》っても出来っこないよ」、と言わなければならないほどの、前述の痕跡を残していた。また、そこには同時に、自らを打ち明けないまま、Kを自殺に追いやったと感じざるを得ない先生の「罪悪感」が横たわっていた。

先生の「罪悪感」

　そして先生も、明治天皇の崩御《ほうぎょ》と、陸軍大将・乃木希典《のぎまれすけ》の殉死を契機に自殺する。それは、「もし私が亡友に対すると同じような善良な心で、妻の前に懺悔《ざんげ》の言葉を並べたなら、妻は嬉《うれ》し涙をこぼしても私の罪を許してくれたに違いないのです」と言いつつも、妻の記憶を「純白なものに」しておきたいがために、それを打ち明けないまま、妻と心を一つにできない月日を過ごした後、「人間の罪」を深く感じての自死だった。

しかし、ここで思うのは、妻の記憶を「純白なものに」しておきたいという点において、Kとの三角関係を含む結婚の経緯について、妻を責めたくないという愛情と思いやりを感じるものの、そこにKを下宿に連れて来たことや、かつての妻とKに対する先生の「嫉妬の情」が、自分たち夫婦の人生を不幸に導いたのではないという自己イメージを保持しようとする、「ナルシシズム」があったのではないかということだ。

つまり、その「ナルシシズム」は、先生がKを下宿に連れて来る前には、かつての御嬢さん母子の態度に「策略的」なものを感じて猜疑心を持った自分、またその後も、先生の消極性に対抗するかのように、御嬢さんがKに近づき、「嫉妬心」を抱かされたことを隠蔽するベクトルとして、作動し続けたのではないか。

御嬢さんの母が亡くなり、妻となった御嬢さんに「男の心と女の心とはどうしてもぴたりと一つになれないものだろうか」と言われた頃から、先生は、自らの「人間の罪」は、「自分の胸の底に生れた時から潜《ひそ》んでいるもの」であったように思われ始めた。

だが、この根源的な「罪悪感」こそは、御嬢さんをめぐるKとの顛末《てんまつ》以前から、漱石の分身でもあろう先生の深層に（作者の深層心理が創作物上の主人公などの登場人物に、往々にして投影されることがあるという立場から）、あらかじめ巣喰っていたものであったと思われる。漱石の深層には、これまで見て来たように、成育歴の中で培われた「存在しているだけでもいけない（いる価値のない存在／厄介者）」という、「罪悪感」を抱かされた「トラウマ」があった。

　また、漱石と同様、先生の深層にも、父などから受け継いだ「負け組」の根源的な「罪悪感」があり、先生がその後、両親が推奨したであろう生き方と故郷を捨てたことで、それが無意識のうちに強化され、さらには御嬢さんをめぐるKとの経緯までを導いたように見えなくもない。

　つまり、Kと理論的に折り合いをつけ、自分が恋の勝者になることへの「罪悪感」が働いたために、無意識のうちにKに対する対処の仕方が分からなくなってしまった可能性もある。それが、先生がKに、自分の気持ちを打ち開けにくかった一因でもあるだろう。そしてKの自殺により、さらに「罪悪感」を増大させることになった。

　また遡れば、Kを下宿に連れて来る以前にも、奥さんに御嬢さんとの結婚について談判しようという気持ちを抱いたことのある先生に対し、それを自らも望んでいた奥さんは、Kのような人を連れて来るのは「止《よ》せ」と、戒めてもいた。

　その言葉を遮ってKを連れて来た先生は、御嬢さん母子宅の一室で、Kの自殺という事件を導き、結果として、後の御嬢さんとの結婚生活を幸せのうちに運び得ないという「罪悪感」を重ねざるを得なくなったとも言えるだろう。

　さらに、ここで先生のKに対する「罪悪感」の感じ方について遡れば、先生がKと出会った当時の会話にも、気になることがある。当時のKは、養父母を欺《あざむ》き、己の好む学問を志していたが、

「道のためなら、その位の事をしても構わない」と言い切っていた。それに対し、とにかく先生はKの「気高《けだか》い心持ちに支配され」て賛成した。

そして、その際に先生は「たとい私がいくら反対しようとも、やはり（Kは）自分の思いを貫いたに違《ちが》いなかろう」と察しつつ、もしKの人生がうまく運ばないような「万一の場合」には、「私に割り当てられただけの責任は、私の方で帯びるのが至当《しとう》になる位の語気」で賛成した、と告白している。

これは、Kの決断に賛成した自分と、Kの人生に対して責任を負い過ぎた感じ方であるようにも思われ、それが後にKが勘当されて苦境に立った際、またKの人生が自殺に終わったことに対しても、なお大きな「罪悪感」を感じざるを得ない要因になったのではないかと推測される。

先生の「死」

いずれにせよ先生は、明治天皇の崩御と、またそれを追った陸軍大将・乃木希典の殉死の直後に、自殺を決意した。その乃木は、まだ二十代半ばだった西南戦争（明治十年）で、連隊旗を失った時から責任を感じ、「死のう」と思ったことが知られている。

そして日露戦争で凱旋した時（明治三十八年）には、天皇に自刃を申し出た。それは、あまりに多数の犠牲者を出してしまったためである。だが天皇から、「今はその時ではない。どうしても死ぬのであれば、私が世を去った後に」との返答を賜《たまわ》る。このように「罪悪感」を深めた乃木ではあったが、軍人として天皇の言葉に従って生き長らえ、天皇崩御の後に、殉死した。

ここで『こころ』の世界に戻ると、Kは、「道のためにはすべてを犠牲にするべきだ」という、従来の自分のモノサシに合致しなくなった自分を許せずに、自害した。だからKの遺書には、「薄《はく》志弱行《しじゃっこう》で到底行先《ゆくさき》の望みがないから、自殺する」と、あった。そして、「もっと早く死ぬべきだのに何故《なぜ》今まで生きていたのだろう」とも、あった。

Kは、先生と御嬢さんの婚約を知ったのを機に、自殺した。その時まで生き長らえたのは、従来のモノサシを手放して生きながらえる可能性が、Kに秘められていたからではなかったか。しかしKは、恋に開かれる新しい自分よりも、従来からの高い志に生きる自己イメージを保ったまま、自殺した。そこに、Kの「ナルシシズム」があったように思われる。

そして先生は、御嬢さんのために生き長らえた。「自分の自然」として、御嬢さんを愛していた上に、御嬢さんの記憶を「純白なものに」しておきたかったためである。だが先生は、持ち前の「罪悪感」から幾多の経緯を重ねたために、恋の勝者になる自分を肯定することはできなかった。特に、「策略」を嫌っていたはずの自分が、Kに打ち明けることなく、結婚を決めてしまったことが、ことさら失策であったように思われ、Kに謝罪せぬうちにKが命を断ったことで、ますます「おめおめと生き長らえる自分」に、「罪悪感」を募らせた。

先生の場合は、そこに乃木と重なる所があった。つまり、若い時の乃木は、「死のう」と思っても死に切れず、後に消極的な形で、生前の天皇から、崩御後の「死」を許された。先生も、御嬢さんへの愛情や義理のために生き長らえたが、乃木の人生に自らを重ね、明治という時代が終わるのを機に、命を断つ。

では、残された御嬢さんは、どうなるのだろうか。その部分にも、先生の「ナルシシズム」があったのではないかと思われる。乃木の妻は、静と言い、御嬢さん（静子）と同名である。乃木の遺書は、静が生き長らえるのを前提に書かれたが、実際は、静も一緒に命を断った。軍人の乃木は、息子二人の戦死も、名誉と称えて耐えた。静も、多くの犠牲者に対し、夫と共に命を断って報いることに、軍人の妻としての名誉を託したのであろう。

御嬢さんが、先生の後を追い、命を断つ可能性に思いを馳せる（また読者が、それを夢想する可能性を残した）所にも、おそらく先生（筆者である漱石）の「ナルシシズム」があったのではないか。だが一方では、御嬢さんが、自分もKの「死」に関与したことを自覚し、それが結婚生活に影を落とした現実を認めるがために、あるいはただ先生を愛するがために「後を追ってほしい」と願うよりも、御嬢さんが何も知らず、夫を失った悲しみの中でも、「純白な思い」で生き続けてほしいと願う所に、やはり「先生の自然」があったのではないか。つまり御嬢さん母子に対し、かつて一度は、「猜疑心」を抱いたことに対しての「後悔と謝罪」の念が、先生にはあった、ということになる。

第十一章　『道草』の「夫婦間の溝」

夫婦の均衡《きんこう》

『道草』は、ロンドンから帰国後の生活を描いた、漱石の自伝的作品である。それは『吾輩は猫である』を書くに先立ち、「神経衰弱」に悩んだ時期である。養父が金を無心に来るという出来事を主軸に、主人公夫妻の家庭生活の日常を扱った。よって妻、妻の実家の家族、子供たち、養父母、姉、兄など、各々に現実のモデルがあった。

さて家族の「負け組」で育った漱石だが、おそらく新婚当初は、漱石が十歳年上の家長らしく、「勝ち組」のポジションを取った。しかし慣れない熊本の生活で、鏡子が入水自殺未遂事件を起こす。そして、鏡子はそこから立ち上がるに当たり、本来の「勝ち組」気質を取り戻し、その後は、漱石の「トラウマ」に由来する複雑な気質を「いっさい相手にしない」という戦法を取るようになったのではないか、と予測される。

夫婦生活に煮詰まると、妻の鏡子は「歇私的里《ヒステリー》」を起こし、漱石は「痫癪」を起こした。ここで言う「歇私的里《ヒステリー》」とは、一般に言う感情を激しく興奮させる状態のことではなく、心理・感情的な葛藤が「身体症状」に転換され、麻痺・痙攣・硬直などを起こす神経症のことである。

漱石は、鏡子の「歇私的里《ヒステリー》」に右往左往しつつ、親切な看病をした。それに対し、鏡子は漱石の「癇癪」をやがては「心の病」だと理解したが、初めは「至らない人間の起こすもの」として、見下す所があった。これが『道草』の主人公・健三が、「妻君の批評を超越することができ（ず）……忌々《いまいま》しい」と感じた描写に重なる。基本的な夫婦の「勝ち負け」が、見事にそこに現れている。それに対し、健三が、細君を「教育のないわからず屋」だと見なすのは、「勝ち組」の細君に対する、せめてもの報復だったように思われる。

また「勝ち組」の鏡子は、たとえば三十路を過ぎて舌の肥えた漱石が、料理の味付けに注文を出しても、「食べられればいいでしょう」と言って応じなかった。漱石と鏡子は十歳離れていたから、漱石から教えたいことは多々あっただろうが、それがうまくできずに、いちいち鏡子に勝たれてしまう。『道草』の健三も、それと同様に細君を教育することができなかった。

細君は「もっと解るように」言ってほしい、「小六《こむ》ずかしい理屈はやめにして」、「貴方の理論は、他《ひと》を捻《ね》じ伏せるため」のもの、などと応戦した。だが、細君の「歇私的里《ヒステリー》」の原因が健三に分かりにくいものであったことを考えれば、「分かりにくさ」は、相互に五分五分であったとも言えるだろう。

次にこれを、二人の深層に「抑圧」された「怒りと悲しみ」の関係から眺めてみよう。漱石は、「神経衰弱」に陥ると、鏡子や周囲の人々の「策略・技巧的」な態度に過敏になり、冷淡な対応をした。だが基本的に、人に対し親切でありたかった漱石は、日常的には「怒り」を抑圧し、それを時々「癇癪」の形で表出した。それに対し、鏡子は、おそらく日常的には「悲しみ」を抑圧して、「勝ち」に出たが、時に漱石と衝突して泣いた。

漱石は、健三の描写として「泣きたがらない質《たち》に生まれながら、時々は何故本当に泣ける人や、泣ける場合が、自分の前に出て来てくれないのかと考えるのが彼の持前であった」と書いたが、漱石も、「癇癪」を下支えする「怒り」のさらに下層に、「悲しみ」を「抑圧」していたことだろう。

一方、鏡子は涙の下の、さらに一番深い所に、実は「怒り」を「抑圧」していたように思われ、それが「身体症状」に変容したものが、「歇私的里《ヒステリー》」であったと思われる。ともあれ「取り乱すみっともない夫と、品格のある妻」、という構図ができあがる。そのように解釈されるのが、鏡子の無意識的な意図であったようだ。

鏡子のこのような無意識的なパターンは、おそらく父譲りのものであろう。鏡子の父は士族の出だが、鏡子の結婚時には貴族院書記長で、いわば高級官僚だった。つまりそつがなく、無難な人柄をよしとする鏡子の気質は、この父の社会的地位により助長されたのではないか。

健三の妻の父も、健三に丁寧すぎるほどの応対をする。だが健三は、その下に別のものがあるのを見抜いている。つまり鏡子の父は、漱石の秀才性を見込んだが、おそらく互角には対さなかった。基本的には、鋭い婿である漱石の言動を括弧《かっこ》つきにして、距離を取る、という防衛手段を用いたと推測される。この父の防衛手段を鏡子は、結局、引き継いだのではないか。

『道草』では、鏡子の弟がモデルの、細君の弟が、まだ学生なのに、理学博士に勉強を教わる際に生意気な態度を取る。おそらく父が部下に取る態度を真似てしまうのだ。これらは、鏡子の家では、家長の父が一番の「勝ち組」であり、気質の近い鏡子や弟が、父の真似をした様子を予想させる。鏡子には、他に妹があった。

逆に「負け組」に位置したと思われる母は、男の沽券に敏感であったようだ。そういう母であればこそ、自分を高く見せる癖のある夫と、上手に連れ添ったのだろう。また鏡子には、当然のことながら、この母からの影響もあったことだろう。『道草』の細君も、健三が、訪ねて来た養父に金を与えてしまうと、そっと夫の財布に札を入れる気づかいを見せる。

健三は、その細君からの好意に対し、優しい言葉の一つもかけることができなかったが、もし、それがなされれば、細君の方は「嬉しい顔をすることができたろう」と、漱石は『道草』に書いた。それと同時に、漱石は、家庭の経済の逼迫《ひっぱく》を知った健三が原稿で金を稼いだ時に、細君がそれに対し「嬉しそうに」してくれれば、健三は「優しい言葉も掛けられたろう」とも、書き込んだ。

つまり互いに、相手から先に「心を開いてくれなければ、ちやほや溺愛的に扱ってくれなければ」自分の価値が感じられないという、のっぴきならない「トラウマ」があり、それを乗り越えるのは容易でなかったのだろう。細君は十三歳年下であり、健三のモデルの漱石にも、養父母による溺愛の原風景があったようだ。

さらに振り返れば、結婚前に、家に遊びに来た漱石に、くじ引きで見すぼらしい感じのものが当たってしまった時、鏡子の母は、早速に気の利いたものと取り替えるという気遣いをした。漱石が英国から帰国後の「神経衰弱」の際、実家に帰されてしまった鏡子が戻って来るに先立ち、詫びを入れたのも母だった。

ただし戻って来た鏡子が以前とまったく変わらないのを見て、漱石は母に騙《だま》されたように感じた。となれば、やはり鏡子と母は性質が違い、鏡子は父に似ていたことを示すエピソードなのだ。おそらく漱石の見合い写真を見た鏡子は、自分に干渉しそうもない物静かに見える所が気に入ったのではないか。

そして往々にして娘は、父の長所は、どの男性も持っていると思い込む。だから鏡子は漱石に、ソツのない人付合いと、自分を溺愛し、保護してくれる能力が、当然あるものと期待したに違いない。また漱石は、健三の細君に「泥棒だろうが、詐欺師だろうが……ただ女房を大事にしてくれれば、それで沢山なのよ。いくら偉い男だって、立派な人間だって、宅《うち》で不親切じゃ妾《あたし》にゃ何にもならない」、「夫という……だけの意味で」は尊敬できない。「尊敬を……受けられるだけの実質」がなければ、とも言わせた。細君が欲していたのは、溺愛的な気持ちの慰撫であっただろう。

鏡子の「歇私的里《ヒステリー》」

熊本時代の鏡子は、入水自殺未遂事件を起こした。『道草』の細君も、今度のお産では「助からないかもしれません」と健三に語り、夫との生活に対する「死んでしまいたいほどの苦しい心境」を暗に吐露した。そのような苦しさが煮詰まり、細君が「歇私的里《ヒステリー》」を起こすと、それに対し、健三は心づくしの看病をする。それが、夫婦間の自然な緩和剤になった。

漱石は、「細君の発作は、健三にとっての大いなる不安」であったが、「大抵の場合にはその不安の上に、より大いなる慈悲の雲がたなび」き、健三は「弱い憐れなものの前に頭を下げ、出来る限り機嫌を取った。細君も嬉しそうな顔をした」、と描写した。

もし健三が、細君が「歇私的里《ヒステリー》」に陥った際に感じ得た、このような細君の「憐れな弱さ」を、日常生活でも感じ得たならば、「優しい言葉」を細君にかけることができたであろう。だが健三自身、日常生活では、自分の側の「憐れな弱さ」を相手に察知してほしいという「トラウマ」に抵触してしまうので、そこに「夫婦間の溝」を埋める難しさがあった。

鏡子が、このような健三のモデルであった漱石と無意識的のうちに比較したであろう父は、漱石が洋行中の明治三十四年、伊藤博文内閣の辞職に伴い、地位を失った。それと同時に、地位を利用してやっていた相場に、多額の借金を作った。鏡子の父は、鏡子の弟を何度も漱石の下に遣《つか》わせ、借金の連帯保証人になる依頼をした。だが漱石は、「二軒共倒れになってはいけない」と説明して断わった。鏡子の実家の借金は、返す当てが立たないものであったから、漱石の判断は適切なものだった。

鏡子は、娘時代を父の官僚時代の安定の中で過ごした。そして父が地位を失った後は、ソツのない人付き合いは苦手だが、オリジナリティーを発揮した作家の漱石により、人生を守られた。だから鏡子は、実際は両方のタイプの男性の恩恵を受けた。だが、若い時には、どうしても父側を高く評価する物の見方が優先されたようだ。それは誰でも放っておけば、成育歴の中で培われた価値観を大人になっても引きずるからである。

ここで、オリジナリティーという観点から見ると、まず鏡子は、漱石の冷淡な仕打ちに対し、泣いたり、ふくれたりという、「悲しみや怒り」を空廻りさせる対応に、事欠かなかった。だが、深い「怒りや悲しみ」のエネルギーをオリジナリティーに昇華させるべき表出口は見つからず、代わりに「歇私的里《ヒステリー》」発作として表出されたように、思われる。

鏡子は、趣味や生き方、お洒落などについても、これといった強い自己主張を持たない人だった。新婚当初、漱石が教えようとした俳句もあまり気に入らなかった。ソツのない生き方をよしとする父を持ち、父と気質も似ていたらしい鏡子であれば、オリジナリティーを伴う自己表現や生き方の表出口を作り出すことが苦手であっても、合点の行くことである。

また漱石は、「癇癪」を起こすと、すぐに鏡子に「実家へ帰れ」と言ったようだが、鏡子が離婚を望んだことはなかった。このような安定感のある粘り強さも、鏡子の長所であっただろう。とにかく気難しい漱石に添い遂げ、子供たちを産み育て、家庭を守ることができたのは、後に子供たちも言ったように、「鏡子のような女性であったからこそ」なのではないか。

そして鏡子は、人間関係をソツなくこなし、「負け」に入らず、「勝ち」に出るための直観は、漱石よりも鋭かったようだ。『道草』では、漱石の養父がモデルの島田が、健三の養育費の精算は済んでいるにもかかわらず、金の無心に来る。それに対し、鏡子をモデルとした細君は、最初から「会わずに帰してしまいなさい」と主張する。そして島田との会見が度重なるうち、ついに細君は、「歇私的里《ヒステリー》」の発作に見舞われる。その時の「歇私的里《ヒステリー》」の要因は、狡猾な島田と、そのような人物に呑まれやすい夫への、「怒り」ではなかったか。

だが、当初は細君の「歇私的里《ヒステリー》」に対し、無条件に同情的であった健三も、二回に一回は同情できなくなる。その上で、健三はそのような自分の冷淡さを責めた。だが、夫婦関係を対等に考えれば、二回に一回は健三が細君に合わせることが必要で、残りの半分は健三に理があるというのは、道理にかなうバランスではなかったか。

さて「負け組」で育った漱石をモデルとした健三は、無防備のまま養父のわなにはまって行く。まず島田の代理としてやって来た老人に、島田の来宅を許すと、やがて島田がやって来る。健三は、初めの老人に会った時点で、金の催促を断わったつもりだったが、しだいに、なしくずしにされる。「負け組」の健三は細君とは違い、一度は、相手のわなにはまった上で、「負けまい」として意地を張るのが精一杯だったようだ。要するに、それが漱石の「トラウマ」に基づく人間関係の心象風景なのだろう。健三は、あんな男を怖がる私ではない、「絶交しようと思えば何時だって出来る」、と考える。それはまさに、相手にしなくてよい人を相手にしつつ、「負けまい」と強がる姿ではないだろうか。

そして健三は、本当は養父に会うのが嫌でたまらないのに会い続け、露骨に金を要求される段になって初めて、相手を明確に拒否しようとする。だが、その時はすでに遅く、相手の術中にはまり、結局は百円（現在の約百万円）という大金を払わされた。

漱石と養父母

ところで健三は、実父が養父に養育料を払い終え、「絶交」したことを知っていた。にもかかわらず、養父との面会を断わらなかったのは、なぜなのだろうか。以前には、養母が経済援助を願い出る手紙を送って来たことがあり、いずれは養父が金の要求に来ることも予測できたはずだ。それを断わらなかった理由として考えられるのは、つい相手のわなにはまる「負け組」気質の他にも、養父母と過ごした「幼年期」への関心を挙げることができそうだ。

父や兄にとって、養父母は「絶交した過去の人物」であったが、やはり健三（漱石）には、良きにつけ悪しきにつけ関係の深い人であった。また養父との再会により、養父の再婚相手の連れ子だった縫（モデルは、れん）が、嫁ぎ先で病死したという伝聞も入って来た。そして養母の謙虚な物腰への変貌ぶり、また健三に取り入る際の口のうまさにも、気づかされた。

そして、養父の執拗さが目の当たりに描かれたことにより、私たちがここで改めて気づかされるのは、漱石が八歳で実家に戻った後、実父が漱石を厄介者扱いにした理由である。少年だった漱石は、態度を豹変させた実父の仕打ちに驚き、「トラウマ」を得た。そもそも実父は、家族に対しても、「抑圧」的で吝嗇だった。だが特に、漱石と親子の名告りをしなかった理由は、単に漱石を軽んじたのではなく、漱石の籍を返さない、巧妙で執拗な養父への徹底的な警戒であっただろう。

八歳で実家に戻った漱石の、実家への復籍の話が片づいたのは、明治二十一年一月で、何と漱石が二十一歳になる直前だった。養家でかかった養育費は、そこから約二年をかけて完済された。それまでの間、実父から見れば、漱石の籍が戻らないのなら、教育費や生活費を出しても、漱石が夏目家を支える戦力になり得ないことを意味した。一方、養父の側から見れば、少年時の漱石を給仕にしようとした所を漱石の長兄が、「それはかわいそうだ」と勝手に実家に引き取ってしまったのだから、やはり納得が行かなかった。

わずか八歳で実家に戻った漱石に、実父と養父の関係の複雑さを推し測るのは、不可能だった。

さらに養父は漱石の実家への復籍に際し、「どうしても」と証文を要求し、執拗にも漱石から、「今後御互いに不人情に相成らざる様致度存候也」との一文を無理矢理に取った。『道草』の健三にとっても、それは嫌々書かされたものだった。

実父はその後、養父と絶交した。だが健三には、嫌々書かされたとは言え、自分で書いた証文である以上、「その内容に責任を負わねばならない」という負い目があった。そしてそれが、久しぶりに養父が求めて来た面会を初めから断わることに対する「罪悪感」となり、健三が養父の術中にはまる根拠となったようだ。

さて健三が、その証文を養父から取り戻し、最終的な絶交に持ち込むにあたり、養父は、「三百円」を要求した。それを健三は、百円にまけさせた。しかし、暮れの押し詰まる中、「百円を年内にほしい」と言う。健三の家には余裕がなく、細君の実家の経済状態も危うかった。

結局、その「百円」の支払いに際し、助け船を出してくれたのは、何と健三が「月々の小遣い」を与えて来た、腹違いの姉の夫の比田だった。比田は、健三の姉に隠れて女を囲い、月給もろくに姉に渡さなかった。また姉の持病の喘息にも無関心で、健三が姉に与える「月々の小遣い」さえも、いつも巻き上げてしまった。だが比田は、老後の生活に備え、高利貸しを始めるための資金を蓄えていたのだ。健三は、「月々の小遣い」を与えている姉の、夫の比田から金を借りるのは「変だ」と思いながらも、それに助けられる。

考えるに、比田の狡猾さが、養父の狡猾さにつり合い、最終的に養父を撃退する上で、効を奏したと言うべきか。そもそも健三が、かつて実家へ復籍する交渉にも、比田は関わった。狡猾さに対抗するには、「勝ち組」の「策略的」な狡猾さが必要だ、と言うことだろう。健三の姉は、実父に取り入って育ったため、夫の比田に合わせて生きる術を心得ていたようだ。姉は、自分も夫に金を巻き上げられて来たにもかかわらず、夫が高利貸しを始めるための資金を蓄えたことを自慢に思った。

こうして「世の中に片づくなんてものは殆《ほと》んどありゃしない。一遍起こった事は何時までも続くのさ。ただ色々な形に変わるから他《ひと》にも自分にも解らなくなるだけのことさ」と健三は言いつつも、人間関係の力学のなかで、養父の金の無心の件は、一応「片づいた」ようである。そして、前の健三の言に対し、細君が赤ん坊を抱き上げ、「御父さまの仰《おつし》ゃる事は何だかちっともわかりゃしないわね」と言うところで、『道草』は終わる。

この最後の健三の言い方は、同じく夫婦の日常をテーマにした『門』の終り方を思い出させる。それは漱石の、ニーチェの「永劫回帰」に影響を受けた書き方であると言えるのかもしれない。それでも、やはり養父のことは「片付いた」のだから、それを健三に否定されて気を悪くした細君の側にも、一理はあった。

そして、この「両者に一理ある」という終わり方は、『道草』における健三と細君の関係性についての、象徴的な描写であると言えるだろう。

『道草』から『明暗』へ

『道草』は、大正四年、四十代も終わりに差しかかった漱石が、十二年前のロンドンから帰国直後の日常生活を題材に描いた小説である。健三と細君の両者からの視点が、明晰な分析的趣向をもって描かれ得たのは、時を経て、漱石が鏡子との当時の生活を客観視する力を得たからであろう。そこには、互いに対する憎悪や軽蔑、互いの「トラウマ」に抵触する所でのコミュニケーションの停滞、その結果として「徹底するまで話し合うことのついにできない男女」の様子が描かれた。さらに、それらが徹底的に客観視され得たために、その表層下の「本当は互いに愛情を求めていた」気持ちまでが、描かれた。

このような客観性が、同様に、主人公と妻、また周囲の人々までをより達観的に、活力をもって描き得た最後の長編『明暗』への、起動力になったと思われる。

『道草』については、次のように言うこともできるだろう。漱石は、『こころ』で自らの「ナルシシズム」を描き切った後、『道草』では、自らの格好悪さを含む「現実の生活」を描くことに成功した。そこに、養父母や父、親戚をモデルにする人々が登場したのは、象徴的であった。つまり彼らこそが、漱石の幼年期からの「トラウマ」を生み出した原風景を構成した人々であったからだ。ただし『道草』は、題名が暗示するように、「幻想のマドンナ」との三角関係を主軸に、多くの作品を展開して来た漱石にとっては、道草的な作品でもあった。それを取り戻すかのように、次作の絶筆となった長編『明暗』では、「幻想のマドンナ」との問題が復活し、本道に戻る。

ともあれ苦悩のみならず、鏡子と自分の双方に宿っていた「愛情を求める気持ち」を認めることができたことで、漱石は癒された。それにより、登場人物たちが対等な立場で生き生きと描かれる『明暗』の世界へ、飛躍する力を得たに違いない。

第十二章　『明暗』の「未完」

偶然と小林

漱石は『明暗』で、主人公の津田を介して、自らに内在する「死の部分」と「幻想のマドンナ・コンプレックス」の「根治」を試みた。それは漱石にとって、おそらく一つの大きな賭けでもあった。もし「根治」できれば、今までにない明るい世界に導かれるはずであった。しかし、もし失敗すれば、漱石は、自分の暗部である「死の部分」に埋没する危険があった。

『明暗』は、津田の「根治」を目指した痔の開切手術の話から始まっている。その後、手術後の療養をかね、かつて相思相愛の交際中、結婚の約束を目前に、理由も告げぬまま彼の下を突然に去り、「幻想のマドンナ」と化した清子との再会を求めて湯治場を訪れる。そして再会したばかりの所で、作者・漱石の胃潰瘍による「死」により、断絶し、未完となった。

この始まりと終わりのあり方は、漱石の「幻想のマドンナ・コンプレックス」が、内在する「死の部分」と密接な関係にあったことを象徴している。そして、その結節点に、清子を津田に近づけておきながら、その後に清子を去らせ、その上で、津田と延の結婚を媒酌し、そして再び津田を清子に会いに行かせる吉川夫人がいる。それは物語の構造として分かりやすいが、実は、その構造の下にもう一つ、津田の「死の部分」を根治しようとするための重要な鍵が、隠されていた。

それは小林という男と、津田が痔の手術を受けた小林医院の、「偶然」の名前の一致である。そして、この両者の名前の一致については、小説の初めの方で一度だけ、さり気なく触れられている。同時に、この小説の始まりには、「偶然」について、一つの布石が打たれている。それは、フランスの数学・物理学者ポアンカレーの『科学と方法』からの引用で、「偶然の出来事というのは……原因があまりに複雑過ぎてちょっと見当が付かない時にいうのだ」というものである。

しかし津田がそこで問題にした「偶然」は、小林と小林医院の名前の一致ではなく、「なぜ自分が痔の病に悩むのか、またなぜ清子が津田のもとを去り、突然に他の男に嫁いでしまったのか、そして津田はその後、なぜ延と結婚したのか」という、「偶然」だった。結局、その根源である清子と延についての「偶然」の複雑すぎる原因が解けなかったために、『明暗』は絶筆となってしまったようにも見える。しかし、それはおそらく『明暗』に現われた、真実の半分に過ぎないように思われる。

漱石は『明暗』を、予定より執筆回数が増えて、なかなか書き終えることができなかった。それは清子と延についての「偶然」を解くのが、思ったより難しかったせいだろう。だが、もう一つの原因は、前述の、小林と小林医院の名の「偶然」の一致を漱石が扱いきれない所にあったのではないか。

その小林はと言えば、正規の教育を受けられないほどの恵まれない環境に育ち、そのせいで大した仕事にもつけず、その結果、嫁に来てくれる女もいない、という触れ込みの男であった。おそらく漱石は、小林医院によって津田の肉体を根治し、高等教育を受けた津田とは異質の小林により、津田の精神的な問題であり、自らの文学的なテーマであった「幻想のマドンナ・コンプレックス」の根治を無意識的であるにせよ、企てたように見える。

主人公と経済的な格差のある男が登場し、主人公の精神の根治に関わるという発想は、『こころ』脱稿後から本格的に読み始めた、ドストエフスキーの影響があるだろう。それは、弟子の森田草平からの影響だった。

しかし同様の発想は、すでに、『それから』の代助に対する平岡、『こころ』の先生に対するKという構図があった。特に『それから』には、ロシア文学、またそれを漱石に紹介した森田の小説『煤煙』についての記述もある。また『それから』と『明暗』には、これまでに指摘されて来たように、内容にも類似がある。相思相愛で結ばれなかった女性との再会、芝居の場での見合い、芝居の観客席での双眼鏡の使用、主人公の父への経済的な依存、といった点である。

ただ『それから』では、代助が内在する「死の部分」と、モラトリアムから回復できるかは定かでないものの、相思相愛の三千代に思いを打ち明けて接近した後、職業を探しに街に出て行く。そして、その「冒険」により、内在する「死の部分」の解放と癒しに向かい、踏み出そうとする。

一方『明暗』では、はじめから主人公の肉体と精神の「根治」を明確に目指したがために、主人公の「死の部分」を追い詰める小林と、主人公である津田の経済格差も大きく開いたということなのか、階級差というべきものにまで発展した。それは、ドストエフスキーの世界からのベクトルが、より強まったということである。

しかし、ここで確認しておきたいのは、『それから』の代助が、内在する「死の部分」を回復し得るかは未解決である、ということだ。また『門』では、主人公は御米との和合同棲を実現しつつも、家庭内には子供の「死」という「死の影」が付きまとい、『こころ』でも、Kおよび先生が「死」を選ぶ。要するに、そもそも経済格差のある男が、主人公の「死の部分」を懲罰的に追い詰め、解決を促《うなが》すという方向性は、これまで破綻《はたん》しており、はなはだ心細い戦法だということだ。

ここで津田が痔の手術を受けた小林医院に話を戻すと、そこは津田のような患者の他に、いわゆる性病の患者が多い病院だった。津田の妹の秀を器量好みで妻にした掘や、津田の下を去った清子が嫁いだ関なども、その関係の患者であった。彼らは小林と違い、裕福で、美しい妻を持ちながら、女遊びをする人々である。

正規の教育を受けられないほどの環境に育ったために、良い仕事にも妻にも恵まれ得ないと言う小林から見れば、彼らは皆、贅沢病の患者である。そして延という新妻を持ちながら、なお清子への思いに悩む津田などもまた、贅沢病の患者であった。

だが津田が抱える「幻想のマドンナ・コンプレックス」は、もとより贅沢病では片づかない問題を含んでいる。それは小林の虚言を裏返せば明らかで、実際は、貧困でも妻帯する者はいくらでもいるし、貧困者にも、結婚前に見知った女性に対し、「幻想のマドンナ・コンプレックス」を抱き続ける者もいるだろう、と言うことだ。ここまで考えると、小林により津田の「幻想のマドンナ・コンプレックス」を根治しようとした漱石の企ては、すでに効力を失っている。

小林と津田

では、漱石の意図した「偶然」の下にある、無意識的な「偶然」の一致の原因は何だろうか。それは、漱石に内在する小林的な要素の「根治」こそが、津田の肉体や精神の「根治」につながるという、漱石の思惑を越えた符号としての象徴的な「偶然」の一致ではなかったか。

ここで言う小林的な要素とは、経済的に恵まれなかった生まれ育ちを理由に、自分の人生に責任をとろうとしない「小林の矛盾」とよく似た、「津田の矛盾」についてのことだ。「津田の矛盾」というのは、この後に見ていくが、経済的な「保身」のための吉川夫人への「癒着」が、「幻想のマドンナ・コンプレックス」を生み出したことに、無自覚だったことである。漱石が、小林医院と小林の名の「偶然」の一致を扱い切れなかったのと同様に、津田も小林をうまく扱えず、小林に侮辱され、容赦なく金を要求される。これは逆説的だが、津田を主人公にした「漱石」と、「津田」、および「津田」と「小林」に、本質的な類似点があることを示す現象ではないか。

なぜなら人は、自分と似た無意識のパターンを持つ者から付け込まれると、身動きが取りにくくなるからだ。往々にして、自らの思考および行動パターンに無意識的であるゆえに、自分とよく似た相手の「コンプレックス」から生じる狡猾さに共感させられ、とらえられてしまうのだ。

たとえば『道草』の主人公が、養父に金をうまく巻き上げられたのも、漱石が幼年期に養父の精神構造から多くの影響を受けたためであろう、と考えれば納得がいく。

振返れば漱石は、『吾輩は猫である』を書く以前から、実業家や金満家が嫌いだった。しかし心のどこかで、いつも自分と比較して意識した。それは明治の瓦解により零落した実家の憂き目を悔やみ切れない所があり、金持ちが羨《うらや》ましかったせいだろう。だが漱石は、自分が実業家になろうとはしなかった。なぜならそれは、自分が就きたい職業ではなく、漱石の才能も別の所にあったからだ。にもかかわらず、漱石は実業家をやっかみ、成功した実業家ほどの財産を作れない自分の現実を悔やむ所があった。

それは深層で自分の価値を充分に認め得ていない人間が、つい異質の相手と自分を比較し、わざわざ欠乏感や「劣等感」を抱き、その反動として相手を否定し、攻撃的に出て、「負けまい」としてしまう無意識的な「防衛」でもあっただろう。小林自身は無自覚であったようだが、小林が結婚しないのは、おそらく津田の妻の延のような、育ちの良い女を妻にできそうもないからであろう。それは、わざわざ育ちの違う津田と自分を比較する喜悲劇でもある。

小林が言う、「社会構造的な不平等」にも一理あるが、恵まれずに育った自分に、良い仕事はないと決めつけ、自分や仕事に誇りを持たない小林に、嫁ぎたいと思う女がいないのは、もとより当然だと言えよう。小林は自分を卑下し、ひたすら津田に鬱憤をぶつけた。だが、小林の人生が、経済的に恵まれなくとも、全く悪いものと言えるかどうかは、疑問である。

小林は、津田が育てられた叔父の藤井の所で、雑誌の編集や校正を仕事にしてきた。その傍ら、依頼を受けた原稿を金に換えて暮らしてきた。そして今度は、朝鮮の出版社に雇われるという選択をした。小林はその朝鮮行きについて、冬を過ごすコートも買えず、東京の生活に辛抱し切れないための都落ちであると言う。だがそれは、小林がキャリアの発展を意図した結果であるとも言える。また藤井の家で下女をする小林の妹も、藤井の家から嫁入り支度をしてもらう用意が整い、順調である。藤井は、兄である津田の父や、延が育てられた岡本と比較すれば、貧しい場末的な生活者ではある。一方、津田の父は、官吏生活で地方を転々とした後、事業に成功して財を成し、京都に家を建てた。そして息子の津田に、「月々の送金」ができる身の上である。

藤井は、規則ずくめに働いて月給を貰うには、我ままな性質だった。その上、傍観者の態度を離れることが出来ないために、活字で飯を食う生活者となったのだという。そして、ここで重要なのは、兄弟間の経済状態の相違は、その生き方の選択の結果であるということだ。

ところが、選択と結果について無自覚な小林は、新しい仕事にも投げやりで、朝鮮に渡る旅費について、就職先の会社との交渉もしない。その上、津田を脅《おど》し、うらぶれた態度で金を要求する。それは、「こんなに苦労している自分と比較し、安穏《あんのん》な津田を許せない」という、懲罰的な態度であった。

ここで今度は、津田の経済的な位置取りを見てみると、津田の「女性観」を「贅沢だ」と言う小林や藤井は、津田よりも経済状況が悪い。それに対し、実業家の吉川、延が育った岡本、津田の妹の秀が嫁いだ商人の掘、清子が嫁いだ実業家の関は、津田よりも裕福である。そして大まかに見て、貧しい者たちは「愛」に近く、裕福な者たちは「愛」から遠いようだ。

吉川夫人と秀は、夫からの「愛情」に欠乏感を抱いている。それで「津田に愛されている」と吹聴する延に対し、「嫉妬の情」を抱く。しかし延の側にも、苦しい事情がある。津田に対し「ただ妻の情愛を吸い込むためにのみ生存《せいぞん》する海綿《かいめん》にすぎないのだろうか」と苦悩しつつも、「この人だ」と思い込んで嫁いだ手前の虚勢があり、津田からの「愛」を吹聴せざるを得ないのだ。

それを理解し得ない吉川夫人は、津田と延の新婚家庭に水を指す目的で、津田に清子との再会を勧める。また同じく「愛情欠乏症」を抱える秀も、自分は豊かな暮らし向きであるにもかかわらず、京都の父に「(延が)派手過《すぎ》る」と告げ口の手紙を書き、兄夫婦への「月々の送金」を差し止めようとする。

一方、津田より貧しい藤井や小林にとっては事情が異なる。まず藤井によれば、昔は、女を育てた両親の苦労を思いやれば、男が女に惚《ほ》れることはできずに、「女の方で惚れた」のだと言う。そして自分の妻は、見合の前から「己の所へ来たかった」のだと言い、夫婦関係に全く疑問を差し挟む余地なく満足している。しかし、藤井と津田では世代ギャップがある。津田は、恋愛という近代の自我に基づいた結婚を考えるべき時代の子であった。

また小林は、自分よりも若く貧しい者たちに対して「愛情」深く、面倒見の良い一面がある。たとえば売れない画家の青年に、津田から貰った金の一部を援助する。そのような小林の姿は、弟子や周囲の貧しい若い者たちに対して面倒見が良かった漱石にも似ている。

さらに津田が小林に金を渡すのも、また小林がさらに貧しい画家を援助するのも、その解釈の一つには、小林が言う、ドストエフスキー的な社会構造による貧富の差を挙げることができる。だが、もう一つの『明暗』のテーマである、ポアンカレーの「偶然」に引き寄せて考えてみれば、その援助の原因は、自分よりもリスクをとり、「冒険」的に、また純粋に生きようとする者への、「憧れと怖れ」を潜在的に感じてのことではないか、と言うことだ。

つまり小林は、もしかすると青年画家のように、思い切って自分の文筆という創作物だけで勝負する生き方に、「憧れ」ていたのかもしれない。また吉川夫人の勧めで、湯治場に清子を訪ねる津田ではあるが、そこには相思相愛だった清子の気持ちを確かめようとするちょっとした「冒険」心が、確かにあった。

要するに、このような「冒険」心の度合の差異が、「津田、小林、青年画家」の三人が援助の関係により連なった「偶然」の、「複雑すぎる原因」だったようにも思うのだ。そもそも津田という名字は、漱石の知人で画家だった津田青楓と同じである。

ちなみに画家の津田は、当時、貧しかったが、妻帯者だった。そして、津田の妻が漱石を訪ねて来て「夫が他の女を愛する不満」を語り、その内容が『明暗』で、延が秀を訪ねた際の会話に生かされた。それが、一見、『明暗』の主人公の名が津田になった直接的な原因に見えるが、もう一つの理由があったようにも思われる。

それは、主人公の津田の、表面的にはこれと言った指針のない生き方の裏側に潜む「自己実現」の可能性を、貧窮の中でも画家としての営みに邁進していた津田青楓の生きざまを通し、漱石が自分自身に無意識のうちに暗示しようとする「偶然」でもあったのではないか、ということだ。つまり漱石本来の生き方は、主人公の津田よりも津田青楓に似ていて、津田の生き方を描くのが、何か潜在的に歯がゆかったために、主人公に津田青楓の名字を与えたのではないか。

『明暗』の津田は、彼の「監督役」を津田の父から依頼されて引き受けた父の友人の吉川の会社に、いわば縁故採用された青年である。病気がちで欠勤が多く、仕事ぶりも適当で、社長である吉川から見込まれていなかった。そして、その「怠慢な部分」を吉川の妻の、有閑マダムとして暇を持て余す吉川夫人に取り入ることで、無意識のうちに補って来た。

かつて津田は、吉川夫人の勧めるままに清子と付き合い、突然に清子に去られた後、やはり吉川夫妻の媒酌で、延を娶《めと》った。津田が延を見知ったのは、互いの実家がある京都であった。そして延が先に、津田との結婚への意欲を示した。

津田と延の父同士は知人で、延が育てられた岡本と吉川、津田の父は、友人だった。要するに、津田は延を大事にすることで、上司であり、いざという時には経済的にも頼れる父へのパイプをも持つ吉川の上に、幾重もの予防線を張ったのである。しかし、それは結果として、人生の伴侶を選ぶ上でも、「保身」という「怠慢」があったと言うことになる。

このように「保身」を重視する津田に対し、小林はドストエフスキーの小説の話を持ち出し、「貧困者の純粋」を強調し、二度「涙」をこぼした。一度目は「津田が小林の貧困と無知を軽蔑することに対するアンチテーゼ」としてであったが、二度目は何と「津田に金を貰ったことに対する感謝」の「涙」だった。しかし、それでも津田は、小林の「涙」に対し、心を開くことができなかった。

つまり津田にも、『それから』の代助や『彼岸過迄』の市蔵と同様、成育歴などによる感情の「抑圧」があるため、「泣く」ような心の開き方ができないのだろう。藤井も言うように、ドストエフスキーの言う「至純至精な感情」に関しては、貧富の差にかかわらず、解放されている人間と、そうでない人間がいる。そこを明確にしなければ、漱石が人生をかけて追いかけた、「近代的な自我」と、それを支える「個の自然（夢）」の問題が、みな階級間の問題に吸収されてしまい、その根本的な問いかけが意味をなさなくなる。

津田と延

さて津田は、延との縁談が持ち上がった時、裕福に育った延からの尊敬を失うのを怖れ、「父の財産に余裕がある」と暗に強調し、自分で手にする月給の他に、父に「月々の送金」を依頼した。だが送金分は、盆暮れのボーナスで父に返済する約束になっていた。もっとも津田には、父は余裕があるのだから、それくらいは貰ってもいい、という考えもあった。だが、父は返金を求めていたし、「月々の送金」についても、快く思っていなかった。

だが、そのような経緯を知らされていない延は、津田に豪華な指輪をねだり、それが秀の嫉妬を呼ぶ強い要因になった。秀にしてみれば、津田が「月々の送金」を父から得られるのは、秀の夫の掘が、両者の間で話をつけたからである。それで、もし津田が父に返金しなければ、その返済の義務が自分たちにかかってくる。

吉川夫人が、津田の交際・結婚相手に関わることで、「津田との擬似恋愛的な特別な関係」を確保し、支配しようとしたのに対し、秀は「送金の問題」に干渉して、自らの夫婦関係とは異なり、「愛」を基盤に生きていると見える兄夫婦を懲罰的に支配下におき、自らの存在価値を確保したいと考えたようだ。要するに、「愛」に対し欠乏感を抱く者たちは、「支配を通した権力」を求めているようである。

そして津田の「保身」に一役買っていたのは吉川夫人だが、彼女自身、「吉川夫人」という呼ばれ方に、夫の威を借り、「自らの自然」を曝《さら》け出すことなしに、周囲に存在感を示して生きようとする「保身」が、見え隠れする。清子は、吉川夫人の持つこの絡繰《からくり》を「避ける」ために去ったが、延は、それと真正面から「戦った」。

津田の「癒着」先である吉川夫人に対抗し、「戦う」延は、作品中、最も前向きに生きようとする人である。ここから考えるに、津田の肉体と精神の「根治」の可能性は、作品の構造上、津田と延が心から手を取り合える所にあったと思われる。だが吉川夫人は、その延と津田の夫婦仲に水を差すべく、津田を清子の下へ会いに行かせる。

津田の肉体と精神の「根治」にとっては、湯治場行きをきっかけに、夫婦間の溝が広がるか、逆に夫婦間の絆が強くなるか、そこが重要な境目だった。

それに対し、「ただ愛して、愛させてみせる」と豪語する延は、津田の温泉場行きの直前に、一つの奇跡を起こす。それは、普段は人に頭を下げて憐れみを乞うことを避けてきた延が、自らの不安を曝け出し、偽りのない下手に出て、涙をこぼして津田の「愛」を求めたことに始まった。この延の思いがけない態度により、津田は「初めて延に勝たせてもらい」、延を「慰撫する」という、それまで持つことのできなかった父性的な態度を取る余裕までもが、生まれた。

これを延の側から見れば、いつもの「勝つための緊張」をつい緩めてしまったにもかかわらず、かえって津田が、自分に歩み寄ってくれた、「自然は思ったより残酷ではなかった」という体験だった。と同時に、それは夫婦間の「勝ち負け」の構図の溶解を示す変化であり、期せずして夫婦の絆を強める結果を導いた。

要するに津田には「延の涙」により、かつて糾弾的な態度をぶつけてきた小林の涙によっては成され得なかった「根治」に向けての変容が、起き始めた。延が、自らの「至純至精の感情」を示し、津田の心に大きな変容を起こしたことが契機となり、やがては津田も「至純至精の感情」を開き、延からの同情と慰撫を引き出す準備が、なされつつあるように見える。

具体的には、父からの「月々の送金」に対する返済の義務を延に告白することであり、自分が張った虚勢について打ち明けることである。延は、津田の入院費が必要だった際には、無邪気に質屋に通うことを考え、結局は岡本の家から金を調達して来る裁量もあったから、津田の告白を受容する準備も、出来つつあるだろう。また、もとより延にとっては、「金」も大切であったが、より大切なのは「愛」であった。

清子と津田

だが、津田には、もう一つの「自然に向かう道」があった。それは、清子が去った理由を知りたい、というものだった。これは漱石が意図した、津田の「幻想のマドンナ・コンプレックス」の「根治」に直接的に関わることである。

津田は、自分が延に本気になれない理由を「清子との過去」のせいだと考えてきた。だが津田の心の底には、やはり「保身」が巣喰っていた。

つまり津田は、かつて清子に去られた時には、後を追わずに吉川夫人を責めて済ませてしまったし、今回も「自分の意志ではなく、夫人の発案で〈仕方なく〉清子に会いに行く」というスタンスしか取り得なかったからである。これでは、清子に会い、引き出される反応についても、本気で考える必要はないという、無意識的な責任転嫁のための伏線をあらかじめ張っているのと変わらない。

それが、『明暗』が未完に終わった理由の一つであったようにも思われる。だが、さらに考えれば、津田の言う「根治」は、小林から批判されている贅沢病の「幻想のマドンナ・コンプレックス」を手放すことではなく、清子が去った理由と、またなぜ自らが延と結ばれたのかという「偶然」を解く所にあった。

湯治場に着いた津田が、逗留中の清子に突然に廊下で出くわした時、清子の側は本気で蒼ざめ、部屋へと逃げた。そこには、もし津田が「本気で自分に会いに来てくれたのだとしたら」、自分ももっと本気で津田を愛せばよかったと後悔する気持ちがあったからである。つまり清子が、かつて一方的に津田の下を去ったのは、津田の吉川夫人に対する「癒着」的な態度に嫌気がさし、「本気になるのをやめた」からであろうと推測される。

そして清子は、関と結婚した。だが関との結婚は、どこまで「本気」か疑わしかった。なぜなら、あまりに電撃的だったからである。しかし関は津田とは異なり、清子に対し、自らの意志で責極的に求婚したのだろう。清子は、吉川夫人に主導権を握られ、中途半端な津田に愛想を尽かした後だけに、おそらく積極的な関に「夢」を感じ、また津田への当てつけもあって、性急な求婚に応じたのではないか。

だが清子の中に、「反逆」的な当てつけがあった分だけ、関との結婚は「本気」ではなかった。だから清子は、積極的な関が、必ずしも清子に対する一途な愛情を持ち合わせていないことを見抜くことができなかったのではないか。

関は、津田の妹の秀を器量好みで妻にした掘と同じく、美しい女一般が好きだったため、結婚後も放蕩をやめなかったのだろう。そのせいで関は性病を患い、それが清子の流産の原因になった。清子が、湯治に来たのは、流産後の体を癒すためだった。清子は清子で、やはり本気ではなかった結婚の報《むく》いを受けていたのである。

だからもし、津田が本気で清子への「愛」を感じて会いに来たのであれば、清子の心に響くはずだった。だが津田は、もとより自分の発案ではなく、吉川夫人の仲立ちで清子に会いに来た。津田は、清子に「去られた理由を知りたかった」にもかかわらず、依然として「自分の意志で、是非会いたい」という決意に欠けていた。津田は、清子に会うにあたり、あくまで「馬鹿にならないで満足の行くような解決法を得る事」をモットーとしたのである。

そして、清子から面会を拒否されることを危惧した津田は、自分が吉川夫人から贈られた果物カゴを夫人から清子への見舞いの品と偽り、渡してしまう。それは、清子との面会で面目を失うことがあっても、夫人に責任を転嫁してすまそうとする言い訳づくりだった。さらに大きくとらえれば、吉川夫人が書生を介し津田に手渡した果物カゴが、再び二人の間を引き裂く効果を上げた、とも言えるだろう。

それに対し、反逆的な性格をも併せ持つ清子は、津田以上に吉川夫人からの支配を嫌う自由を志向する人だったようだ。だから、かつて清子は、津田への「愛」よりも吉川夫人から逃れることを優先した。清子は、結婚には「こだわらず」、津田にとっての「幻想のマドンナ」と化すことにより、「自分の自然（夢）」を果たそうとしたのではなかったか。

さらに今回の再会でも、津田の「保身」を伴う自分へのアプローチに気がつくと、もう蒼ざめず、それに対抗するかのように、持前の「鷹揚《おうよう》さ」で対応する。

だが最初に湯治場の廊下で、突然に津田に再会した時には、清子は蒼くなり、体を堅くして立ち尽くした。そこから考えれば、清子にとって津田への「愛」は、やはり清子の「個の自然」に支えられたものであったようにも見える。だが津田が、かつて清子の後をすぐに追わなかったのと同様、清子も自分の側から「相手よりも本気」になり、相手に向かうことはあり得なかった。

かつて清子は、吉川夫人の支配下から逃れた「冒険」者であったが、津田が今、自らの意志で清子に会いに来たのであれば、今度は津田の方が、清子よりも「自らの自然（夢）」に正面から向き合おうとする「冒険」者であり、清子の心を開く可能性があったと言えるだろう。しかし、すでに津田の吉川夫人絡みの「保身」を察した清子が結った髪型は、もはや特別なものではなく、津田も清子が剝《む》いた林檎《りんご》に手を付け得なかったことに象徴されるように、互いに「至純至精の情」を打ち明け、相手の気持ちを開くことはできなかった。

つまり清子と津田の関係性においては、たとえ二人の間に、津田が湯治場に向かう列車の中で感じた「運命の宿火《しゆくか》」があったとしても、「一方が自らを開くことにより相手を開く」という発展は期待できそうにない。特に「幻想のマドンナ」型の清子を相手に、清子の気持ちを開くことのできる津田を描きうる内在的な準備は、漱石になかったと言えるのではないか。

そして「関から電報が来れば、いつでも帰らなければならない」と、清子が津田を牽制《けんせい》した直後の、清子の微笑の意味が解けないまま、『明暗』は中断した。死の床で、最期まで漱石は、『明暗』が完成しないことを気にかけたが、ここで再びポアンカレーの「偶然」論に戻ってみれば、この中断にも理由はあったと思うのだ。

振り返るに津田は、「この人だ」と思い込んだ延の決断力によって、延と結ばれた。そして津田は、こういう女性を逃してはならないと感じ、父の裕福さを過度に語ってまで、交際中の延を失うまいとしたことを、忘れてはならないだろう。おそらく『明暗』が完結し得たとしても、清子は津田との距離をさして縮めることなく、再び津田の前から去ってしまったに違いない。

要するに、津田にとっては、無意識のうちに自分にふさわしい延と結ばれたという現実こそが、ポアンカレーの言う「原因のある偶然」だった。そして今や、かつて自分の下を去った清子を求め続けることは、「原因のある〈偶然〉である現実」を「ありえない架空の理想」と比較し、無意味に卑下する小林の態度と酷似している。

「未完」と「則天去私」

ここからは、漱石の『明暗』が未完に終わった「偶然」の複雑過ぎる理由について、漱石の晩年の造語である「則天去私」の視点も含めて、考えたい。

まず『明暗』には、「怠惰と保身」があった。津田が清子に会いに行く「冒険」は、『それから』の代助が三千代を奪回に行く「冒険」と比較し、吉川夫人に「癒着」した「保身」的なものでしかなかった。そのような「冒険者」しか書き得なかった所に、作品全体を覆う「怠惰」を見ることができる。

そして、そもそも肉体と精神の「根治」を目指すとは言うが、肉体の病である痔は、命を取られるような結核性のものではなく、軽いものであった。

そこから推測されるのは、この時期の漱石自身の「幻想のマドンナ・コンプレックス」は、すでにどれほど深刻なものであったか疑わしい、ということである。これまで見て来たように、漱石のそれは、おそらく距離のあった実母との関係に始まり、青春期の大塚楠緒子との関係に象徴される失恋事件によって強化された。楠緒子の夫となった大塚保治は、『それから』が発表されて以来、「神経衰弱」に陥ったが、『明暗』については久しぶりに評価をしたと言う。

それは、『明暗』では、主人公の「幻想のマドンナ・コンプレックス」が和らぎ、客観化されたようで、気が休まったからではなかったか。

前にも述べたが、楠緒子の病死は明治四十三年、漱石が『門』を執筆後、「修善寺の大患」を経て、長与胃腸病院で療養中のことだった。その後、『こころ』を脱稿後の大正三年の年末、鈴木某という男が、保治の妾《めかけ》（楠緒子の死後に関係ができたようだ）をめぐる大塚家との紛争の件で、漱石の下を訪ねて来る。保治は、一人娘であった楠緒子との結婚に際して婿入りし、大塚家を継いでいた。そして漱石は、翌年二月にかけ、保治と大塚家との仲裁、および後妻を探す件について、楠緒子母子の和歌の師であった佐々木信綱にあてて、三度も手紙をしたためた。

『硝子戸の中』に楠緒子の思い出を書いたのは、この間のことである。その後に、漱石は、『道草』を書いた。このような経緯を考えるにつけても、楠緒子のことも、よき思い出として定着し、もはや漱石にとって「幻想のマドンナ・コンプレックス」は、かつてほど内的な痛みと結ばれたテーマでは、なくなりつつあったことだろう。

『明暗』起稿の数日前、漱石は東京帝国大学文科大学英文科で、門下生の林原耕三らに、「則天去私」の立場から『文学論』をもう一度論じてみたい」と、漏らしたという。とにかく『明暗』については、登場人物たちが闊達に各々の立場を生きようとする、漱石の新境地が立ち上がった作品として、評価が高い。そのことと、従来から言われたように「則天去私」は、どのように関係するのだろうか。

「則天去私」は、漱石の造語だが、これについては『こころ』脱稿後の冬から付き合いのあった、神戸の禅宗の二人の雲水からの影響もあるのだろうか。二人は二十代の若者で、それが漱石にとっては、余裕を持って付き合える要因であったようだ。「則天去私」という語は、若き日に培った漢文の素養を土台に、求道に励む雲水たちとの交流を通した仏教的な悟りを意識する中で、生まれたものではなかったか。

漱石は、死の三週間ほど前の最後の木曜会（毎週木曜日に開かれていた弟子が集まる談話会）でも、「則天去私」について語った。その後、森田草平が「友人の友人で華族の娘と結婚した者が、先方の家と釣り合う贈り物をしたいのだが、財政上それもできず、世俗的な習慣も破れず、倫理上の矛盾を感じるので、厭な気分だそうだ」と話したのに対し、漱石は「それは〈私〉を去ることができぬからだ」と答えたという。

また漱石は「則天去私」について、「年頃の娘が親の知らぬ間に失明」したとしても、「それを平静に眺めることが出来る」悟りの境地だ、とも語った。それらから推測するに、「則天去私」とは、「虚勢や怖れを捨て、自らの運命を受け入れる」というような意味であっただろうか。

『明暗』は、その「則天去私」が体現された新境地を持つ作品として評価を得て来たが、漱石が語った「則天去私」と登場人物たちを照らし合わせて考えてみると、何事にもこだわらずに生きる清子が、それを体現しているという説が従来からある。

だが、かつて津田に別れも告げず唐突に、津田と吉川夫人の「癒着」的な磁場に由来する支配を振切るかのように、関との結婚を即断した清子の態度からは、もう少し反逆的な自己による判断が、感じられるように思うのだ。

そして、どちらかと言えば、虚勢や怖れを捨て、「至純至精の感情」を津田に対して開くことを試みた延や小林が、無器用ながらも「則天去私」の方向へ、歩み出しているようにも見える。あるいは作者として、個性のある登場人物たちを各々に生かそうとした漱石の姿勢こそが、虚勢や怖れを捨てて、「則天去私」を体現しようとするものであったようにも感じられる。

「未完」部分の可能性

最後に、これまでにも論が重ねられて来たように、『明暗』の未完となった終結部分で、誰かが滝に身を投げる可能性について考えておきたい。また加えて、誰かが「死」をかけて投身しようとすれば、作品内に出現したはずの「死の部分」への接触が、現実世界の漱石の「死」の代替になった可能性も指摘しておきたい。その上で、どのような結末の可能性が、漱石を納得させ得たかについて、考えてみたい。

私が、滝に身を投げようとする可能性を感じ得るのは、『明暗』には書かれていないが、津田を湯治場に追いかけて来る延である。

津田と清子は、滝の所で出会ったとしても、次のような昔話でもするのではないだろうか。つまり、清子が「もし、あなたが、この滝に飛び込む位の勇気を持って、私に求婚をして下さっていたならば」と言い、津田は「そう。私には、そのような勇気は、なかったかもしれませんね」と言う。

そこへ延が姿を現わし、津田に向かい、「もし、すぐに私の所へ戻って下さらないのなら、このまま滝に飛び込みます」と叫ぶ。そして、もちろん津田と清子が、慌ててそれを引き止める。

そこに至ってはじめて漱石は、人が結ばれるには「至純至精の感情」を開き、それを相手に伝えることの不可欠性に、気づくのではないか。

主要参考文献（刊行年順）

＊全体にわたる基礎文献

本文内の漱石の小説、書簡、講演などからの引用は、岩波文庫による。

『漱石全集』第一巻～第二八巻と別集「漱石言行録」岩波書店、一九九三～九九年

『近代文学研究資料叢書3　朝日文藝欄』日本近代文学館、一九七三年

＊夏目漱石関係

小宮豊隆『夏目漱石』岩波書店、一九三八年

森田草平『夏目漱石』甲鳥書林、一九四二年

森田草平『続夏目漱石』甲鳥書林、一九四三年

夏目鏡子著、松岡譲記『漱石の思い出』桜菊書院、一九四八年

津田清楓『漱石と十弟子』世界文庫、一九四九年

夏目伸六『父・夏目漱石』文藝春秋社、一九五六年

江藤淳『漱石とその時代』（１～５）新潮選書、一九七〇～一九九九年

現代日本文学アルバム第2巻『夏目漱石』学習研究社、一九七三年

江藤淳『決定版　夏目漱石』新潮社、一九七四年

小坂晋『漱石の愛と文学』講談社、一九七四年

新潮日本文学アルバム２『夏目漱石』新潮社、一九八三年

著者紹介

原田広美（はらだ ひろみ　旧名：亀井廣美）

1983年、國學院大學文学部日本文学科卒。

東京ゲシュタルト研究所（現在は閉所）所長のリッキー・リビングストンより、夢とアートを用いたゲシュタルト療法の指導者養成トレーニングを受ける。

心理療法家、舞踊評論家。

著書に『やさしさの夢療法――夢のワークと心の癒し』（日本教文社、1994年）、『舞踏大全――暗黒と光の王国』（現代書館、2004年）、『国際コンテンポラリー・ダンス――新しい〈身体と舞踊〉の歴史』（現代書館、2016年）。

心理療法・心理相談の「まどか研究所」を主宰、個人セッションやグループ・ワークに従事

連絡先：vsopvsop@d7.dion.ne.jp ／ 03 5684 2563 ／ 090 3200 1157

新曜社

漱石の〈夢とトラウマ〉

母に愛された家なき子

初版第1刷発行　2018年10月5日

著　者　原田広美

発行者　塩浦　暲

発行所　株式会社　新曜社

101-0051　東京都千代田区神田神保町3－9

電話（03）3264-4973（代）・FAX（03）3239-2958

e-mail : info@shin-yo-sha.co.jp

URL : http://www.shin-yo-sha.co.jp

印　刷　新日本印刷

組版所　Katzen House

製　本　積信堂

Printed in Japan　ISBN978-4-7885-1598-7 C1090

好評関連書

増田裕美子 著
漱石のヒロインたち 古典から読む
漱石の小説の主要ヒロインを取り上げ、口承文芸の視点から斬新な読みを展開する。
四六判262頁
本体3200円

亀山佳明 著
夏目漱石と個人主義 〈自律〉の個人主義から〈他律〉の個人主義へ
個人として生きることの難しい日本社会で個人主義を貫こうとした彼の苦闘の足跡を辿る。
四六判292頁
本体3000円

内藤千珠子 著
愛国的無関心 「見えない他者」と物語の暴力
熱狂的な愛国は他者への無関心から生まれる。現代の出口のない閉塞感に風穴を穿つ力作。
四六判258頁
本体2700円

小平麻衣子 著
女が女を演じる 文学・欲望・消費
文学と演劇・ファッション・広告などの領域を超えて、ジェンダー規範の成立過程を描出。
A5判332頁
本体3600円

牧野陽子 著 島田謹二記念学芸賞・角川源義賞受賞
〈時〉をつなぐ言葉 ラフカディオ・ハーンの再話文学
ハーンはなぜ異文化の民話・伝説を再話したのか。その魅力をあますところなく解明する。
四六判392頁
本体3800円

栗原裕一郎 著
〈盗作〉の文学史 市場・メディア・著作権
無断引用、著作権侵害、作家のモラルなどをめぐる悲喜劇を博捜した「盗作大全」。
四六判494頁
本体3800円

（表示価格は税を含みません）

新曜社